BASTEI
LÜBBE

Bisher ist im BASTEI-LÜBBE Taschenbuch-Programm von WILLIAM GOLDMAN nachstehender Band erschienen:

28 134 Das Hollywood-Geschäft
Wie man Träume verkauft

William Goldman

DER MARATHON MANN

›Eines der besten Bücher des Jahres‹

BASTEI LÜBBE

BASTEI-LÜBBE-TASCHENBUCH
Band 13 056

Deutsche Lizenzausgabe 1986
Bastei-Verlag Gustav H. Lübbe GmbH & Co., Bergisch Gladbach
Originaltitel: Marathon Man
Ins Deutsche übertragen von Birgit Unger
Titelfoto: Image Bank/Fotos International
Umschlaggestaltung: Quadro-Grafik, Bensberg
Druck und Verarbeitung:
Clausen & Bosse, Leck
Printed in Western Germany
ISBN 3-404-13056-1

Der Preis dieses Bandes versteht sich einschließlich
der gesetzlichen Mehrwertsteuer.

BUCH I

Babe

Vor dem Anfang

Immer wenn er durch Yorkville fuhr, ärgerte sich Rosenbaum einfach aus Prinzip. Die Gegend um die 86. Straße Ost war die letzte Festung der Krauts in Manhattan, und je eher man die Bierhallen abriß und durch moderne Wohnhäuser ersetzte, desto besser für ihn. Nicht, daß er selbst während des Krieges gelitten hatte – seine gesamte Familie war seit den zwanziger Jahren in Amerika –, aber durch Straßen zu fahren, in denen teutonischer Geist herrschte, das mußte einen zum Zähneknirschen bringen.

Ganz besonders Rosenbaum.

Alles brachte ihn zum Zähneknirschen. Wenn eine Ungerechtigkeit sich jemals in seine Nähe wagte, griff er nach ihr und zerquetschte sie mit der ganzen Wut, die in seinem achtundsiebzig Jahre alten Körper noch übrig war. Daß die Giants nach Jersey zogen, brachte ihn zum Zähneknirschen; die Nigger brachten ihn, heutzutage mehr als sonst, mit ihrer Ansicht, genauso gut zu sein wie jeder andere, zum Zähneknirschen. Er knirschte mit den Zähnen, wenn er an die Kennedys dachte, an die Kommunisten, an Pornofilme und an Pornozeitschriften oder auch an den ständig steigenden Salamipreis – egal was, Rosenbaum knirschte mit den Zähnen.

An diesem Septembertag war er besonders cholerisch. Es war heiß, und er war spät dran, als er in Richtung Newark fuhr, wo seine einzigen noch lebenden Kumpel zu ihrem wöchentlichen Kartenspiel im Altersheim zusammenkamen. Drei Scheintote waren sie, miese Kartenspieler und miese Typen, aber sie konnten alle noch nach Bedarf ein- und ausatmen, und wenn man achtundsiebzig ist, bedeutet das schon eine ganze Menge.

Sie liebten Rosenbaum auch nicht gerade – das Kartenspiel endete jedesmal mit lauten Drohungen, aber er fuhr immer rüber, weil er fand, es war die beste Möglichkeit für ihn, den Donnerstag zu überstehen, der ihn vierundzwanzig Stunden lang zum Zähneknirschen brachte. In einem Schlager hieß es: »Samstagabend ist der einsamste Abend der Woche«, in einem anderen: »Montag, Montag, wie kannst du mir das antun?« Aber Rosenbaum wußte, daß es der Donnerstag war, an dem man auf der Hut sein mußte. Alles Schlechte in seinem Leben war ihm an einem Donnerstag passiert. An einem Donnerstag hatte er geheiratet; an einem Donnerstag waren seine beiden Kinder gestorben – nicht im selben Jahr, aber immerhin beide an einem Donnerstag, und wer will schon seine Kinder überleben? Rosenbaum rauchte nun schon seit fast fünfundfünfzig Jahren drei Schachteln pro Tag, und sein Sohn hatte nie auch nur einen Zug gemacht. Und wer hatte Krebs bekommen? Unruhig rutschte er in seinem Sitz hin und her. Sein Bruchband war ihm an einem Donnerstag verpaßt worden.

Die 86. Straße war völlig verstopft.

Gimbels East. Seit das verdammte Warenhaus Gimbels East in die 86. Straße gekommen war, gab es kaum noch ein Durchkommen. Sie war immer seine liebste Durchfahrtstraße gewesen, zehnmal besser als die 79. Straße; und die 72. Straße nahmen ohnehin nur Touristen. Nein, wenn man wirklich vom Fleck kommen wollte, nahm man die 86. Straße, und dann mußte Gimbels East kommen und alles verderben. Bei Gimbels East kauften doch bloß die Nigger ein. Welcher Jude würde sich dort beim Einkaufen erwischen lassen!

Gimbels! Gimbels gab es in der 34. Straße gegenüber von Macy's; dieser Haufen Nichts hier konnte sich noch so lange Gimbels East nennen – für Rosenbaum war er Gimbels Dreck. Fertig.

Er bog auf der 86. Straße nicht ab, sondern fuhr die zur 87. Straße und dann erst nach links. Als Zahl brachte ihn die 87 zum Zähneknirschen. Die erste Brustuntersuchung seiner Frau hatte ihn siebenundachtzig Eier gekostet. Nur für den Besuch bei einem besseren Metzger, für ein paar Aufnahmen, für die schlechte Nachricht. »Ihre Frau hat in der linken Brust eindeutig einen Knoten«, hatte der Arzt begonnen. Rosenbaum, von der Derbheit des Mannes wie vom Schlag gerührt, hatte sich an seine blasse Frau gewandt: »Siehst du, wie glücklich wir sein können, zu einem großen Spezialisten gegangen zu sein? Wir erzählen ihm, daß du in deiner linken Brust einen Knoten hast, und nach dieser kargen Information ist er absolut sicher, daß dieser Knoten ein Knoten ist.« Er wandte sich dem Arzt zu, ein junger Schnösel, wahrscheinlich mit einer blonden Schickse verheiratet. »Natürlich hat sie einen Knoten in der Brust, mein Gott! Sie verstehen doch was von Titten, ich bin ja nicht wegen des Knotens in ihrem Gesicht hergekommen – den nennt man übrigens ›Nase‹. Ich weiß nicht, ob man derartige Dinge überhaupt noch auf der Universität lehrt.«

»Sehr komisch, Ihr Mann«, sagte darauf der Arzt zu Rosenbaums Frau, und sie antwortete müde: »Für mich nicht.«

»Die 87. Straße war gar nicht so schlecht. Rosenbaum fuhr direkt auf die zweite Avenue, erwischte Grün und war in kürzester Zeit auf der Dritten Avenue. Ungeduldig wartete er auf Grün, er hupte zweimal, bevor das verdammte Ding ihm gehorchte, dann trat er aufs Gas und raste auf die Lexington Avenue zu. Jeder sagte, er sei ein lausiger Fahrer, seine gesamte Familie hatte ihn ständig damit genervt, aber die wußten nichts. Nicht ein einziger Strafzettel in fünfundreißig Jahren. Sicher, ein paarmal war er haarscharf an Unfällen vorbeigeschlittert, einige Kratzer da und dort, drei- oder viermal fast ein Boxkampf, aber kein einziger Strafzettel. Zum Teufel mit den anderen, die ihn nur kritisierten. Sonst war von denen sowieso nichts zu erwarten.

Rosenbaum geriet an der Ecke 87. Straße und Lexington in Schwierigkeiten. Die Ampel war rot, was keine Affäre war – jeder konnte eine rote Ampel überleben. Aber der Wagen vor ihm, der Wagen an der Ampel, war ein verdammter Nazi-Volkswagen, schlimmer noch, er stand mitten auf der 87. Straße, und so konnte Rosenbaum nicht an ihm vorbei und überholen, sobald es grün wurde. Rosenbaum hupte ein paarmal und schimpfte vor sich hin, aber was konnte man schon von einem Schwachkopf in einem VW erwarten? Er selbst war ein Chevy-Fahrer, schon vor dem Krieg. Wer wirklich etwas von Autos verstand, wer wirklich etwas haben wollte für sein Geld, der fuhr einen Chevy. Jeder, der nicht meschugge war.

Die Ampel sprang auf Grün, aber der VW rührte sich nicht.

Rosenbaum hupte noch einmal, diesmal länger, aber der Wagen vor ihm blockierte weiterhin den Weg. Er konnte hören, wie der Motor hustete, als der Fahrer zu starten versuchte.

»Fahr auf die Seite!« schrie Rosenbaum.

Endlich ruckte der VW an. Über die Lexington Avenue, an Gimbels East vorbei. Rosenbaum rückte ihm auf die Pelle, wollte überholen, aber der VW wich nicht von der Mitte der 87. Straße. Dann blieb die Karre unvermittelt stehen und blockierte Rosenbaum völlig. Er lehnte sich zum Fenster hinaus; er hupte und hupte; und seine Kehle weitete sich, als er röhrte: »Weiter, weiter, weiter – was zum Teufel ist mit dir los? Verschwinde von der Straße, du verdammter Lahmarsch. Fahr endlich weiter, sonst besorg ich das!«

Die Antwort aus dem Volkswagen bestand aus einem Wort – in Deutsch: »Langsamer.«

Langsamer. Nicht so schnell. Rosenbaum fing zu schwitzen an. »Ich werd' dir langsamer, du verdammter Kraut. Schneller!«

Der Anblick des Kerls brachte Rosenbaum zum Zähneknirschen. Alt, reif zum Ausstopfen, mit blauen Augen wie alle Nazis; ein Hunne, verblichen und senil, mitten in Manhattan; es war eine Schande, daß man ihn überhaupt hinters Steuer ließ.

Nach dem zweiten »Langsamer« saß Rosenbaum einen Augenblick unbeweglich da und schwitzte. Dann fuhr er mit seinem Chevy an und stieß sanft gegen den Volkswagen. Es war ein so herrliches Gefühl, daß er ein paar Meter zurück fuhr und dann wieder vorstieß, noch einmal gegen den VW, stärker. Seit Jahren hatte er nicht mehr das impulsive Bedürfnis gehabt, mit einem Fremden in den Ring zu steigen. Warum? Nun, er war (a) in Yorkville, (b) auf der 87. Straße, (c) hinter Gimbels East, (d) festgefahren, (e) durch einen Volkswagen, (f) der von einem deutschen Limburgerfresser gelenkt wurde, (g) der schuld war, daß er sich zum donnerstäglichen Kartenspiel noch mehr verspätete, (h) was ganz besonders nervte, da sein Chevy keine Klimaanlage hatte und es, obwohl früher Nachmittag Mitte September, über 30 Grad waren, (i) Celsius, (j) und die Temperatur noch stieg.

Rosenbaum fuhr zum drittenmal gegen den anderen Wagen und stieß ihn dabei ein paar Meter nach vorn, der Motor sprang plötzlich wieder an, und der VW fuhr in Richtung Central Park. Rosenbaum war überrascht, dann trat er aufs Gaspedal, holte rasch auf und wollte den VW rechts überholen; denn jetzt kannte er nur noch ein Ziel: den VW überholen, ihn blockieren und dann langsam kriechen . . .

Aber der andere Wagen spielte da nicht mit – als Rosenbaum nach rechts fuhr, fuhr auch der VW nach rechts, und wenn Rosenbaum nach links schwenkte, schwenkte auch der Volkswagen nach links, und plötzlich war auf der 87. Straße der Krieg erklärt, was Rosenbaum nur recht war, denn ein Chevy würde wohl noch mit einem Zwerg von Importwagen fertig.

In Frankreich reden sie viel vom Mistral und wie er die Menschen verrückt macht, und in Kalifornien macht jeder halblang, wenn der Santa Ana den Menschen das Hirn aufweicht. Nun, auch in Manhattan gibt es so einen Wind; man hat ihm noch keinen Namen gegeben, aber es gibt ihn. Wenn es an einem heißen Tag zu dampfen beginnt und der Wind vom Westen her weht und alle Moskitos von den Sümpfen Jerseys über den Hudson herüberwirbeln – und vielleicht war es nur eine klimatisch bedingte Geistesverwirrung, aber vorne an der Park Avenue wechselte die Ampel gerade von Rot auf Grün, und der Chevy schoß vor, aber der VW-Fahrer blieb vorne, das Gaspedal durchgedrückt, als gäbe es nichts Wichtigeres, als den stoßenden Verrückten hinter ihm nur ja nicht vorzulassen, niemals, egal, was auch passieren mochte, und so flogen sie über die Kreuzung 87. Straße und Park, und Kindermädchen rissen ihre Kinder vom Straßenrand, ein Dutzend Menschen hielt hilflos nach einem Polizisten Ausschau, und dann jagten sie auf die Madison Avenue zu, der VW klappernd und zitternd und kaum noch unter Kontrolle, mit heulendem Motor der Chevy. Da rasten sie, die zwei, zusammen weit über hundertfünfzig Jahre alt; da kämpfen sie auf Leben und Tod, weil einem Leihwagen-VW auf der Lexington Avenue der Motor ausgegangen war. Solche Dinge passieren Tag für Tag in den Städten, aber sie gehen vorüber, man regt sich auf und beruhigt sich wieder, und wahrscheinlich wäre auch diesmal alles glatt gegangen, wenn Hunsicker nicht gewesen wäre.

Hunsicker machte gerade seine Liefertour. Er haßte die 87. Straße, weil sie so eng war, aber er liebte sie auch, denn um die Ecke zur 88. Straße gab es den Lenox–Hill–Deli, und dort arbeitete Ilene. Und seit über einem Jahr ging Hunsicker jede Woche hin, trank Kaffee und aß ein Teilchen, denn Ilene hatte eine Spitzenfigur, und ihr Gesicht war auch recht hübsch. Sie war zwar geschieden, aber sie wollte nicht anbeißen. Sie scherzte mit ihm, sicher, manchmal fuhr sie ihm auch durchs Haar, aber nach der Arbeit wollte sie sich nicht mit ihm treffen. Ihr erster Mann sei Lastwagenfahrer gewesen, sagte sie, und einer reiche ihr, behauptete sie. »Aber ich bin anders«, beteuerte Hunsicker. »Ich bin keiner von denen, die sich nur auf der Bowlingbahn herumtreiben, ich lese Bestseller, jede Nummer eins, ›Love Story‹ hab' ich gelesen und den ›Paten‹, ich habe alle Taschenbücher zu Hause.« Aber Ilene ließ sich nicht erweichen. Er sagte ihr, daß Jackie Susann mit ihrem letzten Buch ›Einmal ist nicht genug‹ sich echt verbessert hätte, im Thema und im Stil, und dann krachte es.

Hunsicker ahnte sofort, daß es sein Wagen war. Er raste zur Tür, lief wie ein Wahnsinniger zur 87. Straße zurück, und bevor er noch um die Ecke bog, spürte er die Hitze, die unglaubliche Hitze, denn wo ein Ölwagen explodiert, kann er Ziegel in Brand setzen. Er hörte das Schreien; Frauen, Kinder, alles schrie, und als er zur 87. Straße kam, versengten die Flammen gerade die Front des Gebäudes, in das er liefern sollte. Hunsicker rannte so weit er konnte in das Inferno hinein, er wollte herausfinden, was geschehen war, aber da war nicht viel auszumachen. Es sah so aus, als seien zwei Wagen aufeinandergeprallt und dann in seinen Tankwagen geschleudert worden, und dann? Mein Gott, wie viele tot?

Hunsicker wankte zum Deli zurück. Er rief zuerst die Feuerwehr, dann die Polizei an. Wie betäubt saß er an der Theke, während ihm Ilene, ohne zu fragen, Kaffee einschenkte. Er nippte daran. Irgendwas an ihm rührte sie, und sie kam um die Theke herum, setzte sich neben ihn und wischte sein geschwärztes Gesicht mit einem sauberen Tuch ab. An diesem Abend ging sie mit ihm zum ersten Mal ins Kino. Und nachdem sie noch dreimal ausgegangen waren, kam er bei ihr zum Zuge.

Auch Bibby kam zum Zuge. Er war ein Neger, knapp zwanzig Jahre alt, und wollte Fotograf werden. Er war zum Park unterwegs, als der Zusammenstoß passierte. Er war der einzige, der Aufnahmen machte; und einige waren gut. Die »Daily News« kaufte einen ganzen Stapel und brachte sie auf der Titelseite und auf den Mittelseiten; und schließlich boten sie ihm einen Job an.

Und tatsächlich – war es nun Glück, Bestimmung, ein Beweis für göttliche Fügung –, erwischte es nur die zwei Fahrer, und das war nicht der größte Verlust. Rosenbaum war wirklich ein unausstehlicher Mensch, achtundsiebzig und voller unangenehmer Macken, und der VW-Fahrer war noch älter, zweiundachtzig, ein Witwer, mit noch einem lebenden Verwandten, seinem Sohn, den er fast ein halbes Leben lang nicht gesehen hatte. Jede emotionale Beziehung war schon vor Jahren eingeschlafen, sie verkehrten lediglich geschäftlich miteinander, weiter nichts.

Der Witwer war ein Flüchtling, der alle seine Freunde

überlebt und sich nie um viele Feinde bemüht hatte. Alle nannten ihn Kurt Hesse, obwohl das nicht sein Name war. Sein Führerschein lautete auf Kurt Hesse, ebenso sein Paß. Der Arzt und der Milchmann sagten Mr. Hesse zu ihm, sein Friseur »M. H.«, die Kinder nannten ihn »Danke schön«, wenn er auf den Spielplätzen im Park Süßigkeiten verteilte, was er gern tat. Seine Schwester hatte ihn, nachdem sie sich daran gewöhnt hatte, Kurt genannt. Er war schon so lange Kurt Hesse, daß er, wenn man ihn unvermittelt nach seinem Namen gefragt hätte, höchstwahrscheinlich »Hesse, Kurt Hesse« gestammelt hätte, ohne daß er sich als Lügner empfunden hätte.

Sein wirklicher Name war Kaspar Szell, aber seit achtundzwanzig Jahren hatte ihn niemand mehr bei diesem Namen genannt, und manchmal, kurz vor dem Einschlafen, fragte er sich, ob überhaupt jemals ein Kaspar Szell existiert habe; und wenn ja, was für ein Mensch er wohl gewesen wäre, wenn er hätte weiterleben können.

Er war bei dem Zusammenstoß sofort tot. Er starb durch den Zusammenstoß, nicht durch das Feuer. Das Feuer verzögerte nur die Identifizierung.

Der gesamte Vorfall, von Gimbels an gerechnet, dauerte drei Minuten, und Rosenbaum erlebte seine Schmerzen nur fünf Sekunden.

1

»Da kommt Schleicher«, rief einer der Schnösel.

Levy bemühte sich, sie zu ignorieren, als er oben auf der Backsteintreppe stand und prüfte, ob seine Turnschuhe auch ordentlich geschnürt waren. Es waren seine besten Schuhe, das Spitzenprodukt von Adidas, und sie paßten ihm, wie von einem Meister maßgefertigt. Nie, nicht einmal am ersten Tag, hatte er sich Blasen gelaufen. Levy war es gewöhnlich egal, was er anzog, aber diese Turnschuhe hatten es ihm angetan.

»He, Schleicher, Schleicher, Schleicher«, schrie einer der Schnösel, diesmal war es ihr Anführer, klein, flink, meist grell gekleidet. Mit besonders affektierter Stimme rief er: »Dein Chapeau ist einfach bezaubernd«, und zeigte auf Levys Mütze.

Instinktiv rückte Levy seine Golfmütze zurecht. Drei Stufen tiefer traf ihn das triumphierende Gelächter der Schnösel. Wenn es um seine Mütze ging, war Levy besonders empfindlich. Jahrelang hatte er seine Schirmmütze getragen, und niemand nahm sie zur Kenntnis; aber dann gewann Wottle 1972 bei der Olympiade die 800 Meter für die USA; und er trug eine Golfmütze, und jetzt glaubte jeder, Levy wollte Wottle nachahmen.

Es gab nur wenige Dinge auf der Welt, von denen Levy ehrlich überzeugt war, aber eines davon war – klang das vielleicht eingebildet, dann war er eben eingebildet – sein Verstand. Für sein Alter – noch nicht Mitte Zwanzig – hatte er eine originelle Denke, er würde nie jemanden imitiert haben, schon gar nicht einen anderen Läufer. Jetzt holte er tief Atem und versuchte, sich gegen den Spott der Schnösel zu wappnen, während er mit storchartigen Bewegungen die Backsteintreppe hinunterstakste. Die Jungen liebten seine Unbeholfenheit. Sie schlugen mit den Armen und machten Geräusche wie eine Gans.

Levy haßte es, wenn sie ihn nachahmten. Nicht, weil sie falsch lagen, sondern weil ihr Nachäffen so gelungen war. Er, T. B. Levy, sah in der Tat wie eine Gans aus, zumindest gelegentlich. Das gefiel ihm nicht, aber so war es nun eben.

Die Treppenhocker – normalerweise sechs, von spanischer Herkunft – schienen auf der Backsteintreppe drei Türen näher am Central Park zu wohnen als Levy. Sie hatten dort gehockt, als er im Juni gekommen war, und jetzt war es September, und sie machten keine Anstalten, nach Süden zu fliegen. Sie waren vielleicht fünfzehn oder sechzehn Jahre alt, klein und hager und sicher gefährlich, wenn man sie provozierte. Sie aßen auf dem Treppenaufgang ihres Hauses, spielten auf den Backsteinstufen oder auf dem Gehsteig davor Handball, und wenn Levy spät abends heimkam, saßen sie noch immer da und knutschten und trieben es mit Mädchen aus der Nachbarschaft. Von früh bis spät waren die Treppenhocker da, saßen herum, spielten, rauchten und kümmerten sich um nichts, sie waren eine kleine kompakte Welt für sich, und manchmal fragte sich Levy, ob er sie nicht beneidete. Oh, ein Angebot hätte er natürlich abgelehnt. Aber andererseits – wer weiß, wie er reagieren würde. Die Frage war rein akademisch, sie hatten ihn nie gebeten.

Levy wandte sich zum Central Park. Er trabte an ihnen vorbei, und der eine, der seinen Chapeau so »entzückend« gefunden hatte, fragte: »Warum bist du nicht in der Schule?« Die Frage kam plötzlich, daß Levy lachen mußte, denn im Juni, als sie besonders frech gewesen waren, hatte er sie gefragt: »Warum seid ihr nicht in der Schule?« Es war ihm nicht nur mißlungen, sie einzuschüchtern, sie machten sich auch einen Monat lang lustig über diese Frage. Aber das war das erste Mal seit Wochen, daß sie ihn mit seinen eigenen Worten aufgezogen hatten – daher sein Lachen. Humor war das unerwartete Gegeneinander von Widersinnigkeiten. Wer hatte das gesagt?

Levy kramte in seiner Erinnerung, dann entschied er sich für Hazlitt. Nein. Vielleicht Meredith? G. B. Shaw? Denk nach, befahl er sich, aber der richtige Name wollte ihm nicht einfallen. Levy war wütend über sich, denn derartige Sachen mußte man einfach wissen, wenn man wirklich erstklassig sein wollte. Sein Vater würde es sofort gewußt haben, den Namen des Autors und das Werk, aus dem das Zitat stammte, und die Gemütsverfassung des Autors zur Entstehungszeit des Werkes. Beschämt joggte Levy schneller.

Levy wohnte in der 95. Straße West zwischen Amsterdam und Columbus Avenue, keine besonders einladende Nachbarschaft, aber wenn man als Student von einem Stipendium leben mußte, nahm man, was sich anbot, und im Juni war das Einzelzimmer mit Bad im obersten Stock des Backsteingebäudes 148 auf der 95. Straße das einzige akzeptable Angebot gewesen. Es war gar nicht so übel, eine herrliche Joggingdistanz bis zur Columbia, dann rüber zum Riverside Park, von dort hoch zur 116. Straße, direkt am Fluß – ein Langstreckenläufer konnte sich gar nichts Besseres wünschen.

Levy überquerte Columbus Avenue, lief schnell, als er sich dem Central Park näherte, und bog bei der 95. Straße nach links ab, lief einen Block hinauf ins Grün, direkt zu den Tennisplätzen, und dann mußte er nur noch eine kleine halbe Drehung machen und war da.

Am Reservoir.

Wer auch immer das Reservoir erfunden hatte, mußte allein an ihn gedacht haben, hatte Levy vor Monaten festgestellt. Es war astrein; ein perfekter See, wo ihn keiner erwartete, eingerahmt von den Millionären auf der Fifth Avenue und ihren entfernten Verwandten auf der Central Park South und deren entfernten Verwandten auf der Central Park West.

Levy überholte mühelos die anderen Läufer, als er seine erste Runde um das Wasser begann. Es war halb sechs – um diese Zeit lief er immer; es war die ideale Zeit für ihn. Manche Leute schätzten einen frühen Morgentrip, aber Levy gehörte nicht zu ihnen; morgens arbeitete sein Gehirn am besten, deshalb las er vormittags die komplexen Sachen, nachmittags machte er sich Notizen oder las einfachere Sachen. Gegen fünf Uhr war er geistig erschöpft, aber sein Körper verlangte nach Bewegung.

So lief Levy um halb sechs. Er war eindeutig schneller als alle anderen, und Sie als zufälliger Beobachter hätten annehmen müssen, daß dieser hochgewachsene, schlaksige Bursche, dessen Laufstil irgendwie an eine Gans erinnerte, ziemlich was drauf hatte.

Aber das waren seine Tagträumereien.

Er würde Marathonläufer werden. Wie Nurmi. Wie der bereits zum Mythos gewordene Nurmi. In späteren Jahren würden sich die Sportenthusiasten darüber streiten, wer der Größte sei, der gewaltige Finne oder der legendäre T. B. Levy. »Levy«, würden einige von ihnen behaupten, »keiner wird ja die letzten fünf Meilen so wie Levy laufen«, und andere würden einwenden, daß Nurmi vor den letzten fünf Meilen schon so weit vorn gelegen hätte, daß es ganz egal wäre, wie schnell Levy sie lief, und so würden die Diskussionen – Experte gegen Experte – über Dekaden hin wogen.

Denn Levy hatte nicht vor, nur ein Marathonläufer zu werden; das konnte schließlich jeder, wenn er diesem Ziel sein Leben widmete. Nein, er würde der Marathon-Mann werden. Dazu ein Intellekt, mit dem man alles erreichen konnte, und eine Wissensbreite, die ihresgleichen suchte; alles eingebettet in ein Gefühl der Bescheidenheit, das so echt wie tief war.

Zur Zeit hatte er nur ein Diplom in Literatur, das er in Oxford erworben hatte, und konnte fünfzehn Meilen laufen, ohne zu ermüden. Aber in ein paar Jahren würde er seinen Doktor und den Champion machen. Und die Menge würde Le-vy – Le-vy brüllen und ihn zu ungeahnten Triumphen anfeuern.

»Le-vy, Le-vy!«

Und es würde ihnen nichts ausmachen, daß er unbeholfen rannte. Es würde ihnen egal sein, daß er einsneunzig groß und weniger als siebzig Kilo schwer war, obwohl er ständig Milkshakes in sich hineingoß, um sich von mager zu schlank zu verbessern.

»Le-vy! Le-vy!«

Sie würden sich nicht darum kümmern, daß er das Gesicht eines Bauern aus Indiana hatte und daß er auch nach drei Jahren England immer noch so aussah wie jemand, dem man die Brooklyn Bridge verkaufen könnte. Wenige liebten ihn, keiner kannte ihn, außer – Gott sei Dank! – Doc. Aber das würde alles anders werden. O ja, o ja.

»LEEE-VY . . .«

Da war er also, allen voran und überzeugt, daß niemand ihn je besiegen könnte, außer vielleicht Merkur. Unermüdlich, legendär, arrogant, unschlagbar, der fliegende Finne, Nurmi.

Levy legte zu.

Bis zum Ende des Rennens waren es noch Meilen, aber jetzt kam der wichtigste Test – wie weit konnte er sein Herz belasten?

Levy legte noch einmal zu.

Levy holte auf.

Die halbe Million Menschen entlang der Strecke konnten es nicht glauben. Sie schrien wie toll. Es konnte nicht wahr sein – aber es war wahr – Levy holte auf gegen Nurmi!

Levy, der gutaussehende Amerikaner, kam immer näher. Es war wahr. Levy, so selbstbewußt, daß er selbst während des schnellen Marathonlaufs der Geschichte ein Lächeln wagte, vernichtete Nurmis Vorsprung. Nurmi hatte es inzwischen bemerkt – etwas Schreckliches spielte sich hinter ihm ab. Er blickte rasch über die Schulter, und alle konnten seine Fassungslosigkeit sehen. Nurmi wollte das Tempo verschärfen, aber er hatte nichts mehr zuzusetzen, und plötzlich verlor er den Laufrhythmus. Levy kam heran. Levy wollte zum Überholen ansetzen. Levy war . . .

Thomas Babington Levy hielt einen Augenblick inne und lehnte sich gegen den Zaun des Reservoirs. Es war schwer, sich heute richtig auf Nurmi zu konzentrieren.

Denn er hatte Zahnschmerzen, und wenn er beim Laufen mit dem rechten Fuß auftrat, dann zuckte es rechts im Oberkiefer. Einen Augenblick lang rieb sich Levy den schmerzenden Zahn und überlegte, ob er zum Zahnarzt gehen sollte oder nicht. Er hatte den Schmerz noch nicht sehr lange, und vielleicht würde er bald wieder vergehen, denn schlimmer war es nicht geworden, nur jetzt beim Laufen. Zahnärzte zogen einen bis aufs Hemd aus, verlangten ein Vermögen für eine Arbeit von zwei Minuten. Es gab wirklich schönere Dinge, für die man sein Geld ausgeben konnte, zum Beispiel Bücher. Alle Bücher, die je gedruckt wurden; oder Schallplatten. Zum Teufel mit diesen Schmerzen, entschied Levy.

Am Ende war es dann auch egal. Sobald sie seine wunde Stelle gefunden hatten, brachten sie ihn fast um . . .

2

Als Scylla die Flughafenbar betrat, entdeckte er sofort den Mann mit dem Toupet. Einen Augenblick lang war er unentschlossen, was er tun sollte, denn bei ihrem letzten Zusammentreffen hatten sie beide, wenn auch nur für kurze Zeit, alles getan, um einander umzubringen.

Sicher, das war in Brüssel gewesen und rein geschäftlich. Jetzt dagegen befanden sie sich auf dem Flughafen in Los Angeles, zum Vergnügen, wenn Fliegen ein Vergnügen sein konnte. Aber das machte Scyllas Problem um nichts geringer. Wie macht man jemandem, dem man noch vor ganz kurzer Zeit nach dem Leben getrachtet hatte, klar, daß man jetzt frei und lediglich an einer harmlosen Unterhaltung interessiert ist? Man konnte nicht einfach hingehen und fragen: »Hallo, wie geht's?«, das würde wahrscheinlich zu einem neuen und unerwünschten Loch in der Schläfe führen, bevor man noch das »geht's« herausgebracht hätte, so schnell war Ape mit der Pistole.

Ape arbeitete nun für die Araber, Libyen oder Irak, Scylla konnte sich sie nie auseinander halten. Sobald Scylla wieder in der Division war, hatte er sich Apes Akte geben lassen. Er wußte, daß es eine solche Akte gab und daß sie dick sein würde – die Division war immer stolz darauf, alle Informationen über jeden Gegner zu sammeln und zu ordnen.

Nicht, daß Ape immer ein Gegner gewesen wäre. Er wechselte ständig Länder und Dienstherren, hatte aber sechs Jahre für die Briten und danach zwei Jahre für die Franzosen gearbeitet. Danach versuchte er sich auf dem freien Markt, damit hatte er augenscheinlich kein Glück gehabt. Es war noch keinem geglückt. Nur der unergründliche und bösartige Mr. S. L. Chen arbeitete mehr oder weniger selbständig. Nach dem Versuch, sich frei anzubieten, wechselte Ape noch häufiger als zuvor. Kurze Zeit in Brasilien, noch kürzere Zeit in Albanien, bevor er zu den Arabern ging.

Scylla schaute zu dem kleinen Mann mit dem Toupet, der in der hintersten Ecke auf einem Barhocker saß. Es war wirklich bemerkenswert, daß Scylla vor dem Problem stand, sich Ape auf ungefährliche Weise zu nähern, denn es kam kaum vor, daß beide überlebten, wenn zwei von seiner und Apes Sorte aneinandergerieten. Obwohl Ape noch kleiner war und noch weniger furchteinflößend aussah als Mickey Rooney, war er seit mehr als einem Jahrzehnt mit allen Arten von Faustfeuerwaffen internationale Spitze, während Scylla, zusammen mit Chen, die zwei Schnellsten waren, die mit der bloßen Hand töteten – ob mit der Handfläche nach oben oder nach unten, rechts oder links –, es spielte keine Rolle.

Es wäre vernünftig, entschied Scylla, eine andere Bar aufzusuchen. Ein Risiko machte ihm nichts aus, aber er versuchte immer, dem Unerwarteten auszuweichen. Er hatte sich bereits einige Schritte entfernt, als er stehenblieb. Verdammt, er wollte mit Ape reden. So eine Gelegenheit bot sich nicht oft, denn als Scylla ins Geschäft eingestiegen war, war Ape schon einer der ganz wenigen auf der Welt, die mit Recht von sich behaupten konnten, fast legendär zu sein. Scylla kramte kurz in seiner Erinnerung, und ein paar andere fielen ihm ein: Brighton, Trench, Fidelio – alles Ehemalige. Unfreiwillig.

Plötzlich setzte sich Scylla in Bewegung. Er war für sein Gewicht außerordentlich flink; er war nicht besonders schnell, aber bloße Schnelligkeit war unwichtig: flink mußte man sein. Er hatte einmal gehört, wie ein Basketballtrainer einen anderen nach einem jungen Spieler fragte: »Wie ist seine Schnelle?« Den Ausdruck hatte er sich gemerkt, er hatte vorher nicht gewußt, daß man gleichzeitig schnell und langsam sein konnte. Scylla glitt hinter den Barhockern die Bar entlang. Als er für die Geste nahe genug war, ließ er freudige Überraschung in seinen Zügen aufblitzen, wirbelte sich hinter den kleinen Mann und legte seine kraftvollen Arme um Ape. Es sah aus, als seien sich zwei Logenbrüder nach Jahren wieder begegnet und begrüßten einander halb verschwörerisch. »Friede, Ape«, flüsterte Scylla, und Ape erwiderte blitzschnell: »Ich bin ohne.«

Scylla ließ sich auf dem nächsten Barhocker nieder, beeindruckt von der Geschwindigkeit von Apes Reflexen, das machte ihn mit der Pistole so unübertrefflich; nicht seine Zielgenauigkeit, die gut war, sondern daß seine Kugel schon unterwegs war, während der Feind immer noch zielte. »Stört dich das?« fragte Scylla.

»Was? Daß ich unbewaffnet bin? Nein, warum sollte es? Stört es dich?«

Scylla sagte nichts, ließ seine Hände mit gespreizten Fingern auf dem Tresen.

Ape blickte flüchtig auf Scyllas Finger. »Du bist ja nie unbewaffnet, nicht wahr?«

Scylla zuckte die Achseln.

»Hände sind besser«, sagte Ape. »Im Nahkampf ohne Vergleich. Wenn ich deine Figur hätte, hätte ich mich auch auf Hände spezialisiert.«

Scylla dachte sofort an Chen, der noch viel kleiner war als Ape, zierlich und kaum schwerer als fünfzig Kilo. Er hätte niemals den Namen erwähnt, aber es war nicht nötig, Ape tat es. Scylla mußte lächeln. Er hatte keine Ahnung, wo Ape ausgebildet worden war, in welchem Land, aber wahrscheinlich war Apes Ausbildung ähnlich seiner eigenen verlaufen. Auch sonst wußten sie voneinander nicht mehr, als in den Akten in ihren jeweiligen Hauptquartieren stand. Auf einer Seite war das nichts, auf der anderen alles. Gelegentlich konnten sie die Gedanken des anderen lesen, und dies war so eine Gelegenheit.

»Daß Mr. S. L. Chen mit den Händen so geschickt töten kann, liegt daran, daß er ein verdammter heidnischer Chinese ist. Chinks wird so etwas in die Wiege gelegt, so wie alle Neger tanzen können.« Ape starrte auf den Whiskyrest in seinem Glas. »Das sollte ein Scherz sein«, sagte er, »kam aber nicht so raus, was?« Bevor Scylla antworten konnte, fuhr der kleine Mann fort: »Jetzt werden Sie wahrscheinlich den Glauben mit ins Grab nehmen, ich wäre voller Vorurteile. Ape? Den kannte ich flüchtig – ein engstirniger kleiner Furz mit schiefer Perücke! Noch einen.« Das letzte galt dem Kellner, der nickte, die Scotchflasche holte und einschenkte. »Dreifach«, sagte Ape. Der Kellner nickte und schenkte ein.

Scylla bestellte, was er immer bestellte. »Einen Scotch bitte, viel Soda, viel Eis«, sagte er und überlegte, daß Ape zu intelligent war, um sich einen Dreifachen zu bestellen. Dreifache waren gefährlich; deine Zunge wurde langsamer, dein Verstand, die Reaktionen deiner Pistole.

»Die Perücke ist nicht schlecht«, sagte er.

»Nicht schlecht? Jesus, in dem Wind heute hat sie sich aufgestülpt, vorne jedenfalls, der hintere Teil blieb am Kopf, aber das Vorderteil klappte rauf und runter, als ob er jemandem zuwinken wollte.« Er starrte in seinen Drink. »Sehr witzig klang das auch nicht. Ich war früher richtig witzig, ehrlich, Scylla. Ein Komiker.«

»Ich glaube es Ihnen.«

»Sie glauben mir kein Wort.«

»Macht das etwas aus?«

»Nein«, sagte Ape, und gleich darauf: »Ja, ja, es macht etwas aus; sogar viel.«

Scylla hielt es für das beste, nichts zu sagen.

»Ich habe mir meinen Namen ausgesucht«, fuhr der kleine Mann fort. »Ich suchte mir mein eigenes Pseudonym aus. Sie fragten: ›Unter welchem Namen willst du laufen?‹ Ich bin schon seit meinem zweiundzwanzigsten Geburtstag ratzekahl, und da platzte es, ohne Zögern aus mir heraus. ›Ape‹, sagte ich. Nach dem Theaterstück ›Hairy Ape‹ von O'Neill, dem Amerikaner. Finden Sie nicht auch, daß das maßlos komisch war? So war ich immer, der reinste Witzbold.«

Scylla lächelte, weil er das für anständig hielt, und auch, weil es eine von Apes Leidenschaften war, seine Herkunft geheimzuhalten. Keine Sprache beherrschte er so, daß man sie für seine Muttersprache halten konnte, und da er nun von O'Neill als »dem Amerikaner« sprach, schien er dieses Land als mögliche Heimat auszuschließen.

»Ich habe das mit der Perücke ernst gemeint«, sagte Scylla. »Sie erfüllt ihren Zweck – nicht so gut wie die Toupets von dem Amerikaner Sinatra, aber sie singen wahrscheinlich auch nicht so gut.«

Ape lachte. »Da war mal einer – schätze ich –, vor Ihrer Zeit, der heiß Fidelio, und er war versessen, herauszufinden, wo ich herkam. Selbst dem geringsten Hinweis schnüffelte er in seiner Freizeit nach. Ich spickte fast jeden Satz mit Andeutungen für ihn.«

Von allen Legenden, die Scylla kannte, faszinierte ihn die von Fidelio, dem Musikliebhaber, am meisten. Er war so etwas wie ein Wunderkind mit der Geige gewesen, aber das Talent überstand seine Jugend nicht, nur seine Leidenschaft für Musik blieb – und wenn man den Akten von der Division glauben konnte, war er der Beste von ihnen allen gewesen. »Kanntest du ihn gut? Fidelio?«

»Kennen? Ob ich ihn gekannt habe? Ich habe ihn in Pension geschickt!«

»Sie? Das wußte ich nicht – unsere Akten erwähnen das mit keinem Wort. Wie denn? Das muß verdammt schwer gewesen sein, fast unmöglich.« Scylla hätte so weitermachen können, aber bevor er sich lächerlich machte, hörte er auf.

Ape hob sein Glas, starrte hinein.

Scylla wartete geduldig.

»Ich bin froh, daß sie dich zu mir gesetzt haben, Scylla«, sagte Ape, immer noch ins Glas schauend. »Ich hoffte es, als ich Sie in der Tür stehen sah.« Er wies auf ein Bild hinter der Bar; im Glas spiegelte sich schwach der Eingang. »Kein gestochenes Bild, aber es reicht. Fast hätte ich Sie hergeholt, als sie zurückgehen wollten.«

»Warum haben Sie es nicht getan?«

Ape nippte an seinem Dreifachen – er führte das Glas an die Lippen, aber er trank nichts. »Das ist erst mein zweiter, und ich feuchte nur die Lippen an. Ich bin keineswegs betrunken.«

Scylla verstand den Zusammenhang nicht, bis Ape sagte: »Ich will mich den Leuten nicht aufdrängen. So war ich schon als Kind, glaube ich.«

Du solltest nicht so viel reden, sagte Scylla beinahe, aber da es die Wahrheit war, unterließ er es. Irgend etwas quälte Ape. Etwas Schreckliches fraß in ihm.

»Sie sollten mir von Fidelio erzählen«, sagte Scylla.

»Ja, werde ich auch. Keine Panik, Scylla; ich bin nicht betrunken. Ich fang' jetzt an zu quatschen.«

Was es auch war, was Ape bedrückte, es würde bald herauskommen; Scylla spürte das. Er konnte nur warten, bis es soweit war. Aber das Warten war nicht angenehm, und so wechselte er zu einem Thema gemeinsamen Interesses – damals in Brüssel, als sie beide überlebten. Sie hatten sich zufällig getroffen, beide waren offensichtlich hinter demselben Mann her. Sie stießen ganz unerwartet im Zimmer des Toten aufeinander; Ape schoß, und Scylla schlug mit der rechten Hand zu, aber er hatte schlecht gezielt, verfehlte den Hals und traf nur Apes Schulter, die überraschend muskulös war. Ape versuchte stolpernd noch einen Schuß, aber es war eher ein Warnschuß als ein Versuch zu töten, und dann war es vorbei; sie gingen getrennte Wege. »Warum haben Sie mit dem ersten

Schuß nicht getroffen?« fragte Scylla. »Nicht, daß es mir leid tut.«

»Glauben Sie nur nicht, ich hätte getrunken«, sagte Ape. »Es war vor einem Jahr, da war ich noch Abstinenzler.«

»Fünfzehn Monate, glaube ich.«

Ape nickte. »Schatten«, sagte er. »Schatten machen jede Treffsicherheit zunichte. Ich zielte zu hoch, vermute ich. Ich zielte auf Ihren Kopf, aber ich erwische die Wand. Hätte ich auf Ihr Herz gezielt, dann wäre es Ihnen eine Zeitlang nicht besonders gut gegangen.«

Scylla hob sein Glas. »Auf die Schatten.«

Ape schwenkte seinen Whisky.

Der Lautsprecher verkündete eine weitere Verspätung der Maschine nach London via Polarroute.

Ape fluchte; er nahm einen kräftigen Schluck von seinem Scotch.

»Ich fliege auch nach London«, sagte Scylla und faßte an das Ticket First Class in seiner Tasche. »Fein. Ich bin noch nie auf einem dieser verdammten Flüge in Gesellschaft gewesen; das waren immer elf verlorene Stunden. Ich kann während des Fluges höchstens Zeitschriften lesen. Oder Hedy Lamarrs Autobiographie. Das war der ideale Lesestoff für einen Flug über den Pol.«

»Ich fliege Touristenklasse«, sagte Ape, und Scylla wußte, was den kleinen Mann so gewurmt hatte.

»Tarnung?«

Ape schüttelte den Kopf.

»Wahrscheinlich ein Versehen.«

Ape schüttelte wieder den Kopf.

Scylla wußte, daß er am besten nichts sagte. Es gab eigentlich auch nichts zu sagen. In dieser Branche flog man erster Klasse. Immer. Es gab weder Altersversorgung noch Pensionsversicherung; niemand garantierte einem den Arbeitsplatz. Wenn man Touristenklasse flog, dann nur, weil das zur Tarnung gehörte. Der einzige andere Grund war, daß sie dir zeigen wollten, daß deine Leistung nicht mehr Spitze war, und wenn das passierte, war die Pensionierung nur noch eine Zeitfrage. Nur daß man natürlich nicht freiwillig gehen durfte.

In Scyllas Augen war es eine Schweinerei, eine Legende in der Touristenklasse reisen zu lassen. Gebt ihm doch einen Job, bei dem er nicht überleben kann, laßt ihn ruhmvoll abtreten, das hat er verdient.

»Ich war lange dabei«, sagte Ape, »länger als die meisten.«

»Und Sie haben Fidelio in Pension geschickt.«

»Und Trench. Wußten Sie das auch nicht? Beide habe ich erwischt. Im selben Jahr. Damals gab es für mich noch keine Schatten.« Er nahm wieder einen Schluck Scotch. »Wissen Sie, woran ich dachte, bevor Sie kamen?«

Scylla schüttelte den Kopf.

»Möchten Sie es wissen?«

Eigentlich nicht, dachte Scylla. Wer möchte schon von Caruso hören, daß er nicht mehr singen kann? »Wenn Sie reden wollen – bitte.«

»Ich dachte, daß es nie eine Frau gegeben hat, für die ich nicht gezahlt habe, oder ein Kind, das meinen Namen kennt, oder eine Perücke, die mir gefällt.«

»Sentimentales Zeug«, sagte Scylla und hoffte, daß es überzeugend klang.

Der kleine Mann schwieg kurze Zeit. Dann brach er in heftiges Gelächter aus. »Verdammt noch mal, Scylla, das stimmt ja wirklich!« Er lächelte.

Scylla nickte und sagte: »Jetzt fangen Sie endlich an mit der verdammten Fidelio-Geschichte, oder ich hole mir die Lebensbeichte von Lana Turner, damit ich was zu lesen habe.«

»Zuerst muß ich mir mal die Hände waschen«, sagte der kleine Mann und sprang vom Barhocker. »Sie wissen ja Bescheid; es steht bestimmt in meiner Akte.« Er verließ eilig die Bar, er wirkte ausgesprochen fröhlich.

Apes Akt sprach von einer Nierenschwäche und von Verdauungsproblemen – vor einigen Jahren hatte er sich einer Operation unterzogen.

Er hatte gerade sein Glas gehoben – Ape war gerade um die

Ecke –, da entschloß er sich, sein Ticket auf Touristenklasse umschreiben zu lassen. Wenn man selbst diese Entscheidung traf, tat es nicht weh. Scylla ging sofort zum PanAm-Schalter, kam gleich dran, erhielt im Handumdrehen, was er wollte, und ging zur Bar zurück. Wahrscheinlich war seine Geste, ebenso wie Apes Ausbruch, nichts als sentimentales Zeug, aber wenn die Fidelio-Geschichte auch nur ein bißchen hergab, wenn sie nur ein klein wenig Farbe hatte, dann würde sich nie eine bessere Gelegenheit finden, sie zu hören. Und die Geschichte von Trench auch. Scylla nahm sich vor, genau das zu sagen, wenn Ape feststellen würde, daß sie gemeinsam fliegen würden. Auf diese Weise würde er wie ein dynamischer Manager auf dem Weg nach oben wirken und nicht wie ein verfrühter Trauergast.

Scylla setzte sich wieder an die Bar und wartete auf Apes Rückkehr. Langsam leerte er seinen Scotch mit Soda.

Der andere Hocker blieb leer.

Scylla bestellte sich noch einen.

Ganz offensichtlich stimmte was nicht.

Noch einen Schluck.

Es geht dich nichts an, mahnte sich Scylla. Einen Augenblick saß er allein und untätig an der Bar, dann nahm er einen kräftigen Schluck. Wahrscheinlich war es dieser Schluck, der die folgenden Handlungen bestimmte, denn er trank niemals viel, ohne vorher die Tür abzuschließen, und diese Art von Abgeschiedenheit konnte eine Flughafenbar gewiß nicht bieten. Also gab er seiner Besorgnis nach, woraus er schloß, daß er auf die Geschichte von Fidelio wirklich sehr gespannt war. Wenn er sie hören wollte, konnte er nicht länger hier herumsitzen, also stand Scylla auf und ging auf die Herrentoilette zu.

Das Schild an der Tür der Herrentoilette rückte alles wieder ins richtige Licht. »Rohrbruch – bitte benützen Sie die Anlagen am Fuß der Rolltreppen. Danke.« Scylla nickte bei sich und erinnerte sich, daß die Rolltreppe ein gutes Stück entfernt war, was erklärte, warum der kleine Mann mit dem Toupet so lange wegblieb.

Er war auf halbem Weg zurück zur Bar, als er entschied, daß mit dem Schild, handbeschriftet und angeklebt, etwas nicht stimmte. Scylla kehrte um und ging zurück. Er fragte sich, warum er so sicher war. Wahrscheinlich lag es am Wort »Anlagen« – kein Mensch sagte »Anlagen«. Mit der Zeit entwickelte man ein Gefühl für solche Dinge. Er wußte, das Schild war gefälscht; ebenso wußte er, daß die Tür abgeschlossen war. Dennoch drückte er dagegen.

Sie war versperrt, aber Schlösser waren für Scylla kein Problem. Er griff in die Hosentasche. Alle sprachen immer von Dietrichen; Schriftsteller schrieben ständig darüber, aber Scylla wußte, daß sie nichts taugten, wenn man nicht hundert verschiedene Größen und Arten besaß. Spitzeisen waren besser, und er hatte immer eins bei sich; und es reichte aus, wenn man Fingerspitzengefühl für Schlösser hatte. Er nahm sein Taschenmesser heraus, klein, ganz gewöhnlich, mit zwei Klingen, nur daß er die kleinere Klinge verändert hatte, geringfügig dünner geschliffen, und sie mit einem fast unsichtbaren Haken versehen. Es war nichts Aufregendes, aber jetzt steckte Scylla sie nur einmal geräuschlos ins Schloß, tastete nach der Sperre, fuhr rauf und runter, dann hatte er's.

Scylla wankte angetrunken in die Herrentoilette, schwankte unsicher zu den Becken. Zwei Männer waren da; ein junger weißer Installateur im Overall, der sich an den Rohren zu schaffen machte, und ein Neger, der saubermachte und einen riesengroßen Abfallsack hinter sich herschleppte. »Martinis hauen einen um«, lallte Scylla zu dem Schwarzen, während er den Wasserhahn aufdrehte. »Martinis hauen einen um«, lallte er zum Installateur.

»Hau ab«, sagte der Installateur und kam auf Scylla zu. »Die Rohre sind verstopft.«

Scylla blinzelte ihn dumm an, drehte den Wasserhahn zu.

»Haben Sie das Schild nicht gelesen?« fragte der Neger.

»Schild?« fragte Scylla völlig verwirrt. »Herrentoilette steht da, klar. Will nicht von einem Haufen kreischender Weiber empfangen werden.« Er schüttelte den Kopf. »Martinis hauen einen um«, sagte er und drehte den Kaltwasserhahn wieder auf und klatschte sich Wasser ins Gesicht.

Der Installateur drehte den Hahn ab, während der Schwarze zur Tür ging, und nachsah, ob das Schild noch da war. »Sie können sich nicht waschen, Mister. Es tut mir leid, aber es geht nicht.« Er war sehr höflich und aufrichtig, und Scylla fragte sich, wer wohl Ape in Pension geschickt hatte, er oder der Schwarze; und ob es Araber gewesen waren oder Feinde der Araber. Ape konnte das jetzt egal sein. Scylla wußte, daß Ape sich in dem Abfallsack aus Segeltuch befand.

»Tut mir leid«, sagte Scylla. Es tat ihm wirklich leid. Nun war die Geschichte von Fidelio verloren. Und es wäre auch interessant gewesen, von Trench zu erfahren. Aber es mußte so kommen. Ape hatte es gewußt. Scylla empfand Mitleid. Aufrichtig, aber nicht sehr tief.

Der Schwarze kam rasch zurück. »Das Schild ist noch dran.«

Der Installateur sah den Neger an.

»Ach, dieser Papierfetzen«, sagte Scylla. »Das ist doch kein Schild! Was stand denn drauf?«

»Daß diese Anlage verstopft ist«, antwortete der Installateur. »Und daß man die unteren benützen soll.«

Fast hätte Scylla über seinen Scharfsinn lachen müssen – »keiner sagte Anlagen; mit der Zeit bekommt man ein Gefühl für diese Dinge.«

Sie sahen einander immer noch an, und Scylla wußte, daß sie überlegten, ob sie ihn laufenlassen sollten oder nicht. »Hier ruht Scylla; es erwischte ihn, als er das erste Mal glaubte, etwas von Sprache zu verstehen.« Er stand sehr still da, hielt sich trunken am Becken fest, dachte nicht daran, sich erst von der Stelle zu rühren, wenn sie es ihm sagten. Er war sicher, sie würden ihn gehen lassen, denn er stand nicht auf ihrem Auftrag. Sie hatten ihren Auftrag erledigt; mit ihm hatten sie nichts zu tun. Und er würde sich auch nicht mit ihnen einlassen, er mußte sich seiner eigenen Arbeit widmen. Weitere

Gewalt war ausgeschlossen. Scylla wußte das, und als die Gewalt doch kam, überraschte sie ihn, und noch überraschter war er, daß er damit begann.

Denn plötzlich sah er Apes trauriges Toupet; es lag in der Ecke einer Toilettenkabine.

Die Schweine waren über den kleinen Mann im würdelosesten Moment hergefallen – sie hatten eine Legende mit heruntergelassenen Hosen zerstört. »Himmel, ihr hättet warten sollen!« Als sie sich zu ihm umdrehten, ging Scylla zuerst auf den Installateur los, nicht weil er ihm am nächsten stand, sondern weil er einen schweren Schraubenschlüssel hielt, und das war wohl die Waffe gegen Ape gewesen.

Er stieß mit fest aneinandergepreßten Fingerspitzen zu und hob den Installateur mit einem Schlag unters Kinn vom Boden. Der Schwarze war eine leichte Aufgabe, weil er noch nicht wußte, wen er vor sich hatte. Scylla schlug mit der Linken zu, er traf mit der Handkante den Hals in der Schulterbeuge. Man hörte das Geräusch von brechenden Knochen, als der Schwarze neben dem Installateur zu Boden ging.

»Warum habt ihr nicht gewartet?«

Der Installateur schnappte nach Luft. Vermutlich würde er seine Stimme nie mehr ganz wiedergewinnen. Der Schwarze blinzelte benommen. Er hielt seine Schulter und bemühte sich, sein Hirn anzuweisen, die richtigen Wörter herauszubringen.

Scylla begann mit sanfter Stimme. »Ich glaube, ich werde euch die Hosen runterziehen. Wie würde euch das gefallen? Und dann werde ich euch auf die Brille setzen. Wie würde euch das gefallen? Und dann werde ich euch töten. Wie würde euch das gefallen?«

»Befehl«, brachte der Schwarze hervor. »Von Ihnen war nicht die Rede. Bring uns nicht um.«

»Du weißt, wer ich bin?«

»Jetzt weiß ich es«, sagte der Schwarze. »Scylla.«

Scylla blickte auf sie nieder. Er war unentschlossen, ob er sie fertigmachen sollte. Der Zorn tobte noch in ihm, deshalb wäre es kein Problem. Die Flucht war kein großes Risiko.

»Tu's nicht«, sagte der Schwarze wieder.

Der Installateur schnappte weiter nach Luft.

Dann rettete der Schwarze ihnen das Leben: »Man hat uns nicht gesagt, daß er Ihr Freund war.«

»Er war es aber«, erwiderte Scylla. Aber jetzt kühlte die Wut ab. »Seit vielen Jahren«, fuhr Scylla fort und versuchte, seine Wut aufzuheizen. Aber es gelang ihm nicht, denn Ape war kein Freund gewesen. Kein Freund, kein Bekannter, kein Genosse, nichts. Sie hatten dieselbe Beschäftigung. Was bedeutete das?

Er kniete plötzlich über ihnen, seine Hände bereit zu töten. Er wollte ihre Angst, und er bekam sie. Sie war in ihren Augen und in ihren Gedanken. »Vergeßt das nie«, sagte Scylla, und obwohl seine Wut abklang, zitterte seine Stimme noch. »Nehmt einem Menschen nicht alles. Habt ihr verstanden? Laßt ihm irgendeine Kleinigkeit; ein Fetzen genügt, aber den müßt ihr ihm lassen. Habt ihr mich verstanden?«

»Ja«, sagte der Schwarze.

Scylla senkte seine Hände.

»Ich habe verstanden!« schrie der Schwarze, aber er wußte, daß es vorbei war mit ihm. Und der Installateur wußte es auch.

Als er sah, daß sie von ihrem Tod überzeugt waren, erhob sich Scylla still und ließ sie liegen. Er kehrte zur Bar zurück, trank seinen Scotch und bestellte sich noch einen.

Was für ein idiotisches Verhalten. Die beiden würden ihr Hauptquartier benachrichtigen, und ihr Hauptquartier würde der Division lautstark berichten, daß Scylla sich danebenbenommen hatte. Schlimmer noch, er hatte sich eingemischt. Und natürlich würde die Division ihr Bestes tun, diese Beschuldigungen zu leugnen.

Aber sie würden nie wieder so überzeugt von Scylla sein. Sie würden ihn weiter einsetzen, er war noch viel zu wertvoll, um abgeschoben zu werden. Aber sie würden ihn auch beobachten. Viel genauer als in der Vergangenheit, weil sie sich Gedanken machen würden, warum er sich falsch verhalten hatte. Was war mit ihm los, daß er so etwas tun konnte? Konnte man Scylla noch trauen, oder war es mit ihm vorbei? Und beim nächsten Anzeichen . . .

Es darf kein nächstes Anzeichen geben, entschied Scylla.

Und die Araber, die den Schwarzen und den Installateur angeheuert hatten – wenn es überhaupt die Araber gewesen waren –, würden ihn auch beobachten. Man mußte seine Leute schützen, und es wäre durchaus nicht abwegig, wenn sie versuchten, ihn in einer verwundbaren Situation zu stellen, ihm vielleicht die Schulter zu brechen oder die Stimme zu ruinieren. Oder, wenn sie wirklich wütend waren, ihm vielleicht einen Wirbel zu brechen, daß er dann noch zehn Jahre oder so als Krüppel weiterlebte.

Ich darf in keine verwundbare Situation kommen, beschloß Scylla.

Es war leicht, so etwas zu beschließen, aber warum war er in der Herrentoilette durchgedreht? Warum hatte der Anblick einer billigen Perücke in der Ecke einer Toilettenkabine einen Tobsuchtsanfall ausgelöst?

Weil – Scylla erkannte – weil – es fiel ihm schwer, den Gedanken auch nur zufassen – weil ich bei jemandem sterben möchte, der mich liebt.

Da war es. Eingestanden, als Gedanke formuliert. Und war das ein so entsetzlicher Wunsch? War es zuviel vom Leben verlangt, ein anständiges Sterben?

Wahrscheinlich.

»Die Rechnung«, sagte Scylla und zahlte die Getränke, auch die von Ape. Auf dem Weg zum Flugzeug machte er einen kurzen Umweg zurück zur Herrentoilette. Das Pappschild war weg. Scylla öffnete die Tür, ging kurz hinein, blickte sich um. Das Toupet war weg.

Scylla nickte zufrieden. Sie waren nicht davongehetzt, gleich nachdem er gegangen war. Sie waren geblieben, hatten alles weggeräumt und Spuren beseitigt. Sie waren wahrscheinlich gute Leute.

Gute Leute?

Rasch verließ Scylla die Herrentoilette, verärgert über seinen letzten Gedanken. Was ist mit dir los? Vor fünf Minuten noch dicht vor einem Doppelschlag, und jetzt nennst du sie gute Leute. Er kam zum PanAm-Bereich und stellte sich zum Check-in an. Ich möchte bei jemandem sterben, der mich liebt.

»Verzeihung?« fragte die alte Dame vor ihm.

Oh du mein Gott, ich denke schon laut!

Scylla lächelte sie an. Er hatte ein wundervolles Lächeln, ungezwungen und beruhigend. Die Frau kaufte es ihm ab, sie lächelte zurück und wandte sich ab. Mach nur so weiter, dann werden sie dich bald in die Tourisenklasse schicken, sagte Scylla zu sich.

Diese Aussicht ließ ihn zittern.

3

Sie standen zu viert im Seminarraum und warteten auf Biesenthal. Die drei anderen kannten sich und unterhielten sich leise. Levy stand hinten und beobachtete sie. Er hatte von ihnen gehört; selbst während seiner Zeit in Oxford hatte die transatlantische intellektuelle Flüsterpropaganda Nachrichten von diesen dreien enthalten. Der größte von ihnen war Chambers, ein Schwarzer, der, so hieß es, der erste große schwarze Historiker werden könnte. Die zwei anderen waren die Riordan-Zwillinge, ein Junge und ein Mädchen; und in Yale hieß es, sie hätten das größte Allgemeinwissen seit Billy Buckley.

Von seinem Platz aus konnte Levy erkennen, daß er ab und zu ihr Gesprächsthema war. Wer einen ausgewachsenen Minderwertigkeitskomplex hat, der weiß es, wenn die Leute über ihn reden, und Levy schloß aus ihren Kopfbewegungen und dem Zucken der Achseln, daß sie zwar wußten, wer *sie* waren – nur die Besten waren bei Biesenthal zugelassen –, aber daß sie keine Ahnung hatten, wer der verschwitzte Kerl da hinten war. Ich hätte heute nicht zur Schule laufen sollen, sagte sich Levy und zerrte an seinem klammen weißen Hemd. Es war dumm, so was am ersten Tag zu tun. Am ersten Tag macht man einen guten Eindruck, da will man nicht Rekorde brechen. Lauf auf dem Heimweg, du Idiot. Sprinte nach Hause, wenn du unbedingt willst, aber komm nicht schon verschwitzt hier an. Keiner in den akademischen Gefilden hat Respekt vor Schweiß.

Biesenthal strahlte herein. »Strahlte« war das richtige Wort. Seine Augen – er konnte nichts dafür, es war einfach so – schienen von innen erleuchtet zu sein, wie in einem Western. Man brauchte Biesenthal nur kurz anzusehen, um zu wissen, daß er brillant war. Levy hatte Oppenheimer nur einmal gesehen, und bei ihm war es genauso gewesen. Oppenheimers Hemden waren am Kragen zu weit, seine Hosen zu weit gewesen, aber selbst wenn man ihm in der Bowery begegnete, hätte man das Genie in seiner Umgebung erkannt.

Bei Biesenthal war es dasselbe. Nicht, daß seine Hemden nicht gesessen hätten – er war ein Pedant. Er konnte es sich leisten; er war reich, und für einen Historiker hatte er eine unglaublich erfolgreiche Karriere hinter sich: zwei Pulitzerpreise, drei Bestseller, zahllose Fernsehauftritte und Interviews in der New York Times. Biesenthal war unermüdlich, ein intellektueller Sammy Glick. Daß er reich, erfolgreich und berühmt sein und gleichzeitig seinen Platz in der Gemeinschaft der Intellektuellen behaupten konnte, lag daran, daß er anscheinend alle Fakten kannte, die jemals in der Weltgeschichte ausgegraben worden waren; das gab ihm eine Überlegenheit den meisten Menschen gegenüber.

»Ich hoffe, ihr versagt alle«, begann Biesenthal.

Das verursachte ein gewisses Luftschnappen im Raum.

Biesenthal genoß es. Er setzte sich vorne auf das Pult und legte ein scharf gebügeltes Hosenbein über das andere. »Es gibt einen weltweiten Mangel an Rohstoffen«, fuhr er fort. »Es gibt einen Mangel an guter Luft. Ja, es gibt leider sogar einen Mangel an akzeptablem Weißwein. Aber es gibt keinen Mangel an Historikern. Wir zerkleinern euch wie Frankfurter Würstchen, und genauso intelligent seid ihr auch. Also, ich meine, es reicht! Ich meine, sucht euch anderswo eine harmlose Beschäftigung. Gebraucht eure Rücken. Schaufelt euch durchs Leben. Die Universitäten haben euch aus finanziellen Gründen ausgebildet, und so lange ihr euch die Studiengebühren leisten konntet, konnten sie es sich leisten, mein Gehalt zu zahlen. Fortschritt haben sie es genannt. Doktorate am Fließband zu produzieren, war Fortschritt. Also, ich meine ›Halt the ringing cry of process‹ – das ist ein Zitat –, von wem stammt es?«

Tennyson, dachte Levy. Locksley Hall Sixty Years After. Das stimmt. Ich bin sicher, daß es stimmt. Aber wenn es nicht stimmt? Am ersten Tag kommt man nicht schwitzend an, am ersten Tag macht man keine Fehler. Wahrscheinlich ist es ohnehin ein Zitat von Yeats. Was ist, wenn ich Tennyson sage, und Biesenthal antwortet: »Falsch, falsch, es ist von William Butler Yeats, 1865 bis 1939. Kennen Sie nicht die irische Dichtung? Wie können Sie ein ordentlicher Historiker werden, wenn Sie nicht einmal die irische Dichtung kennen, und wer sind Sie, mein Herr, und warum schwitzen Sie in meiner Gegenwart? Schweiß ist kein Ersatz für Weißwein, falls Sie mich fragen.«

»Tennyson«, brüllte Biesenthal. »Mein Gott, Alfred Tennyson! Wie wollen Sie jemals eine Dissertation schaffen, wenn Sie nicht einmal Locksley Hall und Locksley Hall Sixty Years After kennen?«

Das Riordan-Mädchen schrieb etwas nieder. Levy beobachtete sie. Er ärgerte sich über die präzise Art, in der sie zweifellos die Titel notierte und wohl auch anmerkte, daß sie sich die Verse ansehen sollte. »Ich wußte es«, wollte Levy hinausschreien. »Professor Biesenthal, ich wußte es wirklich. Ich hätte Ihnen daraus zitieren können.« Levy schüttelte den Kopf; du bist wirklich ein Idiot; du hättest den Mann beeindrucken können.

Biesenthal sprang leichtfüßig vom Pult und ging im Raum auf und ab. Er schwieg eine Weile, als wollte er ihnen Zeit geben, ihn ausgiebig zu betrachten, damit ihnen bewußt wurde, daß wirklich Biesenthal unter ihnen weilte. Sein Seminar über Zeitgeschichte war das angesehenste an der Columbia-Universität, vielleicht noch mit dem Literatur-Seminar von Barzun und Trilling, aber Levy war gar nicht sicher, ob die beiden es noch hielten. »Wir werden alle vierzehn Tage zusammenkommen. Ich werde pünktlich erscheinen, und Sie ebenfalls. Ich verspreche Ihnen, wenigstens fünfzig Prozent der Zeit glänzend zu sein. Gelegentlich bin ich noch mehr als das, öfter bloß brillant. Dafür entschuldige ich mich im voraus. Im allgemeinen habe ich wenig Kontakt mit meinen Studenten, aber ich werde zweifellos bei Ihrer mündlichen Prüfung da sein und mein Bestes tun, und das ist in der Tat ziemlich gut, um Ihnen Ihre Bemühungen um ein Doktorat zu verlängern. Betrachten Sie mich als Ihre besondere Wegblockade. Außerdem bin ich auch so etwas wie ein Schnüffler; und ich kann Ihnen größere Scherereien machen, wenn ich Ihre starken Seiten kenne, damit ich nicht lange nach ihnen fragen muß. Darf ich Sie nun bitten, die Themen Ihrer Dissertationen kurz zu beschreiben. Chambers!«

»Die Wirklichkeit in der Erfahrung der Schwarzen in den Südstaaten parallel zur Unwirklichkeit in den Romanen von Faulkner.«

Biesenthal hörte auf, auf und ab zu gehen. »Und wenn es keine Parallele gibt?«

»Darauf hoffe ich«, sagte Chambers. »Es soll eine kurze Dissertation werden.«

Biesenthal lächelte.

O, ist dieser Chambers clever, dachte Levy. Jedenfalls sehr geschickt. Gott, was würde ich dafür geben, so geschickt zu sein.

»Miß Riordan?«

»Eine Kritik der europäischen Bündnispolitik im neunzehnten Jahrhundert.«

»Und Sie, mein Herr?« Das galt dem männlichen Riordan.

»Carlyles Humanismus.« Er stotterte. »Ka-Ka-Car«, sagte er.

»Das ist wirklich eine entsetzliche Vorstellung, Riordan.

Keiner in Ihrem Alter sollte sich für etwas derart Langweiliges interessieren. Intellektuelle sollen von dem fünfundzwanzigsten Lebensjahr unerträglich werden, das steht in unserer Verfassung.« Nun wandte er sich an Levy. »Mister . . .?«

»Tyrannei, Sir«, brachte Levy hervor; sein Herz – hör auf! – hämmerte. »Die Anwendung von Tyrannei im politischen Leben der USA, zum Beispiel Coolidge, der den Polizeistreik in Boston brach, oder Roosevelt, der in den vierziger Jahren japanische Amerikaner in Konzentrationslager an der Westküste stecken ließ.«

Biesenthal sah ihm ins Gesicht. »Die McCarthy-Geschichte können Sie auch behandeln.«

»Sir?« war alles, was Levy herausbrachte. Also wußte Biesenthal doch Bescheid.

»Joseph. Er war ein Senator von Wisconsin. Er zog eine Reihe von tyrannischen Säuberungsaktionen in den frühen fünfziger Jahren durch.«

»Ich habe vor, ein Kapitel über ihn zu schreiben, Sir.«

Biesenthal setzte sich hinter das Pult. »Stehen Sie alle auf«, sagte er, »und gehen Sie schnell. Noch eine letzte Ermahnung.« Die Gruppe hielt inne. »Viele Studenten sind der Meinung, wenn sie sich an ihre Lehrer wenden, dann belästigen sie sie irgendwie. Darf ich Ihnen versichern, daß das in meinem Fall absolut und einhundert Prozent stimmt; es ist eine Belästigung, also bitte, tun Sie es so selten wie möglich.« Er lächelte fast, als er das sagte, und die anderen lachten. Aber unsicher.

»Levy«, sagte Biesenthal, als Levy schon fast draußen war.

»Sir?«

Biesenthal zeigte auf die Tür. »Schließen«, sagte er. Er winkte ihn mit dem Finger zu sich. »Kommen Sie«, sagte er. Er wies auf einen Stuhl in der ersten Reihe. »Setzen.«

Levy tat wie geheißen. Sie waren allein im Raum.

Stille.

Levy bemühte sich, nicht nervös zu sein.

Biesenthals Augen blitzten zu ihm nieder.

»Ich kannte Ihren Vater«, sagte er schließlich.

Levy nickte.

»Ziemlich gut sogar. Er war mein Lehrer.«

»Ja, Sir.«

»Ich war ein dummer Junge, als er auf mich stieß. Ich trieb mich herum und hatte gerade so viel Verstand, um den Abgrund zu vermeiden.«

»Das weiß ich natürlich nicht, Sir.«

Biesenthal hörte nicht auf, ihn zu beobachten, seine Augen wollten einfach nicht aufhören zu blitzen. »T. B. Levy«, sagte Biesenthal endlich. »Ich nehme an, daß Sie, da Ihr Vater ein Anhänger Macaulays war, Thomas Babington heißen.«

»Ja, Sir. Nur versuche ich, den Babington so gut wie möglich zu verschweigen.«

»Wie ich mich erinnere, gab es noch einen bei euch; nach wem wurde er benannt?«

»Thoreau. Sein Name ist Henry David.« Das stimmte, bloß nannte Levy ihn nie so, wenn sie allein waren. Dann nannte er ihn »Doc«. Es war ihr großes und einziges Geheimnis. Auf der ganzen Welt nannte ihn sonst niemand »Doc«. Genauso wie sonst keiner auf der ganzen Welt außer Doc ihn »Babe« nannte.

»Ist er auch ein aufblühender Intellektueller?«

»Nein, Sir, er ist ein erfolgreicher Geschäftsmann, verdient klotzig viel Geld. Er war ganz in Ordnung, aber in letzter Zeit sieht es so aus, als ob er in seinen Maßanzügen ein erstklassiger Spießer werden wollte. Er schwärmt von französischen Restaurants und trinkt nur Burgunder. Man könnte einschlafen, wenn man ihm zuhört, wie er von dieser Vollmundigkeit und von jenem Bukett redet. Ich glaube, mein Vater hätte ihn enterbt.«

Biesenthal lächelte. »Ihr Vater vertraute auf Präzision – das zeigen Ihre Namen.«

»Wieso, Sir?«

»Sie starben im selben Jahr, Thoreau und Macaulay.«

»Nein«, wollte Levy gerade korrigieren. Macaulay starb 1859, Thoreau lebte drei Jahre länger. Levy strich sich mit der Hand über den Magen. Was machen, was machen? Drei Jahre war fast dasselbe wie im selben Jahr, obwohl Tom Macaulay bestimmt anderer Meinung gewesen wäre, wenn man auf dem Totenbett gefragt hätte: »He, Babington, was ist, willst du noch drei Jahre leben oder nicht? Es liegt an dir, sag, was du lieber möchtest. Na, was ist?«

»Ich wollte nicht . . .« fing Levy an.

Biesenthal und diese verdammten Augen beobachteten ihn immer noch.

»Ich meine, es war mir nicht ganz bewußt . . . ich war immer der Meinung, der eine starb 1859 und der andere 1862. Das zeigt, wie man sich irren kann. Danke, daß Sie mich darauf hingewiesen haben.«

Biesenthal zögerte einen Moment. »Nein – nein, natürlich haben Sie recht. Ich habe mich geirrt, da waren natürlich drei Jahre dazwischen. Ich habe mich versprochen, verzeihen Sie. Was ich meine, sie sind im selben Jahr geboren, um ganz präzise zu sein, sogar im selben Monat.«

Levy konnte nicht aufhören, seinen Magen zu drücken. Ihre Geburtsdaten lagen siebzehn Jahre auseinander, aber man konnte einen Mann wie Biesenthal nicht zweimal korrigieren. Zumindest nicht zweimal an einem Tag. Zweimal im Leben schon, aber mehr nicht, wenn man nicht den Zorn des Professors heraufbeschwören wollte. »Ja, Sir«, sagte Levy.

»Nie mehr«, sagte Biesenthal mit immer lauter werdender Stimme, »machen Sie sich lustig über mich!«

»Nie im Leben würde ich so was tun, Sir.«

»Wann wurde Macaulay geboren?«

»1800.«

»Und H. D. Thoreau?«

»Praktisch auch 1800.«

»Wann?«

»Siebzehn Jahre später.«

»Korrigieren Sie mich, Sir! Wie sonst soll ich Ihren Geist ergründen? Ich mag Nicker nicht. Immer ist jeder meiner Meinung, und es langweilt mich, Sir, es langweilt mich. Ich bin auf der Suche nach Geist. Den Ihres Vaters habe ich verehrt. Ich habe ihn vergöttert. Ist der Ihre ebenso gut?«

»O nein, nein, Sir.«

»Dieses Urteil überlassen Sie mir, aber ich kann es nur dann fällen, wenn Sie ihn mir zeigen. Wenn Sie ihn weiterhin verbergen, kann ich nur annehmen, daß Sie eine Drohne sind, und ich werde Ihre Qualität wie die des Riordan-Jungen einstufen. ›Der junge Levy? Sehr traurig. Sein Vater hatte einen Verstand, für den man zum Mörder geworden wäre, aber der Sohn, ach, er begriff nichts, was über ein Mikadospiel hinausging.‹ Würde Ihnen das gefallen?«

»Sie wissen, daß es mir nicht gefallen würde.«

»Warum sind Sie an der Columbia, Levy?«

»Es ist eine gute Schule.«

»Eine bessere Antwort, bitte.«

»Weil Sie hier sind.«

»Nun, das ist schon besser, und es ist augenscheinlich auch schmeichelhafter, aber ich vermute, es ist nur teilweise wahr. Ich habe heute Ihre Unterlagen überprüft. Ich überprüfe jeden, der sich meiner Darbietungen für würdig hält. Halten Sie mich für arrogant, Levy?«

»O nein, Sir.«

»Ihr Vater schon. Er hat mich dauernd bestraft. Sie waren in Denison, nicht? Wenn ich mich nicht irre, ist das einer dieser gemischten Buden in Ohio.«

»In ihrer Broschüre beschreiben sie sich ein bißchen anders, Sir.«

»Und Sie haben ein Rhodes-Stipendium erhalten.«

Levy nickte.

»Ein Rhodes-Stipendiat. Von Denison aus. Sie müssen außerordentlich intelligent sein, daß Ihnen das gelungen ist. Alle Rhodes-Studenten, die ich kannte, kamen von den großen Universitäten. Wie haben Sie diese Großtat geschafft, Levy?«

»Ich weiß es nicht, Sir. Ich habe mich einfach beworben. Es war vielleicht ein schwacher Jahrgang.«

»Höchstwahrscheinlich. Das wäre eine Erklärung. Ich stelle mir vor, die sind verrückt geworden in Denison. Zweifellos waren Sie in der gesamten Geschichte der Schule der erste Gewinner.«

Levy saß still da.

»Wahrscheinlich der erste, der sich beworben hat.«

Levy sagte nichts.

Biesenthal ließ ihn eine Weile so sitzen, bis er ihn noch einmal leise fragte: »Warum sind Sie an der Columbia, Levy?«

»Es hat sich so ergeben«, murmelte Levy.

»Es hat sich nicht einfach so ergeben, Levy. Ihr Vater war auch ein Rhodes-Stipendiat; und er besuchte dieselbe Gemischte in Ohio; und er kam auch hierher, um sein Doktorat zu machen. Es gibt da eine Stelle in einem James-Bond-Roman, Levy – ›Das erste Mal ist es Zufall, das zweite Mal ein Zusammentreffen von Umständen, das dritte Mal ist es Feindesaktion.‹«

Levy schwitzte heftig. Wenn ich je wieder ins Seminar renne, sollte man mich wirklich einsperren, versuchte er sich einzureden, aber es funktionierte nicht, denn das war es nicht, warum er schwitzte, diesmal nicht.

»Der Abschnitt über McCarthy ist das zentrale Thema Ihrer Dissertation, nicht wahr?«

»Das ist schwer zu sagen, da sie noch nicht geschrieben ist.«

»Der Abschnitt über McCarthy ist das zentrale Thema Ihrer Dissertation, nicht wahr?«

»Ja.«

»Sehr besorgniserregend, Levy.«

»Es ist ja nur eine Dissertation, Professor Biesenthal.«

»Sie können nicht in seine Fußstapfen treten. Es tut mir leid, daß ich Ihnen das sagen muß. Vielleicht hinterlassen Sie größere Spuren, alles ist möglich, aber es werden Ihre eigenen sein, nicht die Ihres Vaters.«

»Also gut, wenn Sie unbedingt die Wahrheit wissen wollen – ich bin hier, weil man mir hier das beste Stipendium angeboten hat, mehr steckt nicht dahinter. Ich bin nicht auf einem Kreuzzug, ganz und gar nicht.«

»Gut. Es ist nämlich zu lange her, es gibt nichts, was Sie tun könnten, um ihn zu rechtfertigen.«

»Ich weiß das, denn es gibt nichts zu rechtfertigen. Er war unschuldig.« Levy blickte rasch zu Biesenthal auf.

Die verdammten Augen hörten einfach nicht zu blitzen auf . . .

4

Scylla war in London nie in Bestform. Nicht, weil er die Stadt nicht mochte, im Gegenteil. Schon vor Jahren, als er sie zum ersten Mal besucht hatte, hatte er irgendwie gespürt, daß sie seine Heimat hätte sein sollen. Die Liebe zu dieser Stadt war in den zehn Jahren, als er in den Zwanzigern war, nur noch größer geworden.

Dann, als er dreißig war, traf er Janey in London und verliebte sich sehr. Das war das auslösende Moment. Er konnte nie wieder die nötige Konzentration für seine Arbeit aufbringen, egal, wie wichtig sie war. Er und Janey waren nun schon seit fünf Jahren zusammen, und obwohl er erst noch der Leidenschaft begegnen müßte, die fünf Jahre Zusammenlebens überdauerte, ging es mit Janey doch ziemlich gut, fand Scylla. Gerade an diesem Abend war er nach dem Essen die Mount Street entlang gewandert, hatte einen Schaufensterbummel gemacht, an Janey daheim gedacht und »A Foggy Day in London Town« gesungen. Er ertappte sich dabei, bevor er richtig loslegte. Keiner war in der Nähe, der ihn gehört haben konnte, aber es bewies ihm wieder einmal, daß er seiner Arbeit nicht die Aufmerksamkeit schenkte, die notwendig war, wenn man überleben wollte.

Er blickte auf die Uhr. Es war verdammt kalt; es war September und fast halb drei Uhr morgens. Er blies in seine Hände und schlug den Kragen seines Trenchcoats hoch. Er hatte das Ding vor Jahren bei Burberry's gekauft, und er wußte, es war alt und abgetragen, aber was soll's.

Er saß ganz still und wartete. Warten war etwas, an das man sich gewöhnte. Er haßte es, aber manchmal ließ man auch andere warten. Es machte sie verrückt, deshalb tat man es. Jeder Vorteil war das wert, was er einen kostet. Es war seltsam, aber er ließ andere Leute nicht gern warten, weil er selbst auch nicht gern wartete. Sie suchten ihren Vorteil, und wenn sie endlich kamen, wäre es ganz natürlich, daß er nervös, ängstlich, sogar irritiert schien. Dann würden sie glauben, sie seien im Vorteil. Und wenn sie das glaubten, dann war der Vorteil natürlich wieder auf seiner Seite. Das war es, was ihn so gut sein ließ wie jeder andere. Er verriet sich nicht.

So war es zumindest, wenn er in Form war. Aber in London gelang ihm das nie so richtig. In London war er verwundbar, obwohl bis jetzt noch niemand von dieser Verwundbarkeit profitiert hatte.

Drei Uhr fünfunddreißig.

Scylla rutschte auf seinem Sitz herum. Die Bank war eindeutig nicht für langes Herumsitzen gemacht. Er schaute durch das nachtschwarze Grün der Kensington Gardens auf das Albert Memorial. Was für ein herrliches Denkmal des schlechten Geschmacks! Sonst liebte er es; aber nicht, wenn er sich mitten in der verdammten Nacht bei einem Scheißjob den Hintern abfror.

Bevor er herausgekommen war, hatte er den Russen eine Lichtpause vom wesentlichen Teil der »raffinierten Bombe« angeboten, die vom Militär in den höchsten Tönen gelobt wurde. Es war eine Bombe, die nicht einfach runterfiel: Sie schwebte, bis sie ihr vorprogrammiertes Ziel fand; dann sackte sie. Warum sein Job ein verdammter Scheißjob war? Nun, die Russen hatten die betreffende Lichtpause bereits. Aber sie durften nicht verraten, daß sie sie schon hatten, deshalb würden sie in den Park kommen müssen und dem Handel nach einigem Hin und Her zustimmen. Es war alles so sehr à la 1984, daß man kotzen konnte.

Schritte.

Scylla ließ seinen Blick vom Albert Memorial zu der leeren Bank gegenüber gleiten. Nun kam der alberne Teil. Egal, wie lange er das Spiel nun schon spielte, hatte er nie das kindergartenhafte Bedürfnis zu kichern unterdrücken können, sobald sie das Getue mit den Codewörtern anfingen. Lieber Gott, wer sonst würde sich um drei Uhr neununddreißig nachts auf einer Parkbank treffen?

Gib keine Antwort drauf.

Ein zierliches Mädchen setzte sich ihm gegenüber in der Dunkelheit. Seltsam, aus verschiedenen Gründen: (a) Geschlecht; (b) daß man etwas derartig Wichtiges einer so aufgeregten Dame anvertraute. Nach außen hin wirkte sie zwar ruhig; wer keine Erfahrung hatte, hätte sie für gelassen gehalten. Aber Scylla spürte förmlich, wie ihr Herz klopfte.

Sie hielt ihm eine Schachtel Zigaretten hin.

Er schüttelte den Kopf. »Krebsgefahr.« Jesus, da war es schon wieder. Ein Kichern stieg in ihm hoch. Was, wenn er nicht »Krebsgefahr« gesagt hätte? Was, wenn er bloß gesagt hätte: »Bedaure, Kleine, ich rauche nicht«? Wäre sie weggegangen? Natürlich nicht. Er saß da, wo er sitzen sollte, zu einer Zeit, wo er da sitzen sollte. Irrsinn, eigentlich. Wenn er jemals was zu sagen hätte, dann würde er als erstes mit diesen Losungsworten aufräumen.

Sie zündete sich die Zigarette an. »Ein Laster, von dem man schwer loskommt.«

»Sonst wäre es kein Laster«, sagte Scylla. Und dann atmete er auf. Nun war wenigstens der idiotische Teil vorüber.

Sie blieb eine Weile auf der Bank sitzen und rauchte, inhalierte tief. »Sie sind Scylla?« fragte sie schließlich.

Guter Gott, wer sollte er denn sonst sein nach all dem? Ihr Mangel an Geschick fing an, ihn zu ärgern. Er hatte es nicht mehr nötig, mit Lakeien und Narren zu verhandeln.

Er sagte nichts, nickte nur.

»Ich dachte, Sie würden vielleicht eine Frau sein.«

Ich dachte, Sie würden vielleicht ein Mann sein, hätte er fast geantwortet, was stimmte, deshalb sagte er es nicht.

»War Scylla nicht ein weibliches Ungeheuer?«

»Scylla war ein Fels. Ein Fels bei einem Strudel. Der Strudel hieß Charybdis.«

»Und sind Sie das? Ein Fels?«

War er. Zumindest an seinen guten Tagen. Er sagte nichts. Er wußte nun, daß sie ihn hinhalten wollte. Aber er wußte nicht, ob es daran lag, daß sie unfähig und neu war, oder ob es andere Gründe gab.

»Man hat mir aufgetragen, Ihnen zu sagen, daß Ihr Preis zu hoch ist.«

»Hat man Ihnen auch aufgetragen, zu verhandeln?« Sie sah auf eine ganz zarte Art sehr gut aus. Er wurde sich seines Körpers bewußt; stark und muskulös.

Sie nickte. »Selbstverständlich.«

»Dann verhandeln Sie endlich, zum Teufel! Machen Sie ein Gegenangebot! Darum geht es schließlich beim Verhandeln.«

»Selbstverständlich.« Sie nickte wieder.

Wie sie so dasaß, drückte ihre ganze Haltung eine so panische Angst aus, daß es ihr einfach nicht gelang, sie vor ihm zu verheimlichen, auch wenn sie sich noch so anstrengte. Es war, als ob jemand versuchte, sie umzubringen, und dann gab sein Hirn verspätet die Nachricht durch – nicht sie – nicht sie – dich will man umbringen . . .

Und wenn Glück ein Bestand des Schicksals ist, dann hatte er Glück, denn instinktiv hob er die rechte Hand zum Hals, einen Sekundenbruchteil vor dem Schlingendraht. Als sich die Schlinge zusammenzog und dabei tief in seine Handfläche schnitt, dachte Scylla, daß es jetzt nicht passieren konnte; nicht hier in London, auch wenn es bei genauerer Betrachtung nur konsequent gewesen wäre, aber konsequent war auch, daß es niemandem gelingen konnte, sich völlig geräuschlos von hinten an ihn heranzumachen, niemand konnte so leise sein. Und als der Draht tiefer in seine Hand schnitt und sein Gehirn einzunebeln begann, erkannte Scylla noch, daß er sich geirrt hatte, es gab einen Menschen: Chen, der hagere und tödliche S. L. Chen, der jetzt hinter ihm stand und ihn tötete . . .

Als er erfuhr, daß es Scylla war, freute sich Chen. Nicht aus einem Gefühl überhöhten Selbstbewußtseins heraus, sondern eher, weil es unvermeidbar war. Es hatte schließlich einmal dazu kommen müssen, Chen gegen Scylla. Besser jetzt als später. Besser der Angriff kam von ihm als von Scylla. Ganz ehrlich: Am liebsten wäre es Chen gewesen, wenn sie beide allein in einem leeren Raum gewesen wären, nackt bis auf einen Lendenschurz, und einer sollte überleben. Aber das ging nicht. Dennoch; Chen freute sich, als er erfuhr, daß es Scylla war.

Über die Szenerie freute er sich nicht. Die Dunkelheit störte ihn nicht. Der Park oder die nächtliche Stunde störten ihn auch nicht. Es war vielmehr die Jahreszeit, die ihm zu schaffen machen würde. Chen wußte das sofort. Wenn es Sommer gewesen wäre, hatte Scylla wahrscheinlich nur Hosen und ein Hemd angehabt, und sein Hals wäre den Händen ungeschützt ausgesetzt gewesen. Aber im September würde Scylla einen Mantel anhaben, denn es würde kühl sein, und wahrscheinlich hatte er den Mantelkragen hochgeschlagen. Wenn man die Todespunkte am Nacken nicht sah, konnte es passieren, daß man sie verfehlte und lediglich Schmerzen zufügte, was Scylla die Möglichkeit geben könnte, zurückzuschlagen, vielleicht sogar den Kampf zu gewinnen.

Chen gefiel das gar nicht, deshalb entschloß er sich zur Nunchaku.

Es war eine ehrenwerte Waffe, so alt wie die Luft: zwei Holzstäbchen, durch einen Draht verbunden oder durch Leder, wenn man Leder lieber hatte.

Chen hatte Draht lieber.

Er war ein Meister mit der Nunchaku, und die Fremdheit der Waffe umgab sie in der westlichen Welt mit einem Hauch des Schreckens. Die Weißen nannten sie Noonchuck. Laß Chen nie mit seiner Noonchuck an dich heran.

Dann kam der ganze Rummel mit den Kung-Fu-Filmen, und

Bruce Lee benutzte die Nunchaku, und Chen mußte entsetzt mit ansehen, wie die heilige Waffe zu einem Spielzeug für Kriminelle auf dem ganzen Erdball wurde. In Los Angeles verwendeten Kinder Noonchucks. In Liverpool wurden sie alltäglich. Alltäglich. Es war erniedrigend. Chen sah sich alle Bruce-Lee-Filme an und krümmte sich.

Chen war um halb drei zu der Begegnung mit Scylla erschienen. Er wußte, daß das Mädchen um halb vier kommen sollte, sich aber um neun Minuten verspäten würde, um den großen Mann zu reizen. Chen nahm an, Scylla würde gegen drei kommen – Chen kam zu jedem Treffen so früh, und er wäre überrascht gewesen, wenn Scylla es nicht ebenso gemacht hätte. Um halb drei untersuchte Chen kurz aber gründlich die Schatten hinter der Bank, auf der Scylla Platz nehmen sollte, bis er die Stelle gefunden hatte, die ihm am besten paßte, ein dichtes Gebüsch in der Nähe, das selbst bei einem plötzlichen starken Windstoß nichts preisgeben würde.

Und dann ging er in die Hocke.

Chen konnte – wie lange? – in der Hocke bleiben. Einen Tag? Einen Tag ganz sicher. Das war bisher die längste Zeit gewesen, die er unbeweglich zugebracht hatte. Wahrscheinlich könnte er es noch länger aushalten. Vielleicht würde einmal die Zeit kommen, wenn es notwendig sein müßte. Er erstarrte nun in seiner Haltung, und wenn Scylla um drei kam und die Umgebung inspizierte, war Chen bereits ein Teil der Szenerie. Nichts würde sich ihm enthüllen. Er war da, bevor Scylla kam; er würde verschwinden, sobald Scylla tot war.

Er hielt seine Nunchaku ganz locker, einen Stab in jeder Hand, und ließ den groben Draht sich winden. Um drei Uhr einundvierzig stand er auf. Seine Hände fühlten sich kräftig. Sie waren sein Stolz, diese Hände, sein ganzes Leben hatte er daran gearbeitet, denn sein übriger Körper war schwach. Er hatte nie viel mehr als fünfzig Kilo gewogen.

Chen bewegte sich langsam vor.

»War Scylla nicht ein weibliches Ungeheuer?«

»Scylla war ein Fels. Ein Fels bei einem Strudel. Der Strudel hieß Charybdis.«

»Und sind Sie das? Ein Fels?«

Schweigen auf Scyllas Seite.

Chen kam näher.

»Man hat mir aufgetragen, Ihnen zu sagen, daß Ihr Preis zu hoch ist.«

Verdammt noch mal! dachte Chen. Das geht zu schnell, sie hätte langsamer darauf zuführen sollen – ausgerechnet diesmal einem Neuling ausgeliefert zu sein. Scylla würde auf der Hut sein. Chen wollte sich beeilen, aber wenn man geräuschlos sein wollte, hatte man nur einen Feind: die Eile. Man mußte beharrlich sein und langsam. Sonst konnte es passieren, daß Stoff sich an Stoff rieb, Zweige knackten, lauter donnernde Geräusche.

»Hat man Ihnen auch aufgetragen, zu verhandeln?«

Chen war zwei Schritte hinter dem großen Mann. Ein Schritt wäre ihm lieber gewesen, aber das hatte dieses verdammte Mädchen ruiniert.

»Selbstverständlich.«

Ein Schritt hinter Scylla.

»Dann verhandeln Sie endlich, zum Teufel! Machen Sie ein Gegenangebot! Darum geht es schließlich beim Verhandeln.«

»Selbstverständlich«, sagte sie, und als Chen den Draht um Scyllas Hals legte, wußte er schon, daß Scylla die Hand oben hatte. Seine rechte Hand hielt den Draht vom Hals weg. Verdammt, dachte Chen, aber dann verbannte er jeden Gedanken aus seinem Hirn und konzentrierte sich nur auf seinen Job. Er hatte schon früher seinen Draht durch Fleisch gezogen; und Handknochen brachen leicht.

Er spannte seinen Körper an und begann das Töten . . .

Als das Blut aus seiner verletzten rechten Hand sprudelte, sah Scylla, daß das Mädchen auf der Bank gegenüber eine Pistole in der Hand hatte, was dumm war: Kanonen waren im Dunkeln idiotisch. Lärmmacher, jeder Treffer ein Zufallstreffer. Aber wenn es auch ein Fehler gewesen war, das Ding überhaupt ins Spiel zu bringen, hätte sie ihn damit erledigen können, wenn sie schnell genug gewesen wäre, denn er war nur mit einem Schmerz beschäftigt; und Schmerzen verändern die Welt. Schmerzen bauen einen Nebel um einen auf, durch den man nichts sehen kann, man kann sein Handeln nicht mehr mit Logik, Erfahrung und Übung in Einklang bringen.

Deshalb war Scylla eine Sekunde lang, als der Draht tiefer in seine Hand eindrang, schwach, benommen und reif zum Sterben.

Aber die junge Frua war langsam, zu langsam. Die Sekunde verstrich.

Sein Hirn wurde klarer. Er war Scylla, der Fels. Vergiß das nicht! Du bist Scylla, der Fels, und du mußt jetzt etwas tun. Mit aller Gewalt bleute er sich diese Worte ein, denn das Mädchen mit der Pistole stand jetzt auf. Was hatte er davon, daß sein Hirn klarer wurde? Eine Kugel zertrümmert klare Gewebe genauso wie umnebelte. Und hinter ihm stand Chen, ein Ebenbürtiger, einer der wenigen, nicht der einzige. Denn du bist Scylla, der Fels, und du mußt etwas tun.

Irgend etwas Außergewöhnliches, Bemerkenswertes, Einmaliges, das ist alles, und du hast fünf Sekunden. Los.

Chen war gut, aber er war klein – das Mädchen kam näher – Chen war flink, aber jetzt stand er unbeweglich – das Mädchen hob die Pistole – wenn du Chen bewegen könntest, wenn du ihn aus dem Gleichgewicht bringen könntest, wenn dir das gelänge . . .

Scylla wußte, was er nun versuchen mußte.

Er hatte es einmal erlebt. Einmal. Bei einem Basketballspiel. Der unvergleichliche Monroe kämpfte gegen den genialen Frazier. Der beste Stürmer gegen den größten Verteidiger. Keiner war in ihrer Nähe. Mano a mano. Monroe bewegte sich auf den Korb zu und fintete nach rechts, und wenn man nach rechts täuscht, gibt es nur noch zwei Bewegungen: Man täuscht rechts und geht links, oder man kann nach rechts bluffen, dann nach links bluffen und nach rechts gehen.

Monroe tat nichts von beiden.

Er täuschte nach rechts und ging nach rechts, um Frazier herum, der nur einfach dastehen und dem Treffer zusehen konnte.

Scylla täuschte nach rechts und ging nach rechts.

Er zwang seinen Körper in diese Richtung der Bank entlang, und dann, als es aussah, als würde er langsamer werden, um nach links zu täuschen, bündelte er seine ganze Kraft in die Bewegung nach rechts. Hinter sich konnte er spüren, wie der Druck der Drahtschlinge augenblicklich nachließ, als Chen das Gleichgewicht verlor.

Mit der ganzen Kraft seines starken Körpers bückte sich Scylla nach vorn und zog den widerstrebenden kleinen Mann mit sich, und dann legte Scylla seine ganze Stärke in einen Schulterwurf, und Chen segelte hilflos über ihn hinweg auf das zu langsame Mädchen zu.

Sie gingen schwer zu Boden. Das Mädchen war verdutzt, die Pistole schlitterte den Gehweg entlang; Scylla sah es, aber Chen sah es auch, und Chen tauchte danach, scharrte über den Beton wie eine verzweifelte Küchenschabe.

Scylla ließ ihn.

Seine rechte Hand blutete und war fast nutzlos. Er sah, wie Chen bald heran war, dann trat er nach seinem Kopf. Aber Chen war darauf vorbereitet und packte den Fuß, drehte ihn herum und brachte Scylla zu Fall. Scylla antwortete mit einem Schlag seiner linken Hand. Aber er konnte Chens Kopf nur streifen, denn selbst auf den Knien und noch benommen vom Schulterwurf, war Chen flink. Scylla versuchte noch einen Schlag mit der Linken, und wieder wirbelte Chen herum, und ein weiterer Schlag verfehlte Chen, der sich drehte und wand und wirklich wie eine Küchenschabe aussah, ein Wasserfloh, den man sehen und jagen, aber einfach nicht fangen konnte.

Jetzt stürzten sich beide auf die Pistole, aber es waren ungeschickte Versuche, und als Scylla sah, daß er sie nicht zuerst erreichen würde, trat er sie mit dem Fuß ins dunkle Gras. Chen zielte auf Scyllas Hals, aber Scylla bewegte sich schnell genug, denn Chen verfehlte einen tödlichen Punkt, aber das bedeutete nicht, daß es nicht weniger schmerzte, daß seine Nerven nicht kreischten und sein Hirn nicht wieder einnebelte. Ich darf es nicht zulassen, dachte Scylla. Wenn sich Nebel vor meine Augen legt, ist es vorbei. Wieder traf seine Linke daneben; und seine Rechte war nutzlos. Die rechte Hand zu benutzen, würde einfach zu schmerzhaft sein. Er wußte es, und Chen wußte es auch, und als Scylla dann mit der rechten Hand auf den tödlichen Punkt zielte, als er ihn traf, gab es einen doppelten Schmerzensschrei. Es war schwer festzustellen, wessen Qual größer war, seine oder Chens. Sicher war nur eines: Chens Pein war schneller vorbei. Keuchend richtete sich Scylla auf, ging um den toten Orientalen herum und erledigte still das Mädchen, dann rannte er den Pfad zum Albert Memorial hinunter und band sich im Lauf ein Taschentuch um die rechte Hand.

Die nächste Telefonzelle war gegenüber Kensington Gore. Scylla zwang sich zu einer gemächlichen Gangart, als er sich der Zelle näherte, denn es war drei Uhr fünfundvierzig und man konnte nie wissen, wer nicht schlief. Ein laufender Mann in der Nacht war verdächtig; wer verdächtig war, ging deshalb gemächlich.

Er warf die entsprechenden Münzen ein und wählte die entsprechende Nummer. Es klingelte nur einmal.

»Umzüge.«

»Scylla.«

»Ja, Scylla.«

»Zwei. Zwischen dem Albert Memorial und Lancaster Walk.«

»Verletzt?«

»An der Hand.«

»Ich verständige die Klinik, Scylla.«

Klick.

Scylla verließ die Telefonzelle und wartete. Das war nicht

nötig, er hätte weggehen können, aber er war lieber da, wenn etwas Unvorhergesehenes passierte.

Außerdem mußte er nachdenken. Warum hatte Chen versucht, ihn umzulegen? Irgend jemand hatte ihn angeheuert – wer? Warum? Wegen der Sache auf der Herrentoilette in Los Angeles? Vielleicht; aber er hatte nicht soviel angerichtet, daß ihn die Araber deshalb töten würden. Sie hätten ohne weiteres mit den Russen in Kontakt treten können, aber die Russen hätten versucht, einen ihrer eigenen Leute zu schicken, nicht einen Orientalen aus einem Land, das sie haßten. In Scyllas Hand begann es entsetzlich zu pochen. Er schüttelte den Kopf – was auch los war, er wußte noch nicht genug. Der Computer war mit ungenügenden Daten gefüttert worden.

Nach sieben Minuten fuhr ein ganz normal aussehender Krankenwagen in die Kensington Gardens. Fünf Minuten später fuhr die Ambulanz wieder weg. Alles geschah sehr gründlich, und natürlich würde nie irgend etwas davon in den Zeitungen stehen.

Scylla fand ein Taxi, ließ sich bis in die Nähe der Klinik fahren, zahlte und stieg aus. Er wartete, bis das Taxi weg war; dann spazierte er zu der Stelle, wo sie auf ihn warten würden. Seine Hand war schlimmer geworden, am liebsten wäre er gelaufen, aber Laufen bedeutete, daß man sich verdächtig machte, und wer verdächtig war, ging lieber langsam.

Es tropfte stärker. Scylla blieb bei seinem langsamen Gang.

In der Klinik war alles für ihn bereit. Sie reinigten die Wunde und wollten ihm eine örtliche Betäubung geben.

Er erklärte ihnen barsch, daß er nichts davon wissen wollte.

Die Ärzte versicherten ihm, daß er Schmerzen haben würde.

Er versicherte ihnen, daß das für ihn nichts Neues war.

Widerstrebend begann der Arzt, seine unbetäubte Hand zu reparieren. Scylla beobachtete alles genau, jeden Stich. Und er gab keinen Laut von sich.

Er war Scylla, der Fels. Zumindest an seinen guten Tagen.

5

Levy saß allein in einer Ecke der Bibliothek und arbeitete am Amerika des Jahres 1875. Eigentlich nicht diese spezifische Jahreszahl, spezifische Jahreszahlen sagten nichts. Sein Vater hatte geschrieben: »Für den Pedanten sind Jahreszahlen wie Götter, die er verehrt, aber für den echten Sozialhistoriker sind sie nur Hilfsmittel, nützliche Erinnerungsstützen, weiter nichts. Einen Überlebenden der Titanic fragt man nicht: »Sagen Sie, wann war das genau?« Man fragt ihn: »Wie war es? Wie haben Sie sich gefühlt?« Das ist die Aufgabe des Sozialhistorikers: die Vergangenheit für die Gegenwart lebendig werden zu lassen; diejenigen von uns gefühlsmäßig zu beteiligen, die damals nicht dabei waren. Und uns verstehen zu lassen.

Amerika um 1875, dachte Levy – was war da los? (Die vergangene Stunde hatte er sich mit England beschäftigt; davor mit Italien und Frankreich in einem. Deutschland war schwach bei ihm, aber das lag daran, daß die Deutschen ihn so langweilten, kein Humor; es war fast, als hätte Gott am Anfang gesagt: »Okay, bringen wir Leben auf die Erde: alle Blonden nach Skandinavien, alle Dümmlinge nach Polen, und alle Lacher raus aus Deutschland«.) Hm, dachte Levy, 1875, 1875. Boss Tweed wurde ungefähr zu dieser Zeit in New York ins Gefängnis gesteckt. Ein Haufen starker Männer hatte das Sagen in den Städten. Big-Power-Leute, jeder Stadt ihr Dick Daley; die Bewegung der Christian Science begann um diese Zeit, die alte Mary Eddy mit ihren verrückten Ideen. Wann fand das erste Kentucky-Derby statt? In derselben Periode; und das erste Telefongespräch fand fast genau zu der Zeit statt, als Custer am Little Big Horn seine Prügel bekam.

Gut, dachte Levy, wunderbare Duplizität: das erste Telefongespräch und Custers Niederlage. Was für ein Land mußte das damals gewesen sein. Melville war über fünfzig und unbekannt. Twain war um die vierzig und erfolgreich, Joe Pulitzer, ein Junge, vielleicht fünfundzwanzig, und Mrs. O'Learys Kuh hatte Chicago zerstört. Und dann die Erfindungen, die sich die Menschen ausdachten. Remington verkaufte Schreibmaschinen im Osten, Glidden, der sich den Stacheldraht einfallen läßt, damit man den Westen erschließt; Thomas Alva Edison und sein Grammophon; Bissell und sein Staubsauger. Was für eine phantastische Zeit, ein Land auf dem Sprung, ja, das waren wir, die zähesten Jungs von der Straße, nur haben wir es nicht gewußt, wollten es gar nicht wissen, denn als die Zähesten hätten wir die Verantwortung übernehmen müssen, die Führung, aber wir waren viel zu beschäftigt, viel zu betriebsam, um uns um die Führung zu kümmern.

Levy schaukelte mit dem Stuhl und machte mal Pause. Bei Amerika war er nicht schlecht. Natürlich war sein Wissen oberflächlich, aber er war kein Experte für das neunzehnte Jahrhundert, er wollte nur ein bißchen Bescheid wissen, er war, wenn er überhaupt etwas war, ein Mann der Moderne. Aber man mußte sich auch in den anderen Perioden auskennen. Am wichtigsten war, man wußte, was so alle fünfundzwanzig Jahre auf der Welt passierte, und das ein paar hundert Jahre zurück. Wenn man diese Informationen präsent hatte, immer im Hinterkopf, dann konnte man die Lücken dazwischen überbrücken. So hatte der Verstand seines Vaters gearbeitet. Es war nicht nötig, alles genau zu wissen. Bloß das Wichtigste; das übrige macht man mit der Logik. Sein Vater war ein Anhänger der Logik gewesen, Levy auch.

An einem Tisch zu seiner Linken gab es Bewegung. Ein attraktiver Junge und attraktives Mädchen stubsten einander, aber man konnte sehen, daß beide an zärtlicheren Kontakten größeres Interesse hatten. Levy sah ihnen zu. Das war eigentlich der wahre Grund dafür, daß er hier saß und nicht in einer kleinen Kabine zwischen den Bücherregalen. Er beobachtete Leute gern.

Lügner.

Er beobachtete gern Mädchen.

Es gab da ein paar Studentinnen vom Barnard-College, die einem wirklich den Atem raubten. Irgendwann hol' ich mir mal eine von ihnen, redetete sich Levy ein. Eine, die fabelhaft aussieht. Bitte.

Da fuhr er herum; er spürte, daß Biesenthal ihn beobachtete. Biesenthal zeigte auf den Bücherstapel vor Levy. »Ihre Tarnung kann niemanden täuschen«, sagte er. »Sie blinzeln die Mädchen an.«

»O nein, Sir. Es mag vielleicht so aussehen, aber ich arbeite wirklich wie verrückt.«

»Wenn Sie arbeiten wollten, würden Sie in einer Kabine sitzen.«

»Ich würde wahnsinnig gern, aber zur Zeit ist keine frei, also muß ich hierbleiben«, sagte Levy.

»Ich habe auch immer hier studiert«, sagte Biesenthal. »Viel besser, wenn man Mädchen beobachten will.«

Sie haben Mädchen beobachtet? sagte Levy beinahe.

»Ich weiß, was Sie jetzt denken«, meinte Biesenthal. »Ich kenne diesen Blick. Einmal sah ich einen meiner Studenten, als ich in meinem Wagen über den Broadway fuhr. Als ich bei der Ampel stehenblieb, starrte er mich sprachlos an. Ich fragte ihn, was mit ihm los wäre, und er brachte nichts weiter hervor als: ›Mein Gott, Sie können Auto fahren!‹ Wir sind Menschen, einige von uns, Levy. Versuchen Sie, sich das einzuprägen. Was haben Sie gerade, wie sie behaupten, wie verrückt studiert?«

»Das Jahr 1875«, sagte Levy.

»Vergessen Sie Glidden nicht«, sagte Biesenthal.

»Ganz bestimmt nicht, Sir.«

»Sie haben nicht die geringste Ahnung, wer Glidden war, geben Sie es zu.«

»Stacheldraht, Sie scherzen doch, Sir, sehr wichtig.« He, jetzt hast du ihn aber beeindruckt. Streich es im Kalender rot an, sobald du heimkommst. »Was halten Sie von Telefon und Custer?«

Biesenthal blickte ihn an. »Custard, Levy? Sie bringen die Begriffe durcheinander.«

»Nein, nein, George Armstrong Custer, der letzte Idiot – das erste Telefongespräch lief gerade ab, als es ihn erwischte. Ist das nicht ein herrliches Symbol für Amerika? Ich finde es großartig.«

»Wie Ihr Vater mir immer wieder sagte: ›Überlassen Sie die Symbolik den Poeten.‹« Er blickte auf seine Uhr. »Es ist schon fast sieben. Ich muß zum Abendessen. Begleiten Sie mich doch, Levy.« Er krümmte seinen Finger. »Lassen Sie Ihre Bücher liegen, es ist nur ein kurzes Stück zum Riverside Drive.«

Levy folgte Biesenthal aus dem großen Studienraum hinaus. Er darf mich nicht für einen Volltrottel halten, nahm sich Levy vor. Ich wette, daß er die Riordan-Zwillinge noch nicht aufgefordert hat, ihn nach Hause zu begleiten. »Ich würde Sie zum Essen einladen, Levy«, begann Biesenthal, als sie die Bibliothek verließen, »aber leider ist meine Frau – eine echte Schönheit in früheren Zeiten, Levy, und unseren Kindern eine wunderbare Mutter – eine lausige Köchin. Nicht nur, daß die Mahlzeiten mittelmäßig sind, es ist auch immer zuwenig. Muß ich hinzufügen, daß wir selten Gäste haben?« Sie gingen über den Campus auf den Broadway zu und die 116. Straße. An der Ecke befand sich eine Buchhandlung mit Postern. Ché, Bette Midler und JFK nebeneinander im Fenster.

»Wo waren Sie, als er starb?« kam es von Biesenthal.

Levy überquerte hinter ihm die Straße. »Kennedy? Ich war in der Schule, im Speisesaal; und irgendeiner kam – er war ein Footballspieler, unvorstellbar dumm, und der sagte: ›Kennedy wurde erschossen‹, und ich und ein anderer Junge fragten: ›Wo ist da der Witz?‹ und lachten, weil wir dasselbe gefragt hatten, bis wir das Gesicht des dummen Jungen sahen. Da wußten wir, daß es kein Witz war.«

»Ich sprach von Ihrem Vater«, sagte Biesenthal.

»Ich war irgendwo in der Nähe, glaube ich«, sagte Levy.

Sie gingen langsamer, als es steil zum Riverside Drive hinunterging. »Ich möchte, daß Sie etwas erfahren«, fing Biesenthal an. »Fragen Sie nicht, warum. Ich erzähle es Ihnen meinetwegen, verstehen Sie?«

»Ja, Sir.«

»Ich werde Ihnen ein großes Geheimnis verraten, Levy – das könnte meine Karriere zerstören; könnte sie über Nacht vernichten, wenn es allgemein bekannt würde. Wenn ich homosexuell wäre und die Times es als Schlagzeile bringen würde, wäre das nichts, verglichen mit dem, was ich Ihnen jetzt sagen werde. Also passen Sie auf: Ich bin ein Baseballfan, Levy. Nicht, daß ich für die Mets oder die Dodgers oder für Aaron oder Mays bin – ich liebe alles am Baseball. Ich bin versessen auf Spielergebnisse. Immer noch – es grenzt an Senilität – schleiche ich mich sonntagsmorgens mit dem Sportteil ins Badezimmer, sperre ab und gebe vor zu baden, während ich in Wirklichkeit die durchschnittlichen Schlagzahlen auswendig lerne. Okay – strengen Sie Ihr fabelhaftes Hirn an, Levy – für einen Mann mit einem Fetisch, was ist das wichtigste Ereignis des Jahres im gesamten Universum, wichtiger als die Wahl der Miß Amerika?«

»Die Serie?«

Stimmt. Die World Series. Und für einen Mann in meiner Position könnte es nichts Schlimmeres geben, denn es kommt oft vor, daß ich während einem Meisterschaftsspiel unterrichten muß. Wissen Sie, was ich mache, wenn das eintrifft?«

»Nein, Sir.«

»Ich habe seit über dreißig Jahren eine Sekretärin, sie ist phantastisch. Ich habe ihr das beste Transistorradio gegeben, und nach jeder Resultatsänderung kommt sie in die Klasse – ich habe sie darauf trainiert, einen Ausdruck größten Entsetzens aufzusetzen, als ob gerade die furchtbarste Katastrophe passiert wäre –, und sagt: ›Darf ich Sie einen Augenblick sprechen, Professor Biesenthal?‹ Und ich antworte gereizt: ›Was gibt's denn, was gibt's?‹ Sie nimmt mich auf die Seite, und während ich mit ernster Miene nicke, flüstert sie: ›Oakland führt im sechsten zwei zu eins. Seaver spielt noch bei den Mets, aber er wirkt müde. McGraw wärmt sich auf!‹ Ich zögere kurz, als wäre ich unentschlossen, dann kehre ich zu meinen Studenten zurück, die sich alle geehrt fühlen, daß mir die Zeit mit ihnen heilig ist, ganz egal, welche schrecklich wichtigen Dinge von draußen auf mich eindringen.«

Sie gingen den Riverside Drive hinauf auf die 118. Straße zu. »Ihr Vater starb im März . . .«

»Am dreißigsten . . .«

» . . .und ich unterrichtete gerade, und da kommt sie herein, meine erstaunliche Sekretärin. Ich werde nie den gleichen verstörten Gesichtsausdruck vergessen. Ich erinnere mich, wie es mir durch den Kopf ging: ›Es können nicht die Series sein. Die Saison hat noch nicht angefangen!‹ Und dann: ›Etwas Furchtbares muß geschehen sein, wenn sie mich mit so einem Gesicht stört.‹ Ich ging zu ihr, nicht sicher, ob ich nun wirklich schon so senil war, daß ich ein halbes Jahr den Beginn der Saison verschlafen hatte, aber sie sagte keinen Namen, nannte keine Mannschaft, sie sagte: ›Er ist tot‹, und dann verließ sie den Raum. Ich war erleichtert – ich war doch nicht senil! Ich erinnere mich, daß ich tatsächlich ein wenig lächelte, und ich ging zurück und setzte mich wieder zu den Studenten, und dann muß es mich wie ein Schlag getroffen haben, denn ich sagte: ›Sie müssen alle gehen. Sie müssen nun alle gehen.‹ Sie gingen, und nach ungefähr einer Stunde kam meine Sekretärin mit meinem Hut und Mantel herein. Ich fragte, wie es passiert sei. ›Gehirnblutung.‹ ›Gut‹, sagte ich, ›gut. Hoffentlich war es schnell vorbei; hoffentlich hat er nicht leiden müssen.‹ Obwohl ich wußte, wie entsetzlich er gelitten hatte; und ich vermutete auch, daß es keine Gehirnblutung war.«

»Das war nur ein erster Versuch gewesen, es geheimzuhalten. Ziemlich naiv. Am nächsten Morgen schrieben alle Zeitungen, daß er sich in den Kopf geschossen hatte.«

»Wo waren Sie?«

»Im Haus. Ich war zehn Jahre alt, und ich hatte gerade eine hervorragende Note für eine Schulaufgabe bekommen, bei der er mir geholfen hatte – manchmal war er nüchtern genug, um mir etwas beizubringen. Irgendeine verrückte Aufgabe über Wolle. Er wußte alles, das brauche ich Ihnen ja nicht zu sagen, und ich dachte, ich sollte ihm sagen, daß wir eine gute Arbeit geschrieben haben. Aber dann überlegte ich mir, daß wir fürs Abendessen keinen Gesprächsstoff mehr hätten, also beschloß ich, damit zu warten, und dann kamen die Schüsse; ich erinnere mich, ich stand in der Tür zu seinem Zimmer, ich konnte ihn aber nicht sehen, er lag auf dem Boden hinter dem Bett. Das Blut rann wie ein kleiner Bach, wie ein Fluß. Ich erinnere mich, daß ich dachte: ›Gott sei Dank war ich es nicht, der den Farbtopf umgeworfen hat.‹ Ich fand es nett, verschönte das Zimmer, machte es bunter und so. Ich weiß nicht, wie lange ich so dastand, aber schließlich kam ich zu mir und ging zum Telefon und rief die Polizei. Als sie kamen, bat ich sie um die Pistole, aber sie sagten nein, weil sie ein Beweisemittel war, und ich sagte, okay, aber ich möchte die Pistole haben, sobald sie sie nicht mehr brauchten. Sie sagten, sie könnten einem Minderjährigen keine Pistole geben. Aber manchmal bin ich hartnäckig, und Sie können mir glauben, daß ich die Pistole jetzt habe. Mein Bruder hat sie mir besorgt, als die Polizei sie nicht mehr brauchte – er war zwanzig damals, und als ich großjährig wurde, habe ich mit ihr schießen geübt, immer und immer wieder. Ich bin ein einmaliger Schütze, wirklich.«

Sie blieben vor einem eleganten Wohnhaus mit Portier stehen, den Biesenthal mit einer Handbewegung wegschickte. Sie standen allein auf dem Gehsteig. »Warum?«

»Ich weiß es nicht – ich habe immer gehofft, man würde McCarthy irgendwo lebend auftreiben. Dann dachte ich auch, wissen Sie, ich bin körperlich nicht besonders stark, ich bin kein Schwergewicht, und ich dachte, wäre es nicht großartig, ein paar Bösewichte zu nageln, bevor es mit mir vorbei ist. Jetzt bewahre ich sie nur auf, weil sie mir gehört, weil sie Dad gehörte – ich weiß nicht, warum ich sie aufbewahre. Gute Nacht, Professor Biesenthal.« Levy wollte gehen.

»Tom?«

Mein Gott, er nennt mich Tom. Levy drehte sich um. »Sir?«

»Warum haben Sie nicht gesagt, daß das Zitat aus Locksley Hall Sixty After war? Man sah Ihrem Gesicht an, daß Sie antworten wollten.«

Ich habe Angst.«

Biesenthal nickte. »Ich mache Leuten wirklich Angst, ich habe lange an dieser Wirkung geübt. Meine jüngste Tochter nennt mich Ebenezer . . .«

Levy sah Biesenthal an. Irgend etwas ist ihm peinlich, dachte er. Er hängt fest.

Dann brachen die Worte hervor: »Ich weinte, als er tot war. Ich wollte, daß Sie das wissen.«

»Es war für keinen von uns ein guter Tag«, sagte Levy.

6

Scylla stand am Schloßeingang und blickte auf die Princes Street hinunter. Es wurde rasch dunkel, aber die Princes Street blieb die schönste Durchgangsstraße, die man sich denken konnte, nichts in Edinburgh konnte sich mit ihr messen, nichts in Edinburgh noch in Schottland, noch in Großbritannien, noch in Europa, noch auf dieser oder irgendeiner anderen Welt. Sie war ein Geschenk des Allmächtigen, als hätte jemand die schönsten Geschäfte der Fifth Avenue gegenüber dem Central Park aufgestellt. Aber damit der nicht wie ein gewöhnlicher Grünstreifen aussah, hatte er einen großen Berg, mehrere hundert Meter hoch aufgeschichtet und auf seine Spitze ein prächtiges Lebkuchenschloß gestellt. Wenn man sich eine Straße zum Sterben aussuchen müßte – Princes Street war unschlagbar.

Hör auf, an das Sterben zu denken.

Aber das gelang ihm nicht. Er stand in der kalten Luft und sah auf die Lichter in den herrlichen Geschäften, Forsyth's und Lilywhite's, und dachte hauptsächlich über die Sterblichkeit nach. Seine rechte Hand pochte, die Stiche brannten. Es war seine eigene Schuld; er ballte sie oft zur Faust; viel zu oft rieb er sich die Hände.

Nur, weil Robertson unpünktlich war.

Wenn es ein anderer Grund gewesen wäre, hätte er sich nicht gesorgt. Aber Robertson war berühmt für seine Pünktlichkeit. Wenn man in Beverly Hills war und er rief von Beirut aus an und sagte: »Treffen wir uns am Dienstag 14 Uhr 30 auf dem Mount Everest, Nordwand, halbe Strecke«, dann müßte man sich schon eine verdammt überzeugende Entschuldigung einfallen lassen, wenn man erst um zwanzig vor drei eintraf.

Sei doch mal locker – es konnte ja auch sein, daß sein Wagen im Verkehr steckengeblieben war oder daß er einen Platten hatte. Aber Scylla sah den Verkehr auf der Princes Street, und der lief ungehindert. Und wenn Robertson einen Platten gehabt hätte, er würde an den Straßenrand fahren, ein Taxi nehmen und wie immer genau zur vereinbarten Zeit da sein.

Es gab keinen Grund, die Sache locker zu sehen.

Robertson war unpünktlich, weil er tot war. Die Frage war nur, ob er gefallen war oder ob man ihn gestoßen hatte. Bei seinem schwachen Herzen konnte er jederzeit umfallen. Er war nicht nur übergewichtig, er rauchte stark, trank zuviel und aß nur üppige Sachen. Ein Herzinfarkt war durchaus möglich.

Seltsame Dinge waren in letzter Zeit passiert, zuletzt die Sache mit Chen. Da war es möglich, daß Robertson eines gewaltsamen Todes gestorben war. Scylla hoffte es nicht. Obwohl ihre Beziehung strikt geschäftlich war und zumindest teilweise ungesetzlich – sie hatte mit der Division und Scyllas regulärer Arbeit nichts zu tun –, hoffte Scylla doch, daß es Robertson im Schlaf erwischt hatte, kurz nachdem er sein Lieblingsgericht genossen hatte – eine doppelte Portion Räucherlachs und ein halbrohes Entrecote-Steak mit allen möglichen Gemüsesorten, in Sauce Hollandaise gebadet, und das Dessert eine extra große Portion Profiterole.

Scylla zögerte. Robertson schuldete ihm Geld von ihrer letzten Transaktion, vielleicht zwanzigtausend Dollar. Aber Scylla wußte, daß er schon zu lange hier in Edinburgh war, er sollte endlich verschwinden und weiter nach Paris. Die

Extratour von London hierher mußte schnell abgeschlossen sein, damit die Division nicht aufmerksam wurde.

Zum Teufel damit, dachte Scylla, als er den Hügel hinunter zur Straße ging, ich seh' nach, was los ist, ich will mich vergewissern, daß er nicht gelitten hat. Robertson führte das eleganteste Antiquitätengeschäft in Schottland, spezialisiert auf alten Schmuck. Vielleicht hatte ihn deshalb einer umgelegt. Gier. Ein gemeinsamer Raub; Robertson hatte sich zu heftig gewehrt, die Diebe hatten den Kopf verloren und getötet.

Scylla mochte Robertson. Sie hatten wenig gemeinsam, und dennoch hatte er eine Zuneigung zu dem fetten alten Homo gefaßt. Einmal waren Robertsons Eltern überraschend zu Besuch gekommen, als sie gerade eine Lieferung durchgingen. Zu viert waren sie zum Essen gegangen. Robertson wurde sofort weicher in seinem Ausdruck, er gestikulierte nicht so wild. Sie speisten »Aperitif« in der Frederick Street, wo sie heftig verwöhnt wurden, da Robertson dort Stammgast war und immer viel Trinkgeld gab. Und was war ihr Gesprächsthema gewesen?

Mädchen.

Es war einfach süß. Seine Eltern wußten tatsächlich nicht, daß ihr Jack einer der bekanntesten Schwulen in ganz Westeuropa war. Und Robertson machte es wirklich großartig, er schien über sein Junggesellendasein echt betrübt zu sein. Kein Mädchen wollte ihn haben, behauptete er, weil er zu fett und unattraktiv wäre.

Scylla ließ das Taxi an Robertsons Laden auf dem Grassmarket vorbeifahren. Er war völlig dunkel. Kein Lebenszeichen. Das Nebengebäude war leer; Scylla erinnerte alles an Tod und Verfall. Hinter dem Häuserblock stieg er aus, zahlte den Fahrer, ging zu Fuß zu Robertsons Laden zurück und stellte sich auf die gegenüberliegende Straßenseite des Ladens. Drinnen war nichts, keine Bewegung; Scylla überquerte die Straße und öffnete das Schloß der Eingangstür mit der gekrümmten Schneide seines Taschenmessers. Robertson wohnte über dem Laden. Leise schlich Scylla zur Treppe hinauf. Robertsons Schlafzimmer befand sich im zweiten Stock, und als Scylla dort ankam, konnte er durch den Türspalt die riesige Gestalt des toten Mannes quer über dem Bett liegen sehen.

Scylla trat ins Zimmer, blieb wie angewurzelt stehen.

Robertson schnarchte. Der fette Bastard war nicht tot, er schlief. Scylla schaltete die Bettlampe an und sagte: »Jack – Jack?« Robertson blinzelte, starrte ihn dann voller Verwunderung an, er hörte nicht auf, ihn anzustarren, und Scylla erkannte: Während ich die ganze Zeit glaubte, er sei tot, glaubte er, ich sei tot. Deshalb ist er nicht gekommen.

Scylla setzte sich steif auf den Stuhl neben der Bettlampe. »Warum bist du nicht gekommen, Jack?« fragte er.

»Unsere Verabredung ist erst morgen«, antwortete Robertson mürrisch.

»Du dachtest, ich bin tot, nicht wahr?«

»Eine so alberne Frage kann ich nicht beantworten.«

»Warum dachtest du, ich sei tot?«

Robertson schob das Laken von seinem Körper. »Scylla, mein Gott, was soll der Unsinn?«

»Ich kann dich zwingen, mir alles zu sagen, Jack. Also zwing mich nicht.«

Robertson seufzte, warf die Decke zurück. »Wenn wir schon streiten müssen, dann tun wir es wenigstens in der Küche. Ich bin hungrig. Ich ziehe mir nur den Morgenmantel an.« Er ging zum Schrank.

Scylla saß schweigend bei der Bettlampe; seine Hände ruhten im Schoß, sein Fuß stand auf dem Lampenkabel.

Robertson zog den Morgenmantel an, dann kam von der anderen Seite des Zimmers deutlich genug: »Nie, nie wieder wirst du mir drohen, ist das klar?« In seiner Hand lag eine winzige Pistole.

Scylla seufzte.

»Antworte mir, verdammt noch mal!«

»Jack, es ist dein Leben, um das es geht. Du verstehst nichts von diesem Spiel, also sag kein Wort mehr, bitte. Nimm die Hände hoch.«

»Himmel, wie originell.«

»Ich werde dich töten!«

Scylla hob die Hände.

»Jetzt hör mir zu«, sagte Robertson, ein gewaltiger Schatten im Zimmer. »Du wirst mir nie, nie wieder drohen, denn alles, was wir getan haben, die ganzen Gaunereien, alles ist schriftlich niedergelegt, jede Transaktion ist sorgfältig vermerkt, und alles befindet sich in einem versiegelten Briefumschlag bei meinem Anwalt, und wenn ich sterbe, wird der Umschlag geöffnet; er enthält Anweisungen, wer die Informationen bekommen soll. Ich glaube, daß du in einige Schwierigkeiten geraten wirst, wenn sich alles herumspricht.«

»Du hast doch schon mit deinen Betrügereien begonnen, bevor ich mich mit dir einließ.«

»Was meinst du damit?«

Ich frage mich, ob du das auch alles niedergeschrieben und deinem Anwalt gegeben hast.«

»Ja, alles.«

Scylla schüttelte den Kopf. »Nichts ist. Du bist ein Heimlichtuer, Jack. Deine Eltern haben keine Ahnung von deiner Neigung, du lebst gern im Schatten, und ich glaube nicht, daß du jemals irgend jemandem irgend etwas erzählen würdest, geschweige denn, niederschreiben.«

»Willst du, daß ich dich töte?«

Scylla schüttelte den Kopf. »Du irrst dich, Jack; du bist es, der sterben muß.«

»Laß deine Hände oben.«

»Sicher, aber hör du mir jetzt zu, Jack. Als ich dich eben bat, kein Wort mehr zu sagen, war es mir ernst damit – wenn du nur geschwiegen hättest, dann wäre es vielleicht noch gegangen, aber jetzt, verstehst du, habe ich keine andere Wahl, denn wenn ich dich nicht töte, weißt du, daß man Scylla drohen kann, mit Erfolg drohen kann, und sobald du das einmal weißt, hast du mich in der Hand, du könntest mit mir machen, was du willst. Das kann ich niemandem erlauben.«

»Wie kannst du mir drohen? Ich habe die Pistole . . .«

»Weil ich unsichtbar bin«, sagte Scylla und trat gegen das Kabel. Es wurde schwarz im Zimmer.

Robertson feuerte auf den Stuhl. Ein kleiner Knall. Dann war es still.

»Scylla?«

Nichts.

»Ich weiß, daß du lebst – ich hörte deinen Körper nicht fallen.«

»Dich kann man nicht hereinlegen, was, Jack?«

Robertson feuerte noch einmal. Wieder ein satter Knall. »Du hast keine Chance«, sagte Robertson.

Wieder Stille.

»Ich Armer«, kam es aus einer anderen Richtung.

»Ich werde sagen, ich hätte dich beim Einbruch in mein Geschäft überrascht.«

»Hörst du die Panik in deiner Stimme, Jack?«

»Keine Bewegung!«

»Ich habe mich schon bewegt.«

»Bleib stehen.«

»Ich stehe schon.« Scylla kauerte an der Wand.

»Sieh doch ein, daß du keine Chance hast – ich habe die Pistole . . .«

»Und ich habe meine Hände, Jack«, kam es flüsternd.

»Scylla – hör zu . . .«

Wieder Flüstern. »Schieß nicht mehr – laß die Waffe fallen, wenn ich es sage – wenn du noch einmal feuerst, dann mußt du mich treffen – wenn du mich verfehlst, verspreche ich dir, daß du stundenlang sterben wirst.«

»Es ist nichts niedergeschrieben – du hattest recht – ich gebe dir das Geld . . .«

»Wir können nicht von vorn anfangen – wenn ich dich leben lasse, dann wirst du es niederschreiben – es gibt kein Vertrauen mehr zwischen uns, es bleibt nur noch eine Frage: Wie möchtest du sterben?«

»Ich möchte nicht sterben, Scylla.«

»Nun, du mußt. Aber es kann schmerzlos sein.«

»Es hat mir leidgetan, als ich erfuhr, daß du tot wärst – ehrlich Scylla, ich mag dich; meine Eltern mögen dich auch, sie erkundigen sich immer nach dir.«

»Nette Leute. Sag mir, was du weißt, Jack.«

»Nichts. Ich bekam einen Anruf aus Paraguay, und man sagte mir, daß ich einen neuen Kurier bekäme. Ich mußte annehmen, daß du tot warst.«

»Natürlich. Ich komme jetzt, Jack. Geh jetzt ins Bett.«

»Keine Schmerzen. Du hast es mir versprochen.«

»Leg dich hin.«

Das Geräusch einer eingedrückten Matratze.

»Möchtest du, daß es wie Selbstmord aussieht? Du könntest ein paar Abschiedsworte schreiben und sagen, daß dir dein Herz Sorgen gemacht hat, daß du den Mitmenschen nicht zur Last fallen willst. Du könntest deinen Eltern sagen, wie sehr du sie geschätzt hast.«

»Das möchte ich gern, Scylla.«

Scylla schob den Stecker wieder in die Steckdose. Licht flammte auf. Er hob die Pistole mit einem Taschentuch auf. »Wo ist dein Briefpapier? Im Schreibtisch?«

Robertson nickte.

Scylla gab ihm Block und Füller. »Schreib ruhig sehr persönlich, Jack. Ich glaube, es würde ihnen sehr viel bedeuten.«

Robertson schrieb, während Scylla geduldig wartete. Als Robertson fertig war, warf Scylla einen Blick auf den Brief. »Du bist ein guter Mensch, Jack. Sie werden mit Inbrunst an dich denken. Schließ die Augen.«

Robertson schloß die Augen.

Scylla war erstaunt, daß es ihm schwerfiel, abzudrücken. Es hatte nichts mit der Tatsache zu tun, daß die wild verschossenen Kugeln in den Wänden stecken und zumindest Zweifel am

Selbstmord aufkommen lassen würden. Es war nur, weil seine Jobs in letzter Zeit entweder Selbstverteidigung waren oder durch starke Emotionen bedingt waren, aber das hier, das ging an die Nieren, und wenn das einmal geschah, dann . . . Scylla zielte mit der Pistole gegen die Schläfe; er konnte nicht abdrücken.

»Erzähl mir von deinem heutigen Mittagessen, Jack.« Er konnte nicht abdrücken.

»Warum?«

»Weil – ich möchte, daß du ans Essen denkst, an dein Leibgericht, an Port, weil – die nächsten Jahre wären für dich entsetzlich geworden – ein weiterer Herzinfarkt wäre dir sicher, und dann hättest du nichts mehr außer Sellerie essen dürfen, deshalb möchte ich, daß du weißt – daß ich dir einen Gefallen tue, nicht wahr, Jack . . .«

»Um Gottes willen, Scylla, du hast es versprochen: keine Schmerzen!«

Scylla feuerte. Er traf die Schläfe an der richtigen Stelle. Sorgfältig legte er die Pistole in Robertsons Hand und ließ die Hand ganz natürlich nach unten sinken.

»Ich bin bald bei dir, Jack«, sagte Scylla.

Es ist wahr. Scylla saß da und starrte den Körper an. Ich bin wie du, Jack, nur daß du schon daliegst.

Ich bin auch schon tot, aber ich will mich noch nicht hinlegen.

7

Babe saß in seiner Ecke der Bibliothek – für ihn war es wirklich »seine« Ecke, »sein« Tisch, und er verübelte es jedem, der sich auf den Stuhl in der linken Ecke ganz hinten setzte, am weitesten von der Tür entfernt. Er saß mit krummem Rücken da und war nervös, und das alles nur wegen der Italiener –

diese verdammten Italiener waren sein Ruin. Ihre Namen machten ihn wahnsinnig.

Die meisten Leute plagten sich mit russischen Namen; sicher, das war verständlich, es war nicht lustig, jede Stunde Fjodor Michailowitsch Dostojewskij buchstabieren zu müssen. Aber von dem gab es wenigstens nur einen. Wenn man von Dostojewskij sprach, wußte jeder sofort, daß der Knabe gemeint war, der diese dicken Wälzer schrieb.

Aber wenn man einen Medici erwähnte, meinte man Lorenzo oder Cosimo den Ersten oder Cosimo den Zweiten? Und welchen Bellini, Gentile oder Giovanni oder Jacopo? Von den beiden Pollaiuolo-Jungs, Antonio und Piero, ganz zu schweigen. Und nur seinem ärgsten Feind konnte es einfallen, nicht nur einen Fra Filippo Lippi, sondern auch einen Filippino Lippi aufzutun. Und bis auf die Medici waren sie alle Maler oder Bildhauer oder Baumeister.

Haareraufend lehnte sich Babe zurück. Das schaffe ich nie, dachte er. Ich werde immer nur zweite Wahl sein, das werden sie auf meinem Grabstein schreiben: »Hier ruht T. B. Levy, er konnte sich nicht einmal die Italiener merken.« Vielleicht war es ihm nicht bestimmt, ein guter Sozialhistoriker zu werden. Es war verdammt schwer, alles zu wissen, aber seinem Vater war es gelungen, und Biesenthal auch. Es war nicht unmöglich, es war nur nicht im Vorübergehen zu erreichen.

Du wirst Nurmi nie schlagen, wenn du so denkst, nie. Das war auch so eine Herausforderung, die Marathon-Strecke zu laufen. Und so, wie man manchmal seinen Körper zwingen mußte, so mußte man eben auch seinen Verstand zwingen. Levy griff nach einem der Kunstbücher, die über den ganzen Tisch verstreut lagen, und schlug eine Seite mit den Werken der beiden Pollaiuolo auf. Also, redete er sich zu, sieh dir die Arbeiten an, was sagen sie dir? Antonio arbeitete auf die eine Weise, Piero auf die andere. Sie waren auch nur Menschen, hatten Macken, genau wie du und ich. Also such den Menschen hinter der Leinwand. Du brauchst nur dein Gehirn in Bewegung zu setzen. Denk nach. Logik.

Da kam sie in die Bibliothek, und aus war es mit der Logik. Weg, kaputt.

Von seinem Platz in der Ecke starrte Levy sie mit offenem Mund an. Kurzes blondes Haar, aufregend blaue Augen. Die Figur in einen glänzenden schwarzen Regenmantel gepackt. Zum Hinscheiden schön. Mein Gott, fragte sich Levy, und starrte immer noch unverhohlen in ihre Richtung, wie müssen diese Augen aus der Nähe wirken? Noch besser: Wie müßte es sein, wenn sie sie zumacht und an dich denkt?

Hör auf mit dem Selbstquälen – zurück zu Pollaiuolo.

Levy schloß die Augen und versuchte, sich zuerst auf Antonio, dann auf Piero zu konzentrieren, er konnte sie nur schwach auseinanderhalten, er suchte ihre Unterschiede, die ihm helfen konnten . . .

Vergiß es, entschied Levy und öffnete die Augen wieder, um wieder zu dem Mädchen schielen zu können.

Sie schaute sich im Saal um, mit Büchern beladen, wohl auf der Suche nach einem Tisch. Hier, wollte Levy schreien; bei mir!

Es war der beste Platz für sie. Er saß allein, es gab sechs Stühle, also war genug Platz. Platz genug, um sich auszustrekken. Nur wußte er in seinem Innersten, schon während er die Vorzüge seines Platzes in der Ecke des riesigen Lesesalles durchging, daß es nicht geschehen würde.

Die Schönheit mied ihn stets.

So war es. Seine Klasse in Denison gehörte zu den reizlosesten in der Geschichte des Colleges. Und eine attraktive Rhodes-Stipendiatin zu finden, ist schier unmöglich. Es war sein Schicksal, er wußte es, sich in seine Venus zu verlieben, aber eine Xanthippe zu heiraten.

Tatsache war, daß Mädchen ein Problem waren. Nicht, daß er sie ganz allgemein nicht verehrte. Es war so: Keines der Mädchen, die ihm je etwas bedeutet hatten, hatte einen Finger gerührt, und keines der Mädchen, die ihn wollte, interessierte ihn mit derselben Leidenschaft. Die Mädchen, die hinter ihm her waren, taten alle so gescheit. Es gab keine Klassenbeste am

College, die ihm in den frühen Jahrgängen nicht mindestens einmal schöne Augen gemacht hatte. Er war mit vielen ausgegangen, mit einigen auch weiter, aber sie langweilten ihn. Nur weil sie gescheit waren und weil auch er gescheit war, glaubten sie, er wolle mit ihnen intellektuelle Konversation betreiben. Und das haßte er. Hätte er eine Kellnerin mit großen Brüsten und freundlichem Wesen gefunden, hätte er sich wahrscheinlich mit ihr begnügt. Aber es wurde nie was draus. Nie, und so blieb es – ach du meine Güte, dachte Levy, sie kommt in meine Richtung.

Hastig nahm er ein Buch und schlug es auf. Wenn sie sich an seinen Tisch setzte, was sollte er dann tun? Ganz auf lässig machen, das war das einzig Richtige. Die besonders Schönen sind an alle Maschen gewöhnt – soll sie doch aktiv werden! Einfach abwarten, und wenn sie doch um einen Radiergummi bittet, dann schieb ihn ihr ganz lässsig rüber, laß sie nicht glauben, du wärst beeindruckt. Die schönen Mädchen sind daran gewöhnt, alle zu beeindrucken, und sobald sie dich hecheln sehen, lassen sie dich fallen. Bananenschale – du bist für sie nicht mehr als eine Bananenschale. O Gott, Levy, du hast ja gar keinen Radiergummi!

Nun, du mußt dir einen besorgen, oder alles ist aus. Er stand auf und schaute sich um. Das Riordan-Mädchen saß am anderen Ende, und sie war der Typ, der stets einen Radiergummi hatte. Also ging er zu ihr und wußte, sie würde glauben, er versuchte, mit ihr anzubändeln. Die Hausmütterchen glaubten das immer bei ihm. Wenn er sie bat: »Kannst du mir einen Schmierzettel leihen?« dann hielten sie das für einen Heiratsantrag. Aber das war ihm die Sache wert, denn jetzt war er vom Tisch weg und brauchte nicht unglücklich zu sein, wenn sich die Erscheinung anderswohin setzte.

»Hallo, entschuldige«, sagte er zu dem Riordan-Mädchen. »Ich bin der, der im Seminar von Biesenthal hinter dir sitzt; kann ich mir mal deinen Radiergummi leihen, bitte?«

Sie lächelte ihn an. Hinter ihren Augen tanzten Eheringe,

Levy konnte sie funkeln sehen. »Was für einen?« erkundigte sie sich. »Für Tinte? Bleistift?«

»Ein ganz gewöhnlicher tut's schon, danke.«

»Ich bevorzuge den Faber Eraser Stick«, sagte sie und reichte ihm den Gummi. Behalte ihn. Ich habe jede Menge davon.«

Was für eine Art Mensch besaß einen bevorzugten Radiergummi? überlegte Levy. Die Bedeutsamkeit der Feststellung schockierte ihn, denn eines Tages würde dieses Geschöpf irgendwo Dekan sein, vielleicht in Bryn Maw, und dann würde sie irgendeinem Studenten eine schlechtere Note geben, weil er lieber mit einem Dixon Ticonderoga als mit einem Faber Eraser Stick radierte. »Danke, das ist wirklich sehr lieb«, sagte Levy und drehte sich um.

Und da war sie. Sie saß da. Las. Allein. An seinem Ecktisch. Das blauäugige Wunder.

Er hielt seinen Radiergummi gepackt und bewegte sich geschäftig auf seinen Platz zu, setzte sich schwungvoll hin, nahm ein Buch, öffnete es und begann zu lesen, ohne ihr einen Blick zu widmen. Sie saß drei Stühle weiter schräg gegenüber am anderen Ende des Tisches. Levy starrte angestrengt in sein Buch, bis er eine Bewegung von ihr auffing, und schnell blickte er hin. Dummkopf, dachte er, als er sah, daß sie ihre Notizen mit einem gelben Bleistift schrieb, sie hat ihren eigenen Radiergummi. Er wandte sich wieder seinem Buch zu und wartete dann, er wollte ihr Gesicht sehen, ohne daß sie es bemerkte. Als sie dann in ihr Buch vertieft war, als sie sechs oder acht Seiten umgeblättert hatte, richtete er seine Augen auf sie.

Sie war – darüber ließ sich nicht diskutieren – eine Wucht. Möglich, daß sie nicht schön war. Die Garbo war schön; Candice Bergen würde es vielleicht auch einmal sein. Dieses Mädchen war nur hübsch. So hübsch wie Jeanne Crain oder Katherine Ross, nicht mehr. Sie war einfach hübsch, sonst nichts.

Die Bergman in »Wem die Stunde schlägt«! Ja, an die

Bergman erinnerte sie ihn, mit dem kurzen blonden Haar und den Augen und . . .

. . .die Augen waren wirklich unglaublich.

So blau, dunkel und tief, und – hör auf, sie anzustarren, mach das nicht zulange, hör mal auf – Babe ermahnte sich einige Male, ehe er dachte: verdammt. Es war zu spät, er hatte sie zu lange angestarrt, sie hatte es gespürt.

Und nun sah sie ihn an. »Ja?« fragte sie. Nur daß sie nicht »ja« meinte. Sie meinte: verschwinde, zieh ab, Junge, du nervst mich.

»Hmm?« machte Levy, so forsch er konnte.

»Hast du etwas gesagt? Ich hab's nicht verstanden.«

Sie warf ihm einen Blick zu und begann wieder zu lesen.

Nun, dachte Levy, es war zwar kein guter Anfang, aber immerhin bin ich nicht völlig eingebrochen

Zwanzig Minuten später griff sie nach ihrem Regenmantel und ging.

Levy begann, seine Bücher einzusammeln, um ihr nachzugehen, bis der Sherlock Holmes in ihm sagte, daß sie noch nicht endgültig weggegangen war; ihre Bücher lagen noch verstreut auf dem Tisch. Levy ließ seine Bücher ebenfalls liegen und nahm, nachdem eine angemessene Zeit verstrichen war, die Spur auf. Er folgte ihr in einem kleinen Abstand. Sie ging durch die Bibliothek, trat in das kühle Foyer, warf sich ihren glänzenden Regenmantel über die Schulter, öffnete ihre Handtasche, zündete sich eine Zigarette an und rauchte. Dann drehte sie sich um und entdeckte, daß er ihr folgte.

Es war ein entscheidender Augenblick. Er konnte nicht einfach stehenbleiben, das würde ihn verraten, und er konnte sich nicht verstecken – sie hatte ihn gesehen. Er konnte nur auch ins Foyer gehen und eine Zigarette rauchen. Die Tatsache, daß er nicht rauchte, war kein Problem für ihn, bis sie beide allein im Foyer waren und er nichts tun konnte, als dumm dazustehen. Aber er konnte jetzt nicht mehr zurück, also fragte er ohne Zögern, mitten in die strafenden Augen hinein:

»Streichholz?«

Sie zögerte, reichte ihm das Briefchen.

Levy nahm es und dachte: Dummkopf, zuerst fragt man nach einer Zigarette und dann erst nach Feuer. Nun war er gezwungen, so zu tun, als durchsuchte er seine Taschen, bevor er ihr das gab, was er für sein Cary-Grant-Lächeln hielt. »Ich fürchte, ich brauche auch eine Zigarette.«

Sie zögerte etwas länger, dann gab sie ihm eine.

Levy zündete sie an. »Gleich werden Sie glauben, daß ich Sie auch noch bitten werde, für mich zu rauchen«, sagte er und gluckste so ungezwungen, wie er im Augenblick fertigbrachte.

Sie wandte sich etwas von ihm ab.

Levy war mit ihrem Profil mehr als zufrieden. Sie war wirklich sehr hübsch. Es war zwar nicht das tollste Profil, das je vom Fließband gekommen war. Besser als Grace Kelly, aber sie war keine Sophia Loren. Eher drall als gertenschlank, aber immer noch saftig.

Sie rauchten still.

»Sie inhalieren ja nicht einmal«, überraschte sie ihn dann.

»Nicht, wenn ich im Training bin«, brachte er hervor und war beglückt, daß er überhaupt etwas herausgebracht hatte. Da sie nicht genug Interesse dafür zeigte, was er trainierte, erzählte er es von sich aus. Er haßte unvollendete Gedanken, ein Erbe seines Vaters. »Ich bin ein Marathon-Mann«, sagte er.

Sie zeigte noch geringeres Interesse.

Du verlierst sie, schrie Levy, daß es durch seinen ganzen Körper echote. Nicht, daß du sie schon besessen hast, aber jetzt komm schon, verblüff sie mit einer kleinen interessanten Sache, zeig ihr, was für ein Narr du nicht bist. »Zigaretten«, sagte er und zuckte verzweifelt die Schultern. »Ich brauch' sie nicht unbedingt. Seltsam, Frauen sind süchtig danach, kürzlich stand ein großer Artikel darüber in der ›Times‹ –, Frauen können sich das Rauchen nicht so wie Männer abgewöhnen. Ich möchte wissen, woran das liegt.« Du hast ihr Geschlecht beleidigt, Dummkopf. Und wenn sie zu »Women's Lib« gehört? Wie schaffst du es nur immer, so ohne jede Anstrengung genau das Falsche zu sagen?

Im Foyer drehte sich die Erscheinung endlich zu Levy um und sah ihn direkt an. »Warum rennst du hinter mir her?«

Levy warf seine Zigarette weg und trat sie aus, gerade rechtzeitig, um einen Hustenanfall zu vermeiden. »Ich renne hinter dir her? Da kann ich nur sagen, du mußt verrückt sein. Was glaubst du denn, wer du bist? Jackie Onassis? Warum in Gottes Namen sollte irgend jemand hinter dir herrennen? Ich meine, ich will nicht dein Ego oder irgendwas zerstören, Lady, aber schließlich hast du an meinem Tisch gesessen. Mir ging es gut, bis du kamst. Ich hatte meine Bücher um mich herum ausgebreitet und war gut drauf, und dann kamst du. Wenn also jemand hinter jemandem herläuft, dann bist du es. Und wenn du hinter mir her sein willst, dann bitte, es stört mich nicht. Das kommt öfter vor, daß man hinter mir her ist, Mädchen und so, aber du wirst nicht erleben, daß ich mich darüber beklage. Ich meine, wenn Leute verrückt sind, muß man ihnen Raum geben, sich zurückzuziehen, Raum für Diplomatie lassen, so mach' ich es, wenn man mich verfolgt, sanft, verständnisvoll und . . .« Er hätte weitergeredet, nur gab es keinen Grund mehr: Sie drückte ihre Zigarette aus und lief aus der Bibliothek hinaus in die Nacht.

»Lügen«, wollte Levy hinter ihr herschreien, »ich bin dir nachgelaufen, weil du so hübsch bist. Ich bin ein Nichts, ein Aufschneider, ich schaffe nicht einmal einen ganzen Marathon, aber probier's doch mal mit mir, bitte, ich verspreche auch, ich werde dich zum Lachen bringen.«

Sie war weg.

Wieder eine blendende Vorstellung vom Lieblingscasanova der Massen, vom legendären T. Babington Levy. Eine Weile stand Levy da und ging seine jüngste Kampagne noch einmal durch. Selten, vielleicht nie, hatte man eine solche Dummheit erlebt. Sie war sogar ohne ihre Bücher geflohen, und wenn man jemanden so wütend machte – ihre Bücher.

Levy raste in die Bibliothek zurück, packte seine und ihre Bücher zusammen und verdrückte sich hinter dem Pult des Bibliothekars in den nicht einsehbaren Zeitschriftenbereich.

Nach fünf Minuten stand die Erscheinung im Eingang zum Bibliotheksaal und ging rasch auf den Ecktisch zu, wo ihre Bücher gewesen waren. Sie zögerte, blickte um sich, machte ein paar Schritte, blickte zurück und ging.

Fünfzig Minuten später drückte Levy ihr Namensschild in der Halle des Studentenheims in Campusnähe.

Sie antwortete über die Sprechanlage. »Wer ist da, bitte?«

Es war nicht die beste Verbindung der Welt. »Elsa Opel?« Sie hieß Elsa Opel; nun ja, niemand war vollkommen.

»Wer spricht bitte?« Ihr Akzent – Schweizerin? Slawin? Bei Akzenten kannte er sich verdammt schlecht aus, jedenfalls für einen großen Historiker – war, wenn sie lauter sprechen mußte, viel stärker, als er im Foyer gewesen war.

»Tom Levy – der Marathon-Mann.«

»Willst du wieder eine Zigarette, ja?«

Levy lachte. »Nein, nein, es ist nur, weil du deine Bücher vergessen hast, und ich dachte, sei seien vielleicht wichtig. Deshalb habe ich sie vorbeigebracht, nachdem ich mit meiner Arbeit fertig war – es liegt direkt auf meinem Nachhauseweg; es war keine Mühe oder so.«

»Das ist sehr nett«, sagte sie und drückte den Knopf, der die Tür öffnete.

Levy sah sie in der Tür stehen, hinten im Erdgeschloß des Gebäudes. »Hier«, sagte er und reichte ihr die Bücher.

Sie nickte. »Vielen Dank. Gute Nacht.«

»Gute Nacht«, sagte Levy. »Name und Adresse standen im Notizbuch, falls du dich fragst, woher ich weiß, wo du wohnst.«

»Ich frage mich nicht, dennoch vielen Dank. Und gute Nacht.«

»Gute Nacht«, wiederholte Levy.

»Du sagst ›gute Nacht‹, aber du gehst nicht.«

»Ich habe auf dem Weg hierher meinen Knöchel verstaucht«, erklärte Levy. »Ich will ihm etwas Ruhe gönnen.«

»Ich habe dich nicht humpeln sehen, als du den Gang entlang kamst.«

Wenn es ums Lügen ging, dann war er wirklich schlecht. »Ein Marathon-Mann zeigt keine Schmerzen.«

»Wo hast du dich versteckt?« fragte sie dann.

»Versteckt?« antwortete Levy und überlegte sich, ob er seinen Vorrat an Wutausbrüchen noch einmal hervorholen sollte, wie vorhin im Foyer, als sie ihn beschuldigt hatte, sie zu verfolgen.

»Ich ging sofort zurück, als ich meine Vergeßlichkeit bemerkte. Die Bücher waren verschwunden. Deine auch.«

»Oh – ich verstehe nicht, wie das möglich ist«, sagte Levy. »Ich habe die ganze Zeit dagesessen und studiert.«

»Ich muß wohl verwirrt gewesen sein. Vielen Dank. Gute Nacht.« Sie schloß die Tür.

»Hinter dem Pult des Bibliothekars. Da habe ich mich versteckt«, sagte Levy im Flur.

Sie öffnete die Tür und sah ihn prüfend an. »Warum?«

»Es schien mir das beste Versteck zu sein.«

»Nein, nicht warum du dich dort versteckt hast, sondern warum du dich überhaupt versteckt hast.«

»Nun, ich wollte mich von dir beim millionenschweren Diebstahl deiner Bücher nicht erwischen lassen; es wäre zu peinlich gewesen.«

»Ist es dir jetzt peinlich?«

»O ja, ich fühle mich erniedrigt.«

»Schwitzt du deshalb so?«

»Zum Teil. Ich bin hierhergerannt. Ich renne überall hin.«

»Wozu die ganze Mühe?«

»Es war wirklich keine Mühe. Du wohnst auf meiner Strecke. Ich meine, es ist kein Umweg.«

»Verfolgst du immer die Leute, die an deinem Bibliothekstisch sitzen? Ist das eine Art Manie?«

Levy schüttelte den Kopf, nickte, zuckte die Achseln, nickte wieder. »Weil du so hübsch bist.« Es war falsch, das zu sagen, er wußte es sofort, als er es gesagt hatte.

»Das ist einfach passiert. Ich habe nicht darauf hingearbeitet.«

Er machte einen letzten Versuch zu einer Wende. »Ich kann ja nicht von deiner Klugheit zu schwärmen anfangen. Ich kenne dich ja gar nicht, vielleicht bist du ein Dummchen, und das Lügen habe ich satt.«

»Aber du würdest mich gern kennenlernen?«

»Ja, Ma'am.«

»Weil ich so hübsch bin?«

»Das hat eine ganze Menge damit zu tun.«

»Wie alt bist du?«

»Fünfundzwanzig.«

»Und bist du bei Frauen immer so ungeschickt?«

»O ja. Diesmal war ich schon viel besser als sonst.«

»Nun, ich bin auch fünfundzwanzig, und du bist wahrscheinlich sehr nett, und in zehn Jahren bist du vielleicht sechsundzwanzig, aber zur Zeit bin ich Krankenschwester und habe keine Zeit.«

Aber ich würde dich so glücklich machen, wollte Levy sagen. Dann dachte er, hör zu, du Tölpel, mach doch aus solchen Neuigkeiten kein Geheimnis, sag es ihr; du hast nichts zu verlieren, sie läßt dich ohnehin abblitzen. »Ich würde dich glücklich machen.«

Sie war wirklich verdutzt.

»Wirklich, es stimmt«, sagte Levy schnell. »Ich würde alles lernen, was eine Krankenschwester wissen muß – so was kann ich – wir könnten großartig über Aderpressen diskutieren . . .«

Sie lachte auf.

»Du willst mich wiedersehen, sicher willst du das, sag es«, sagte er.

»Man sollte Leute nicht anbetteln.«

»Ich bettle nicht, verdammt noch mal, keiner bettelt hier, warum, zum Teufel, sollte ich betteln? Ich war Jahrgangsbester der Rhodes-Stipendiaten, einfach Spitze, und ich sage dir, Leute mit solchen Auszeichnungen rennen nicht herum und betteln dümmliche Krankenschwestern an, die rauchen – was für eine Sorte Krankenschwester raucht schon, weißt du denn überhaupt nichts? Wenn du nicht mal unterscheiden kannst zwischen Betteln und Anflehen, hast du bei mir keine Chance.«

»Wenn ich dich wirklich wiedersehe, versprichst du mir dann, den Mund zu halten?«

Ich gewinne, dachte Levy. Unvorstellbar. Er nickte.

»Also gut«, sagte sie nach einem Augenblick. »Also gut. Ich werde dich wiedersehen.« Und dann streckte sie überraschend die Hand aus und berührte seine Wange. »Aber es wird nichts aus uns«, sagte sie fast traurig.

»Das kann man nicht wissen«, sagte Babe und beobachtete ihre Augen. Sie schaute so verdammt traurig aus, aber warum machte sie das noch hübscher?

Elsa fuhr mit den Fingerkuppen über seine Wange. »Doch, das kann ich«, antwortete sie leise. »Bedauern ist das höchste, das wir erhoffen können . . .«

Als sie allein war, zündete sie sich eine Zigarette an, rauchte sie hastig, drückte sie aus und zündete sich noch eine an. Dann nahm sie den Telefonhörer ab und rief Erhard an. »Er ist schrecklich lieb«, sagte sie. »Sehr naiv, sehr nett.«

Sie lauschte einen Moment.

»Es tut mir leid, wenn ich mich deprimiert anhöre. Ich bin es nicht, ich bin müde.«

Pause.

»Ja, ich glaube, man kann sagen, daß er mich attraktiv findet.«

Pause.

»Wieviel Zeit habe ich?«

Lange Pause.

»Ich werde mein Bestes tun.« Sie schloß die Augen. »Wenn ich Glück habe, wird er mich in einer Woche lieben . . .«

8

Babe holte seine altersschwache Remington hervor und begann zu hämmern.

Doc? Ich bin's, und es ist besser, Du setzt Dich. Ich meine es ernst, es ist so wichtig, von unglaublicher, schwerwiegender Bedeutung. (O mein Gott, denkst du jetzt, er ist wieder verliebt – der kleine Bruder hat sich wieder Hals über Kopf verliebt.)

Richtig.

Doc, Doc, ich weiß nicht, wo ich anfangen soll . . .

(Fang bei ihren vorstehenden Zähnen an, denkst Du; beginne damit, wie ihr spärlich behaarter Schädel im Mondlicht glänzt.)

Falsch.

(Nichts falsch mit ihrem Haar oder ihren Zähnen? Seltsam. Die letzte hatte weniger Strähnen als Schneidezähne. Hmm. Keine Brüste, aber viel Verstand. Oder vielleicht drei Brüste und noch dazu Verstand?)

Weder – noch. Ach, geh zum Teufel.

(Muß wohl in der Schule ein As im Feldhockey gewesen sein. Waden wie Bronco Nagurski, Schultern wie Larry Csonka, aber eine frische Haut von Freiluftsport.)

Halt den Mund und hör mir zu – ich kenne sie gerade knapp eine Woche, und jeden Tag, wenn ich sie abhole, glaube ich, ich werde verrückt. Keine kann so wunderbar sein, und jeden Tag wird sie wunderbarer, zärtlicher, göttlicher, vollkommen, makellos, unbefleckt, utopisch, ohne Fehl und Tadel. Und ich untertreibe noch.

(Vielleicht kann ich Dir schnell ein Bett in der Klinik von Menninger besorgen.)

Laß mich bei ihren Fehlern anfangen: Ihr Name lautet, ich muß es gestehen, Elsa Opel.

(Nicht weiter schlimm, ich hatte mal einen Wagen, der Opel hieß.)

Und sie ist in meinem Alter, Schweizerin und Krankenschwester –

(Nimm es von der heiteren Seite, sie hätte ja auch Stewardeß sein können.)

– aber sonst ist sie fehlerlos. Eine Kopfverdreherin. Mein ganzes Leben habe ich nach den Mädchen anderer Kerle gelechzt. Du kannst Dir nicht vorstellen, was für ein Gefühl es ist, die anderen nach meinem Mädchen lechzen zu sehen.

(Man lechzt also nach ihr – ist es das, was Du andeuten willst? Lechzen ist nicht schlimm. Sonst noch etwas einzuwenden? Rück schon heraus damit! Ein wenig doof? Warst Du nicht in Denison mal in eine verliebt, die fast doof war?)

Jeder macht mal einen Fehler. Aber diesmal nicht. Ach, Doc, es ist so phantastisch, bitte, setz Deinen lahmen Arsch in Bewegung und komm her, um sie kennenzulernen. New York ist nicht so weit, also komm. Ich möchte sehen, wie sie Dir den Kopf verdreht, das möchte ich ehrlich sehen. Siehst Du, es gibt noch etwas, was ich Dir nicht erzählt habe.

(Okay, schlag zu, ich bin gewappnet.)

Sie liebt mich auch. Wirklich. Ein schönes Mädchen, ein schönes, genügsames, süßes, vernünftiges Mädchen. Nach all den lausigen Jahren läuft mein Füllhorn über.

Dein Draufgänger Babe.

9

Scylla lag blinzelnd im Bett.

In seinem Traum war er zu langsam gewesen, und das war keine gute Sache, selbst in seinen Träumen war das bisher noch nicht passiert. Und von allen Leuten hatte ausgerechnet Mengele ihn besiegt.

Mengele, der Leiter des Versuchsblocks in Auschwitz, der Arzt, den sie Todesengel nannten, der fast verrückt darüber wurde, daß er versuchte, blauäugige Menschen zu züchten, wie Hundezüchter Hunde mit hängenden Ohren züchten.

Sie waren in Mengeles Labor, es war Auschwitz, aber Scylla war gelassen. Er überragte den Todesarzt um einen halben Kopf, und außerdem stand die Tür offen, und die Tür führte direkt in die Freiheit. Scylla war nie in Auschwitz gewesen, er hatte Mengele nie getroffen, aber in Träumen geschehen eben derartige Dinge, und dies hier geschah.

»Ich bin verzweifelt«, sagte Mengele.

»Warum?«

»Ich schaffe es nicht, daß die Augen des Babys den richtigen Blauton bekommen. Gestern war ich so frustriert, daß ich ein Baby in hohem Bogen ins Feuer geworfen habe. Es war nur schrecklich, daß ich die Kontrolle über meine Gefühle verlor.«

»Kontrolle ist wichtig für uns«, stimmte ihm Scylla zu.

»Ich danke Gott, daß Sie in diesem Augenblick da sind, um mir zu helfen.«

»Wie kann ich Ihnen helfen?«

»Ich brauche Haut. Ich möchte Haut transplantieren, und Ihre Haut hat genau die Farbe, die ich suche.«

Scylla zuckte die Achseln. »Ein Stück Haut ist kein Problem. Nehmen Sie es sich.«

»Nein, nein«, erklärte Mengele, »ein Stück hilft mir nicht, ich brauche Ihre ganze Haut, jedes Stückchen. Sie müssen zulassen, daß ich Sie enthäute.«

»Ich glaube nicht, daß mir das gefällt«, meinte Scylla und machte einen vorsichtigen Schritt auf die offene Tür und die Freiheit zu.

Mengele folgte ihm nicht. »Sie müssen mir zuhören; ich biete Ihnen etwas Großartiges an.«

Scylla schüttelte den Kopf. »Ohne Haut könnten die Leute direkt durch mich durchblicken.«

»Das ist das Großartige – verstehen Sie denn nicht? Die Welt würde direkt durchblicken, und Sie brauchten nicht mehr zu lügen. Stellen Sie sich nur vor, welches Gewicht von Ihnen genommen würde – keine Lügen mehr. Lügen hätten keinen

Sinn mehr, denn es gäbe keine Haut, die Sie bedeckt, und die Welt wird die Wahrheit erkennen, wenn Sie sie aussprechen würden. Sie haben viel gelogen, geben Sie es zu.«

»Ja.«

»Und Sie sehnen sich danach, damit aufzuhören, geben Sie auch das zu. Sie sind in so viele Machenschaften verwickelt –, möchten Sie nicht manchmal die Wahrheit hinausschreien?«

»Ja.«

»Nun, das ist die Chance, die ich Ihnen biete. Immerwährende Wahrheit. Friede. Die eine, die nur der Aufrechte kennt.«

»Nein.«

»Lassen Sie sich nicht von Ihren Gefühlen beherrschen.« Er hielt Scylla seine kleine Chirurgenhand hin.

Scylla floh zur offenen Tür.

Aber er war zu langsam.

Mengele war schneller da, drückte die Tür zu und schloß ab. Sie waren allein im Labor. Mengele kam auf ihn zu.

Er, Scylla der Fels, der mit jeder Hand töten konnte, wich vor dem kleinen Wahnsinnigen zurück. Er, der große Scylla, wich vor einem Nichts zurück; ein schwächlicher Arzt, der nicht einmal fähig war, Augen im gewünschten Blauton zu produzieren.

»Warum fürchten Sie sich vor mir?« fragte Mengele.

»Ich fürchte mich nicht. In meinem Körper ist keine Furcht.«

Mengele streckte ihm die Hände entgegen.

»Ich werde Gewalt anwenden«, versprach Scylla.

»Bitte, bitte nicht«, sagte Mengele und führte Scylla mit seinen kleinen Händen zu einem Tisch und legte ihn darauf nieder. »Es wird keine Schmerzen geben, ich verspreche es. Ich werde nur einen kleinen Schnitt von Ihrer Stirn bis zum Nacken machen und Ihre Haut glatt abziehen. Es wird so wenig weh tun, wie aus einem Pyjama zu schlüpfen.« Er begann zu schneiden. »Sehen Sie«, sagte er, während das Messer Scyllas Haut teilte, »es blutet nicht einmal«, und er legte das Messer hin und zog die Haut ab. »Ich hole Ihnen einen Spiegel. Ihre Adern sind sehr schön«, sagte Mengele.

»Nein!«

»Hier«, sagte Mengele und reichte ihm den Spiegel.

Scylla warf einen Blick hinein, dann wachte er auf.

Puh.

Er lag still und konzentrierte sich auf die Zimmerdecke, gewunden und leer. Er hatte keine Ahnung, was der Traum über seinen Gemütszustand aussagte, aber er wußte eins: was es auch war, es wurde sehr dunkel da unten.

Er wälzte seinen muskulösen Körper aus dem Bett und setzte sich. Er rieb sich die kalten Hände. Er fühlte sich wie Scylla der Schwamm. Scylla der Weiche.

Schluß damit!

Er stand auf, griff nach der Flasche Scotch (war sie wirklich voll gewesen, als er am vergangenen Abend zu Bett gegangen war?) und ging ans Fenster seines Zimmers im Raphael. Er trank, während er auf den Arc de Triomphe hinausblickte. Wie spät war es? Er warf einen Blick auf die Uhr. Fast halb sechs. Amerika. Nach Mitternacht. Janey würde fest schlafen. Wenn es jemals eine Olympiadisziplin Schlafen gäbe, würde Janey sich gewiß qualifizieren. Schönheitsschlaf.

Scylla zog sich an, ging hinunter, weckte den Concierge und ließ sich einen Haufen Telefonmünzen geben. Es war eine überflüssige Vorsichtsmaßnahme, denn wenn sein Telefon zu Hause abgehört würde, dann war es egal, wenn sie es auch im Raphael angezapft hatten. Gewohnheit. Er fühlte sich besser, wenn er aktiv war.

Und er brauchte frische Luft. Es war noch dunkel, als er ins Freie trat und sich auf die Suche nach einem öffentlichen Telefon machte. Er hatte keine Angst vor der Dunkelheit; er war groß und breitschultrig, und er konnte mit jeder Hand töten, was zwar kein Ganove wissen konnte, aber immerhin bewegte er sich wie ein Athlet, und bisher hatte ihn noch kein Räuber belästigt.

Er fand einen Apparat in der Nähe des Arc, und nach einer

Menge Pidgin-Französisch, wählen, Summtönen und endlosen Wartezeiten konnte er schließlich Janeys schlaftrunkene Stimme hören. »Huh? Was – wer? Wie spät ist es – ach, macht nichts«, und schließlich: »Hallo.«

»Hier ist der Auftragsdienst«, sagte Scylla. »Hatten Sie nicht einen Weckruf gewünscht?«

»Soll das ein Scherz sein?« jammerte Janey. »Dreitausend Meilen mitten in der Nacht für einen Scherz? Leute wurden schon für weniger in Aspik eingelegt.«

Scylla fing mit seinen Verschlüsselungen an. Zuerst hatte es ihn irritiert, es war so schrecklich unbequem. Jetzt war es für ihn eine Art Spiel, das man auf einer Party spielen mußte, um dem Gastgeber eine Freude zu machen.

»Bist du munter genug, um ein paar Dinge aufzunehmen?«

»Nur halb, fürchte ich.«

»Halb«, war das entscheidene Wort. »Hellwach« bedeutete, daß nichts los war. »Halb« hieß, daß es einige Dinge gab, die Scylla wissen sollte.

»Dann lassen wir's. Ich rufe an, weil ich dir sagen wollte, daß ich drei Tage früher zurückkommen werde. Aber da du nur halb wach bist, will ich dich mit solchen Informationen nicht behelligen. Du bist nicht böse, daß ich dich geweckt habe?«

»Nie«, sagte Janey. »Ich mußte ohnehin aufstehen, weil das Telefon läutete.«

Sie ließen es mit diesem Scherz bewenden und legten beide auf, dann mußte Scylla zehn Minuten warten. Daß er das »halb« wiederholt hatte, bedeutete, daß er noch einmal anrufen würde, diesmal aber über das öffentliche Telefon in der Tiefgarage ihres Wohnblocks. Janey würde zehn Minuten brauchen, um wach zu werden, sich anzuziehen und hinunterzugehen.

Es war immer noch vor sechs und kalt. Scylla zitterte und fragte sich, warum er die Scotchflasche auf dem Nachttisch stehengelassen hatte, wo sie nutzlos herumstand. Während er die Straße auf und ab ging, konnte er keinen einzigen vernünftigen Grund dafür finden, warum er nicht einfach aufhörte und mit Janey nach London zog und ein kleines Häuschen mietete oder kaufte, herumsaß und fernsah, beim Gemüsehändler einkaufte und ein Leben führte wie andere auch, glücklich bis ans Ende et cetera.

Zum Teufel mit der Division, die einem nicht erlaubte, sich zurückzuziehen, bevor sie einen selbst in Pension schickte. Wenn er reich genug wäre, wenn er doch nur irgendwie ein Krösus werden könnte, dann würde er sie bestechen, oder zumindest würde er es versuchen, und wenn das nicht half, könnte er sich im verdammten Pazifik eine Insel kaufen und sie befestigen; dann sollte die Division mal kommen.

Eine Insel im Pazifik – Scylla schüttelte den Kopf. Vielleicht war es gut, daß er die Scotchflasche im Hotel gelassen hatte, wenn sein Denken schon nach ein paar Schlucken so beeinträchtigt wurde.

Scylla rief zum zweitenmal an, hörte erneut all die Summtöne und Geräusche, dann hatte er Janey wieder.

»Wo bist du?« fing Janey an, offenkundig beunruhigt.

»Losgelassen in Paris. Es ist aufregend. Oder ist London besser? Gehen wir nach London, das würde mir gefallen. Dir auch?«

»Ich meine, wo bist du genau? Auf der Straße? In einem Hotel? Warum schläfst du nicht? Es ist noch nicht einmal sechs.«

»Ein Traum hat mich wachgemacht. Da bin ich einfach spazierengegangen.«

»Du bist also allein?«

»Ja.«

»Das rate ich dir auch, du Filou. Ich hasse es, wenn du ohne mich verreist. Wie schlimm war es?«

»Der Traum?« Scylla hob seine breiten Schultern. Kein Grund zu lügen. Janey spürte so etwas, wenn er auch nicht wußte, wieso. Vielleicht durch seinen Tonfall. »Sehr. Außerordentlich sogar.«

»Mein Arzt empfiehlt mir immer Scotch.«

»Der hat nicht geholfen.«

»Komm zurück, das ist es, was ich immer empfehle. Die beste Kur, die ich kenne, bin ich.«

»Alle vier Stunden einmal.«

»Träum weiter – so jung bist du nicht mehr.«

»Dafür wirst du mir büßen, du loses Flittchen.«

»Nenn mich Janey, alle meine Freunde nennen mich so.«

Scylla hörte zu und vergewisserte sich, daß die Sorge aus Janeys Stimme verschwunden war. Dann wechselte er zum geschäftlichen Teil. »Warum das ›halb‹?«

»Kaspar Szell wurde getötet.«

»Puh.«

»Ich wußte, daß du das sagen würdest.«

»Wann?« fragte Scylla.

»Vor fast zwei Wochen in Manhattan. In der Gegend von Yorkville. Er fuhr im Auto, und ein anderer Kerl versuchte ihn zu schneiden, und sie rasten beide in einen Öltankwagen. Total verbrannt. Das war wahrscheinlich der Grund dafür, daß wir erst so spät davon erfuhren. Die Identifizierung war nicht ganz leicht. Er nannte sich Hesse, aber auch so hat keiner je von ihm gehört. Aber es ist geschehen. Bist du noch da? Du sagst ja kein Wort.«

Scylla stieß einen Knurrlaut aus.

»Betroffen?« fragte Janey leise.

»Ich glaube – ich weiß es nicht genau. Ich kann das alles noch gar nicht verarbeiten.«

»Wird es so viele Veränderungen mit sich bringen?«

Das hatte es schon. Er konnte nicht sicher sein, aber wahrscheinlich gab es einen Zusammenhang zwischen dem Toten in New York und der Sache mit Chen – auch wenn Chen bloß ein freiberuflicher Killer war. Aber irgend jemand mußte schließlich Chen beauftragt haben. Und dann war da noch der arme Robertson, der von einem Anruf aus Südamerika gesprochen hatte, in dem ein neuer Kurier angekündigt wurde. Scylla überlegte einen Augenblick. Er mußte eine Antwort geben, aber es hatte keinen Sinn, Janey mit Einzelheiten zu belästigen. Ein Allgemeinplatz würde es auch tun.

»Viele Veränderungen? Alles wird sich verändern.«
»Puh«, machte Janey.
»Das ist noch milde ausgedrückt.«

10

»Kalt?« fragte Levy.

Elsa schüttelte den Kopf.

Sie saßen auf einem Felsen am See im Central Park. Unterhalb schaukelte ihr Ruderboot in der Abendbrise, die über das Wasser blies. Levy wußte, daß sie log, erstens, weil er einen Pullover anhatte und sie nicht, und ihm war kalt, also mußte ihr auch zumindest ein kleines bißchen kalt sein. Und es wurde immer kälter, was er daran merkte, daß sein idiotischer Zahn ärger schmerzte. Das war immer so, wenn es kühler wurde. Es war der Schneidezahn oben. Er versuchte, das Loch mit der Zunge zu bedecken. Sie sollten endlich nach Hause gehen. Aber sie hatten eine Stunde so gesessen, seit die Sonne langsam untergegangen war, und es war so verdammt schön gewesen, daß er nicht derjenige sein wollte, der die Stimmung zerstörte.

Elsa legte den Arm um ihn. »Jetzt ist es nicht so kalt«, sagte sie.

Levy küßte sie zärtlich. Am Anfang war er rauh mit ihr umgegangen, weil er dachte, das gefiele ihr; Männlichkeit, Macho. Ein so tolles Mädchen mußte eine Fülle erfahrener Männer gehabt haben, und mit denen wollte er sich messen können. Aber sie war davor zurückgeschreckt. Und nachdem er ein oder zwei Nächte mit ihr herumgeschmust hatte, erkannte er, daß sie eigentlich das wollte, was er war: zärtlich. Oh, er sah nicht so aus – er sah kantig und knöchern aus, hatte spitze Ellbogen und wirkte viel zu unbeholfen, um sanft zu sein. Aber er war ganz anders. Er schmuste gern, sogar

Händchenhalten gefiel ihm. Obwohl das wahrscheinlich heutzutage für Leute unter dreißig gesetzwidrig war. Nicht, daß Bumsen schrecklich war; Levy hatte es schon ein paarmal getan, wenn auch nicht mit Elsa, zumindest noch nicht. Bumsen war gut, und Orgasmen waren wunderbar, aber es war auch, wenigstens nach seinen begrenzten Erfahrungen, derb und kurz, zu derb und zu kurz, und beim Sex war er nie in Eile. Manchmal dachte er bei sich, daß er wahrscheinlich sehr gut im Bett war, und wenn er gut ausgesehen hätte, wäre er gefragt wie der Party-Service zu Ferienzeiten; aber er sah nicht gut aus, und so schlimm war das auch nicht.

Elsa berührte seine Wange. »So ein schönes Gesicht«, flüsterte sie.

»Das sagt jeder«, sagte Levy. »Sogar auf der Straße sprechen mich Fremde darauf an.«

In der Dunkelheit lächelte sie ihn an und fuhr mit der Zunge seine Lippen entlang.

»Das ist sehr originell«, sagte Levy. »Mach das noch einmal, komm, damit du es nicht vergißt.«

Noch einmal fuhr sie mit der Zunge seine Lippen entlang.

»Mit Pennern und Punks habe ich Mitleid. Du hast wirklich Glück, Mädchen.«

Sie legte beide Arme um ihn. Er spürte, wie ihr Körper zitterte.

»He, du frierst ja. Wir müssen das Boot auch zurückgeben.«

»Laß mich frieren. Es ist so schön, nur so plaudern, komm, bleiben wir.«

Sanft küßte Levy ihren Nacken; streifte ihn flüchtig mit den Lippen.

»Homer Virgil«, sagte sie. »Bevor du mich fragtest, ob mir kalt sei, hast du von ihm erzählt. War er berühmt, dein Vater?«

»Der alte H. V.? Nicht so wie Ann-Margret oder Donny Osmond, aber für einen Historiker war er berühmt.«

»Was für ein schrecklicher Name für ein Kind.«

»Das haben wir unserem Großvater zu verdanken – er gab allen seinen Kindern entsetzliche Namen – er war Leiter und

Oberlehrer, Koch und Flaschenspüler in dieser kleinen Schule im Mittelwesten, und er behauptete, die Vornamen wären egal, jeder würde ohnehin nur Levy hören. In Ohio gab es damals nicht viele Juden. Mein Großvater liebte die Griechen und die anderen Alten. Einer meiner Onkel hieß mit zweitem Vornamen Herodotus. Er lebt nicht mehr, mein Onkel: Ich glaube nicht, daß es ihn umgebracht hat, aber geholfen hat es ihm auch nicht.«

»Dein Vater ist auch tot?«

»Er ist auch tot. Gehirnblutung. Ganz plötzlich, völlig unerwartet.«

Sie beobachtete ihn in der Dunkelheit.

»Was ist?« fragte er.

»Nichts.«

Er zögerte, weil er nicht genau wußte, ob er weiterreden und erklären sollte, aber sie konnte davon nichts wissen, sie war damals noch nicht im Land gewesen, und selbst wenn, war sie noch Kind gewesen, und außerdem war H. V. schließlich nicht so berühmt gewesen.

Sie küßte ihn fordernd, stand plötzlich auf und streckte ihre Arme in die Höhe. Babe sah ihr zu. Es war eine unbeholfene Bewegung, aber bei Elsa sah selbst das Unbeholfene hübsch aus.

Dann war nichts mehr hübsch, denn als Elsa lächelte und »komm« flüsterte und zum Boot gehen wollte, kam aus den Büschen hinter ihnen ein plötzliches Geräusch, und zum ersten Mal tauchte der Mann mit dem lahmen Bein auf. Er schlug Elsa mit dem Handrücken ins Gesicht. Sie verlor das Gleichgewicht und fiel.

Levy sah zu; es war, als wäre er Zuschauer bei einer Straßenszene – es kam so rasch, er hatte keine Chance, einzugreifen; er konnte nur zusehen, wie sie, seine einzige wahre Liebe, von einem brutalen Mann mit lahmem Bein geschlagen wurde. »He!« schrie Levy und wollte dazwischen, aber es war zu spät, denn aus den Büschen hinter ihm kam noch ein Geräusch, und dann wurde er von einem breitschultrigen Mann herumgewirbelt, bevor ihn eine Faust mitten ins Gesicht traf.

Levy taumelte, Blut spritzte, aber er ging nicht zu Boden. Seine Nase fühlte sich gebrochen an. Elsa wurde in die Büsche gezerrt. Der Hinker versuchte, ihre Handtasche wegzureißen. Levy wollte gerade »Gib sie ihm doch!« schreien, aber der breitschultrige Mann ließ ihm nicht die Zeit, er trat ihn hart in den Magen, und Levy blieb die Luft weg, er ging krachend auf dem Felsen in die Knie und fiel dann auf alle viere. Der Kerl trat noch einmal zu, diesmal streifte er die Wange. Levy rollte hinunter. Der breitschultrige Mann zerrte ihn zu den Büschen und wollte nach Levys Geldbörse greifen. Instinktiv machte Levy eine abwehrende Bewegung, was dumm war, denn sie brachte ihm einen Schlag mit dem Knie in den Rücken ein. Das Blut vom ersten Schlag verschmierte ihm das Gesicht, seine Zunge schmeckte Salz, und an allem war er schuld, er hätte nicht so spät im Park sein sollen; nur Touristen waren so töricht. Während der Angreifer nach seiner Geldbörse suchte, lag er ganz still. Aber der Kerl hatte Schwierigkeiten, denn Levys Gesäßtasche war zugeknöpft und ließ sich nicht sofort aufreißen, deshalb setzte er Levy noch einmal das Knie in den Rücken und schlug ihm wieder über die gebrochene Nase. Levy fing an, vom Blut zu husten, und er konnte Elsa fast weinen hören, und wenn dieser verdammte Hinker sie anfaßte, dann würde er – dann würde er . . .

Was würde er dann?

Nichts – absolut nichts –, wenn sie sie vergewaltigen wollten, war er hilflos; auch wenn sie sie nur prügeln wollten, war er hilflos, seine Nase war gebrochen, seine Rippen fühlten sich zerschmettert an, und sie könnten tun, was sie wollten, er war völlig hilflos . . .

Hilflos! Das Wort zwang sich durch das Blut hindurch in sein Hirn, und diese Wirklichkeit war so erniedrigend, daß Levy irgendwie die Kraft fand, dem breitschultrigen Kerl einen Tritt zu versetzen, einen kräftigen Tritt, und der Feind schrie auf. Es war ein Triumph, das konnte man nicht leugnen, aber unglücklicherweise währte das Triumphgefühl nur kurz, denn als Levy aufstehen und zu Elsa hasten wollte, war der Kerl wieder da. Jetzt machte er ernst, mit beiden Händen schlug er auf Levys Gesicht ein, bis es unförmig geschwollen war und Levy halb ohnmächtig hinfiel.

Dann standen sie beide über ihm, der Hinker mit Elsas Handtasche und der breitschultrige Kerl mit Levys Geldbörse. »Wir haben euer Geld, und wir haben eure Namen und Adressen.« Der Hinker streichelte Elsas Handtasche. »Und wenn ihr zur Polizei geht, werden wir es wissen und euch besuchen.«

Elsa weinte.

»Und das nächstemal wird es schlimm«, sagte der breitschultrige Kerl. »Versteht ihr, was schlimm heißt?«

Levy lag da.

Dann waren die Räuber verschwunden.

Langsam kroch Levy zu Elsa. Haben Sie dich . . .«, war alles, was er sagte. Angefaßt, wollte er sagen, belästigt.

Sie schüttelte den Kopf, nein. Sie verstand ihn; sie verstanden einander, und das war das Großartige bei ihnen. »Nur die Handtasche.« Sie zerfloß. Reaktion auf den Schock. »Nur die Handtasche«, wiederholte sie. »Ich bin in Ordnung.«

Levy hielt sie eng umfaßt. »Wir sind beide in Ordnung«, brachte er heraus. Er wollte sie nie wieder loslassen, aber als er sie mit seinem Blut beschmierte, blieb ihm nichts anderes übrig . . .

11

Doc, ich glaube, ich werde Dir das nicht schicken, was mich beim Schreiben irgendwie befreit. Wenn ich es aber abschickte, dann berücksichtige, daß ich ein wenig daneben bin. Das heißt aber nicht, daß ich verrückt bin oder so.

Doc, ich bin überfallen worden, ich wurde halbtot geprügelt, aber das regt mich nicht auf – nein, falsch, es regt mich wild auf, aber es war meine eigene Schuld. Es war im Central Park, nach Sonnenuntergang, nur ein Schwachsinniger kann um diese Zeit da sein.

Aber ich war nicht allein. Elsa und ich saßen auf einem Felsen, nachdem ich sie eine Zeit herumgerudert hatte. Sie hatte es noch nie getan, wollte es aber schon immer, und zum Teufel, es war ein wunderschöner Tag, also haben wir es getan. Es war so großartig, und wir blieben zu lange auf diesem Felsen am See. Dann kommt dieser Hinker, und ich sitze da, und der Hundesohn schlägt auf sie ein, zerrt sie ins Gebüsch, und ich denke, den Bastard kauf ich mir, keiner rührt mein Mädchen an –

Aber ich konnte nichts unternehmen. Ich konnte nichts unternehmen! – Ein riesiger Kerl kommt aus dem Gebüsch, und ich schwöre, daß ich das nicht alles erfinde, der Kerl war ein Profi. Er verprügelte mich ganz entsetzlich, ich bin noch nie so verprügelt worden, er wußte genau, wohin sein Knie zielen mußte. Mir ist klar, daß Elsa halbtot geprügelt wird, wenn nicht noch mehr. Und ich wünsche mir nur eins, nur einmal ein Held zu sein. Der Kerl grabscht nach meiner Geldbörse und schlägt mich zu Brei, aber ich spüre nicht so sehr den verdammten Schmerz oder das verdammte Blut – es ist die Hilflosigkeit die verdammte Hilflosigkeit –

Doc, ich wollte ihn umbringen.

Ich schwöre, wenn ich ein Messer gehabt hätte, ich hätte ihn erstochen, und wenn ich eine Bombe gehabt hätte, ich hätte ihn in die Luft geblasen, und dann wäre ich auf den Hinker losgegangen und hätte versucht, ihn mit meinen Händen zu würgen.

Ich, ein Liberaler, ein Historiker, ich wollte nie irgend jemandem weh tun, ich wollte selbst Richard Nixon nicht leiden sehen, und jetzt möchte ich töten, und das macht mir Angst.

Ich habe für fünf Minuten unterbrochen, um mein Gesicht

mit kaltem Wasser zu kühlen, es ist verquollen und aufgeplatzt, alles schmerzt. Ich denke nur an eins, an Rache. Ich möchte mich an den Kerlen rächen dafür, daß sie mir ein derartiges Gefühl der Hilflosigkeit gegeben haben, ein solches Gefühl sollte man keinem Menschen geben, nicht vor einem Mädchen, das ihn liebt. Ich weiß, daß sie dachte, warum tut er denn nichts, er ist doch da, warum hilft er mir denn nicht? Ich möchte jeden Charles-Atlas-Kurs besuchen, der je erfunden wurde, und stark werden, und dann möchte ich die Kehlen der beiden Kerle in meine Hände bekommen.

Doc, da gibt es diese jugendliche Straßengang, die auf der Backsteintreppe ein paar Häuserblocks weiter herumlungert. (Ich meine nicht jene lustigen Halbwüchsigen, die man aus »West Side Story« kennt, diese Burschen würden Dir für eine Rosine das Blut aussaugen!) Als ich heute abend heimkam – sie machen sich immer über mich lustig, aber was macht das schon – sie halten mich sowieso für einen Narren –, und heute abend, als ich bei ihnen vorbeiging, dachte ich, daß sie nun wenigstens vor dem vielen Blut und so Respekt haben würden, aber weißt Du, was passiert ist? Einer von ihnen fragte: »Wer hat es denn getan, ein Zwerg oder ein Mädchen?«, und alle lachten, weil – nun, sie können auf sich selber aufpassen. Sie hätten meine Feinde in Fetzen gerissen. Ich bin sicher, daß mein Intelligenzquotient höher ist als der von ihnen allen zusammen – und was hilft mir das?

Ich werde Dir diesen Brief doch schicken, glaube ich, weil ich Dich fragen möchte, was wohl Vater gesagt haben würde? Ich glaube, er hätte zu mir gesagt, daß jede Erfahrung einen Wert hat, wenn man sie aufgeschlossen aufnimmt. Alle Handlungen sind wertvoll, egal, wie sehr du darunter leidest. Der wahre Historiker kann nie stark genug sein.

Worin liegt der Wert von Unfähigkeit, Doc?

Sag es mir.

Babe

12

Levy gab den Brief am Sonntagabend auf. Sein Gesicht war nicht mehr so geschwollen, und die Risse heilten rasch, aber er kam sich immer noch wie eine Mißgeburt vor, also zog er seine Mütze tief ins Gesicht und sprintete zum Briefkasten an der Ecke zur Columbus Avenue. Dann ging er auf sein Zimmer zurück, um sich zu verstecken.

Am Montag hätte er bei Bisenthal Seminar gehabt, aber er konnte nicht hingehen. Als er am Morgen unrasiert in den Spiegel starrte, empfand er sich als unappetitlich. Er war nie für Gewaltanwendung gewesen. Und als er in sein zerschundenes und geschwollenes Gesicht sah, fand er es seltsam zermürbend. Er hatte nie gewußt, daß er soviel Stolz besaß, aber augenscheinlich war das so.

Er rief Elsa ein paarmal an, und sie rief ihn auch ein paarmal an. Sie wollte zu ihm kommen – immer wieder erklärte sie ihm, daß das praktisch ihr Beruf sei – ihre Anwesenheit könne doch nicht schaden. Aber er wollte von niemandem gesehen werden und allein sein. Er ging den Überfall in Gedanken noch viele Male durch. Er versuchte zu lesen, aber die meiste Zeit studierte er am Montag sein Gesicht im Spiegel und hoffte, es würde bald wieder zu dem werden, das er kannte.

Das tat es auch; Montagabend war es nicht mehr so, daß man sich auf der Straße danach umgedreht hätte. Die Risse blieben da, wo der breitschultrige Mann sie eingestampft hatte, aber durch die ständige Anwendung kalter Kompressen verschwanden die Schwellungen schneller, als er gedacht hatte. Sein Rücken schmerzte vom Knie des Kerls, aber das hielt er schon aus.

Elsas Hysterie erwies sich als Problem. »Hast du es ihnen gesagt – ich habe es ihnen nicht gesagt . . .«

»Wem? – Langsam . . .« Es war Dienstagmorgen, und sie hatte so lange gegen die Tür gehämmert, bis sie ihn endlich wach hatte. An ihrer Stimme erkannte er, schon ehe er sie einließ, daß sie in Panik war.

»Sie sagten, sie würden uns suchen – sie sagten, sie hätten unsere Namen und Adressen, warum bist du dann gegangen, du hast gesagt, du würdest es nicht tun . . .«

»Elsa, was zum Teufel soll das? Ich habe nichts getan, ich schwöre es!«

»Der Hinker . . .« fing sie an.

»Was ist mit ihm? Sag es mir.«

Ihre Stimme war nun leise. »Als ich aus dem Haus ging – heute aus dem Haus ging – heute morgen – er war da – folgte mir . . .«

»Bist du sicher? Hast du sein Gesicht aus der Nähe gesehen?«

Jetzt wurde sie wieder lauter.

»Du hast versprochen, du würdest nicht zur Polizei gehen, aber du hast es getan, du mußt es getan haben, weil der Hinker kommt . . .«

Er versuchte, sie zu umarmen, aber es half nicht. »Ich schwöre, ich bin nicht zur Polizei gegangen. Es muß ein Irrtum gewesen sein oder irgend etwas – hast du diesen Kerl wirklich gesehen?«

»Ich sah – einen Mann draußen – er war da – ich ging weiter – er folgte mir – er hinkte – ich ging um eine Ecke, er kam hinter mir her – das genügte, ich rannte.«

»Es gibt vielleicht nur neun Millionen Männer in New York, die hinken, Elsa«, fing Babe an. »Ich meine, es hat einen Ruf als Paradies für Hinker, die ›Gesellschaft der Hinker‹ würde ihr Jahrestreffen niemals woanders als im Coliseum abhalten, ich dachte, das wüßte jeder«, sagte er und versuchte, sie aufzuheitern. Er stellte Wasser für Kaffee auf, sie erholte sich ziemlich schnell. Er wußte sie zu nehmen, das war es ja, was so großartig war. Nach einer Stunde gab sie zu, daß es vielleicht eine Einbildung gewesen sein könnte.

Um zwölf gab sie zu, daß sie sich gut fühlte.

Sie kauften sich Karten für zwei Bergman-Filme: »Das siebente Siegel« und »Wilde Erdbeeren«. Babe war ein Bergman-Fan, für Elsa war alles neu. Dann lud er sie zu einem billigen Essen ins nächstgelegene China-Restaurant ein – er war auch ein Fan chinesischer Küche. Dann brachte er sie nach Hause, wo sie ein bißchen schmusten, und danach ging er heim. Er war erschöpft und schlief sofort ein. Er hatte keine Ahnung, wie spät es war, als er bemerkte, daß sich Elsa nicht alles bloß eingebildet hatte, denn obwohl er nur halb wach war, wußte er, daß jemand bei ihm im Zimmer war.

Bevor er sich Zeit zum Fürchten ließ, entschloß sich Babe, das zu tun, was Cagney getan haben würde. Seine Stimme klang leise und ruhig. »Ich habe eine Pistole, ich weiß, wie man mit ihr umgeht, wenn du dich rührst, blase ich deinen Arsch nach Shanghai.«

Und aus dem Dunkeln kam die Stimme, die ihm die liebste war auf der ganzen Welt: »Bring mich nicht um, Babe.«

Babe flog regelrecht aus dem Bett. »Mensch, he, Doc, irre.«

»Ohne Zweifel ausdrucksvoll«, sagte Doc. »Aber der Junge konnte schon immer gut mit Wörtern umgehen.«

BUCH II

Doc

13

»Warte, ich mache Licht«, sagte Babe, und als er es eingeschaltet hatte, sagte Doc: »He?«

»Was?«

Doc zeigte auf die Wunden. »Dein Gesicht.«

Babe hob die Schultern. »Nichts. Ich möchte nicht darüber reden: ein gewöhnlicher Überfall, nichts, um sich aufzuregen. Es ist am Sonntag passiert – was haben wir heute? Dienstag? Ich hab' dir geschrieben. Wenn du heimkommst, kannst du alles darüber lesen.«

»Aber du bist in Ordnung?«

Babe nickte. Wenn Doc anfing, sich zu sorgen, konnte er wie eine richtige Glucke sein. »Du kannst mir einen Gefallen tun; wenn du heimkommst, lies den Brief nicht, wirf ihn einfach weg, ja?«

Doc drehte an seiner Schlüsselkette, an der unter anderem der Schlüssel zu Babes Wohnung hing. Er ließ ihn ein paarmal kreisen, warf ihn hoch in die Luft und fing ihn, ohne hinzusehen, hinter seinem Rücken auf. Er tat es in einer einzigen flüssigen Bewegung, ein Trick, an den sich Babe noch von früher erinnerte, da hatte Doc es mit kleinen Bällen oder Murmeln gemacht. Jetzt war es ein Zeichen dafür, daß Doc vor einer Entscheidung stand, das wußte Babe, aber er war sich nicht sicher, ob Doc es auch wußte, es war ihm in Fleisch und Blut übergegangen.

»Er wird verbrannt«, sagte Doc. Dann lockerte er seine Krawatte. »Ich war verreist, und als ich heimkam, fand ich deine – darf ich sagen – obszöse purpurne Prosa vor, bei der selbst ein Rossetti errötet wäre – sie enthielt, um präzise zu sein, eine Beschreibung Ihrer Durchlaucht, und ich dachte, es sei besser, wenn ich schleunigst komme und sie kennenlerne, bevor sie gen Himmel auffährt.«

»Affe«, sagte Babe, »so übertrieben habe ich sie nicht beschrieben, das mußt du zugeben.«

Doc hob seine Gucci-Tasche auf und stellte sie auf Babes Schreibtisch. »Nein, he? Dein Glück, daß ich weiß, daß du geistig minderbemittelt und für deine Handlungen nicht verantwortlich bist, sonst würde ich den Rest meines Lebens damit verbringen, dich zu erpressen. Ich glaube, du nanntest sie an irgendeiner Stelle ›utopisch‹. ›Unfehlbar, utopisch, makellos.‹ Teufel, selbst Annette Funicello war nie so großartig.«

»Affe«, sagte Babe noch einmal, und diesmal bellte er es laut hinaus. Nur weil er einmal, in einem schwachen Moment, Doc erzählt hatte, daß Annette Funicello aus einer bestimmten Warte ganz süß war, und Doc nie etwas vergaß, besonders nicht, wenn man ihm solche Munition gab.

Doc blickte sich in Babes Zimmer um. Es sah wirklich verwahrlost aus. Nackter Fußboden und alles voller Staub. Überall gestapelte Bücher, im Sofa kamen die Sprungfedern durch, das Badezimmer war schmutziggrau. »Du hast eine Menge geschafft«, sagte Doc. Er war nur einmal hier gewesen, ein oder zwei Wochen, nachdem Babe eingezogen war.

»Es ist noch nicht ganz so, wie's werden soll«, gestand Babe, »aber der Innenarchitekt ist so verdammt unzuverlässig. Ich sollte ihn eigentlich feuern, aber es gibt nur wenige Spitzenleute, die eine so gewaltige Aufgabe übernehmen können.«

Doc nickte und öffnete seine Tasche; er nahm drei Flaschen Rotwein heraus und hielt sie gegen eine nackte Glühbirne über Babes Schreibtisch. Ich hoffe nur, ich habe sie nicht zu sehr geschüttelt«, sagte er. Er sah Babe an. »Korkenzieher?«

Babe zeigte auf die Küche und wartete, daß Doc mit dem Vortrag über den Ruhm des Burgunder anfangen würde.

»Ich werde den Moulin-à-vent aufmachen«, sagte Doc. »Es ist ein Beaujolais, aber ich glaube, du wirst von seiner Kraft überrascht sein.« Er konzentriete sich auf das Öffnen der Flasche.

»Großartig«, sagte Babe. Er sog die Luft ein, senkte die Augenlider. »Weiter, weiter.«

Doc hatte mit dem Korken Schwierigkeiten. »Er gilt als der König unter den Beaujolais-Weinen – Fleurie ist die Königin . . .«

»Faszinierend, mein Gott«, brachte Babe hervor und schnarchte ein bißchen lauter.

Doc ignorierte ihn. »Das ist ein hervorragender Jahrgang, ein Einundsiebziger, und ich möchte, daß du deine Aufmerksamkeit auf seine Ausgewogenheit richtest.«

Babe ließ das Kinn auf die Brust fallen und fing an, abwechselnd zu schnarchen und zu pfeifen, zu schnarchen und zu pfeifen.

»Du bist ein Banause und ein Scheiß«, sagte Doc, dann aber lachte er. »Also gut, ich gebe auf. Kein Wort mehr über Wein.« Er hielt inne. »Verdammt, ich wollte doch Gläser mitbringen.«

Nun fing Babe zu lachen an. »Du Bastard, du weißt, daß ich Gläser habe.« Er ging zu einem Schrank.

»Papierbecher lehne ich ab«, sagte Doc.

Babe nahm ein Glas und reichte es ihm. »Hier, verdammt.«

Doc fing an, einzuschenken, hörte aber sofort wieder auf. »Dieses Ding ist dreckig.«

»Ich habe nie behauptet, daß ich saubere Gläser hätte, du Arschloch«, knurrte Babe, und dann sagten sie beide wie aus einem Munde: »Nicht an den Schultern, nur am Kopf«, und dann prusteten sie beide laut los. Es war nämlich eine der Lieblingsgeschichten in ihrer Familie; H. V. hatte sie geliebt. Es war die Geschichte eines ungeschickten Brooklyn Dodger namens Babe Herman; eines Tages wurde er wütend, weil ein Reporter geschrieben hatte, daß Herman im Außenfeld so unbeholfen wäre, daß er bestimmt noch einmal von einem Ball am Kopf getroffen werden würde. Herman, außer sich, stellte den Sportjournalisten zur Rede, belegte ihn mit allen Schimpfnamen dieser Erde und meinte schließlich: »Und ich wette mit

Ihnen um fünfzig Dollar, daß Sie unrecht haben.« Der Reporter: »Okay, abgemacht, fünfzig Dollar, daß Sie von einem Ball an den Schultern oder am Kopf getroffen werden.« Herman dachte kurze Zeit darüber nach, bevor er entschied: »Nein – nein – nicht an den Schultern, nur am Kopf.«

Immer noch lachend, ging Doc zur Spüle und drehte das Wasser auf. »Wann hört es auf, rostig rauszukommen?« fragte er nach einer Weile.

»Pack inzwischen aus; bis du damit fertig bist, wird das Wasser vielleicht in Ordnung sein.«

»Ich werde für dich auch gleich eines spülen«, sagte Doc und nahm ein schmutziges Glas aus der Spüle.

»Nur einen kleinen Schluck«, sagte Babe. »Ich bin jetzt bei zwanzig Meilen, und so'n Gesöff ist schlecht für die Puste.«

»Burgunder ist kein Gesöff«, sagte Doc und machte sich an den Gläsern zu schaffen. »Es tut mir leid, daß ich mich über deine Bude lustig gemacht habe«, sagte er. »Du bist Student, wozu brauchst du einen Palast? Lebe dein Leben, wie es dir Spaß macht, solange du kannst. Vergeben?«

»Ich war nicht einmal sicher, ob ich beleidigt worden bin.«

»Gut«, sagte Doc, immer noch mit den Gläsern beschäftigt. »Es ist eine verrückte Welt, sage ich dir. Man weiß von einer Sekunde zur nächsten nicht, was geschehen wird. Heute morgen las ich im Wall Street Journal von dieser Firma in Kalifornien – du wirst es nicht glauben, aber was soll's, die sind alle verrückt in Kalifornien, das ist Voraussetzung, wenn man hinziehen möchte. Jedenfalls haben ein paar Jungs an der Westküste ein Patent für ein Gerät auf den Markt gebracht, das sie, warte, laß mich nachdenken, ja, B-E-S-E-N nennen. Es ist ein langer Stock mit einem Bündel Stroh an einem Ende. Das Journal schreibt, die Jungs hofften, mit dieser Erfindung ein Vermögen zu machen. Sie behaupten, man könne mit ihrem B-E-S-E-N Sachen reinigen, zum Beispiel Böden, durch bloßes Fegen.«

»Das kommt nicht an«, sagte Babe.

Doc schüttelte den Kopf. »Babe, wie kannst du in einem solchen Loch leben?«

»Die Gläser sind jetzt sauber«, sagte Babe, »schenk uns von dem Feuerwasser ein.«

Doc schenkte ein, drehte die Flasche geschickt, um nichts zu vergießen.

Babe nahm einen Schluck, Doc auch. Babe konnte sich nicht erinnern, seinen Bruder jemals angeheitert gesehen zu haben, von betrunken ganz zu schweigen. Und für ihn selbst galt dasselbe. Aber schließlich hatte H. V. den Durchschnitt der Familie hochgehalten. Zumindest während der letzten Tage. Eigentlich während der letzten Jahre. Während der letzten schlimmen Jahre.

»Ist das teuer?«

»Kann man sagen, warum?«

»Nur so. Es riecht danach. Weich. Immer wenn ich einen Hustenanfall bekomme, nehme ich an, daß es teuer ist. Das Ölgeschäft muß gutgehen.«

Doc hob sein Glas wie bei einem Trinkspruch. »Das Ölgeschäft geht immer gut.« Er deutete eine Verbeugung an.

»Das war nicht nach Osten«, sagte Babe.

»Ich habe mich nach Detroit verbeugt, Idiot – General Motors ist für dieses Land wichtiger, als es Jesus je war.«

»Verdammte Umweltverschmutzer und Diebe«, sagte Babe. Er haßte es wirklich, daß Doc arbeitete, was er arbeitete. Diese Bohrausrüstung, die er nach überallhin verkaufte, verpesteten die ganze Welt.

»Wenn du jetzt anfängst, mir deinen Vortrag über Ökologie zu halten, dann schwöre ich, daß ich Irmgard erzählen werde, wie ich dich mit zwölf beim Schniepellangziehen erwischte.«

Babe lachte. »Das war ein großer Tag für mich, wirklich. Bis dahin hatte ich geglaubt, der einzige auf der ganzen weiten Welt zu sein, der so etwas derartig Furchtbares tat. Ich dachte, du würdest mich vor die Tür setzen oder in Stockeisen legen, und die Dörfler würden mich mit Steinen bewerfen. Als du mir sagtest, daß es alle andauernd tun, da dachte ich – ich kann mich noch genau erinnern – Schufte, diese Erwachsenen, warum haben sie es all die Jahre vor mir geheimgehalten?«

Doc lächelte und zeigte aufs Bett. »Beweg deinen Kadaver.«

Babe gehorchte. Sie hatten eine Vereinbarung. Wenn Doc auf Besuch kam, erhielt er das Bett. Babe nahm dann das Sofa mit den Sprungfedern.

Während sie ihre Vorbereitungen trafen, sagte Doc leise: »Hör auf, in einem Loch wie diesem zu hausen, komm nach Washington, ich besorge dir eine anständige Wohnung, wir wären nahe beieinander, warum versuchst du es nicht wenigstens; ich hab' die Moneten, du weißt, daß das kein Problem ist.«

Babe schüttelte den Kopf. »Keine anständige Uni.«

»Nichts kann sich mit dem Ruhm der Columbia messen, das ist es doch?«

»Columbia ist nicht so toll, das sage ich gar nicht, aber es gibt hier eine weit geringere Anzahl von Leuten mit Mundgeruch als, sagen wir, in Georgetown.«

Plötzlich brüllte Doc: »Himmel, Babe, nur weil Dad es tat, brauchst du es doch nicht auch zu tun!«

»Das kann ich nicht mehr hören!« brüllte Babe zurück.

Doc hielt verwirrt inne. »Du kannst es nicht mehr hören? Ich habe es noch nie gesagt.«

»Professor Biesenthal von Columbia. Er sagte es, zumindest andeutungsweise.«

»War das nicht einer der Genies von H. V.?«

Babe nickte. Dann sagte er: »Hör zu, ich mag dieses Loch hier, danke für dein Angebot, aber ich bleibe hier; und es hat nichts mit H. V. zu tun.«

»Dickkopf!«

Babe hob die Schultern und schob sich die Kissen zurecht, während Doc noch die wenigen Kleidungsstücke, die er mitgebracht hatte, aufhängte. »Ich lade dich und Etta zum Abendessen ein, okay? Sie braucht doch Nahrung, nicht wahr? Oder kann sie ihre Göttlichkeit durch pure Luft erhalten?«

»Warte, bis du sie siehst; dir wird das Wasser im Mund zusammenlaufen, das garantiere ich dir.«

Doc lachte. »Junge, du sprichst mit einem Mann, der einmal verheiratet und dreimal verlobt war, noch bevor er fünfundzwanzig war – es gehört schon einiges dazu, damit mir das Wasser im Mund zusammenläuft.«

»Was soll das denn? Prahlst du? Vier Festnahmen und nur eine Bestrafung?«

»Für mich gab's keine Bestrafung mehr, seit ich ins Ölgeschäft eingestiegen bin – es gibt eine Verordnung dagegen, die für alle gilt.« Er schloß seine Gucci-Tasche und schob sie in eine Ecke von Babes Schrank. Beiläufig meinte er: »He, du hast doch nicht noch immer dieses Ding, oder?«

Obwohl er wußte, was gemeint war, fragte er: »Welches Ding?«

»Als ich heute abend hereinkam und du mir den Arsch nach Shanghai blasen wolltest, hörte sich das wirklich authentisch an, sehr nach George Raft.«

»Niemand imitiert George Raft – das sollte Cagney sein.«

»Und?«

»Geladen.« Er ging zu seinem Schreibtisch und nahm die Pistole und eine Schachtel mit Munition aus der untersten Lade. Hier.«

»Nimm diese Dinger heraus, dann gib sie mir.«

Rasch entlud Babe die Pistole. Er war ein Experte, nach all den Stunden, die er seit Jahren darauf verwendet hatte, sollte er das auch sein. Doc war das Gegenteil; er hatte Waffen immer gehaßt. »Hier«, sagte Babe noch einmal.

Doc nahm sie und tat so, als geriete er nicht in Panik. »Wie kannst du nur so etwas aufbewahren?«

»Was soll die Frage? Du wolltest sie ja nicht.«

»Wollen? Wer kann so etwas schon wollen?«

»Offensichtlich ich.«

»Warum?«

»Ohne Grund. Als Andenken. Du weißt verdammt gut, warum. Um zu rächen.«

»Babe, Joe McCarthy starb ein Jahr, bevor Vater sich umbrachte.«

»Vielleicht, vielleicht auch nicht. Aus Washington haben wir schon viele Lügen gehört.«

»Ist Helga auch sadistisch? Ist das etwas, was ihr zwei Lieblinge gemeinsam habt? Was macht ihr in eurer Freizeit, wenn in der Stadt gerade kein Vampirfilm läuft?« Er gab Babe die Pistole zurück.

Als er sie wieder lud, sagte Babe: »Du möchtest mich reizen, du Bastard, ich kenne dich. Zuerst nennst du sie Irmgard, und ich habe dich nicht berichtigt; und dann sagst du Etta zu ihr, und ich habe dich wieder nicht berichtigt; und jetzt hast du gerade Helga gesagt; aber auch das wird mich nicht hochbringen, aber sie heißt Elsa, Elsa, hast du verstanden? Nicht Ilse oder Ella oder Eva, nicht Hilda oder Leila oder Lida, nicht Lily und nicht Lola.«

»Es tut mir leid«, sagte Doc. »Die Reise muß mich geschlaucht haben. Ich werde Olgas Namen nicht mehr verwechseln, ich schwöre es.«

»Olga stimmt zwar fast, aber nicht ganz«, meinte Babe geduldig. »Ich bin wirklich stolz auf dich, daß du es fast getroffen hast. Jeder, der erst vor so kurzer Zeit wie du lesen gelernt hast, muß natürlich bei zweisilbigen Wörtern Schwierigkeiten haben, aber wir werden an Elsa so lange arbeiten, bis du es kannst. Nicht Portia, Pamela oder Paula, nicht Rhoda und auch nicht Sara oder Stella, Sophia oder Sheila.«

»Ursula?« versuchte Doc.

»Nah dran«, sagte Babe, »Ehre, wem Ehre gebührt, aber es ist Elsa, nicht Vida oder Vanessa oder Venetia oder Willa oder Isoldas. ELSA!«

»Elsa«, sagte Doc. Er nippte am Wein, dann sah er seinen kleinen Bruder an. »Sie hab' ich nun – aber wer zum Teufel bist du?«

14

Nur eine einzige Straße führt an der Villa vorbei. »Villa« ist wahrscheinlich übertrieben; in Palm Springs wäre es bloß ein Haus gewesen, wenn auch nichts, was man versteckten müßte. Aber da an den anderen drei Seiten der paraguayische Dschungel dicht herankroch, war das blaue Haus, eine halbe Stunde von La Cordillera entfernt, beinahe einmalig, in jedem Fall war es außergewöhnlich.

Die Bauern in La Cordillera hatten vom blauen Haus gehört, zumindest die meisten von ihnen; aber viele hatten es auch nicht gesehen. Denn erstens war es eine Reise von einer halben Stunde, selbst wenn man jemanden kannte, der ein Auto besaß; und zweitens war die eine Straße gefährlich ausgefahren.

Und drittens die Wachtposten.

Zwei waren immer da, jeweils eine Viertelmeile vom blauen Haus entfernt. Es gab fast keinen Verkehr, aber wer auch immer daherkam, wurde von den Posten untersucht. Sie erklärten nie, welches Recht sie dazu hatten oder woher die gesetzliche Handhabe kam; sie stellten sich mit ihren Gewehren mitten auf die Straße und warteten, daß das Fahrzeug anhielt. Sie waren nicht freundlich. Alles an ihnen drückte Bedrohung aus. Komm besser nicht auf dieser Straße zurück, wenn du nicht unbedingt mußt. Es gefällt uns nicht, wenn wir ein Gesicht zweimal sehen.

Die einzigen, die sie durchwinkten, waren die Lieferanten. Jede Woche kam ein uralter offener Lastwagen mit Nahrungsmitteln von La Cordillera. Die Post kam jeden zweiten Tag. Und jeden Nachmittag kam noch ein zusätzlicher Wachtposten aus dem blauen Haus, um ins nächste Dorf zur Waschfrau zu fahren.

Stets in Schwarz gehüllt, war sie eine breitschultrige Frau von durchschnittlicher Größe. Sie betrat das Haus, und ein paar

Stunden später verließ sie es wieder; dann fuhr sie derselbe Wächter in ihr Dorf zurück.

Für gewöhnlich hatte sie nichts bei sich, aber eines späten Septembertages kam sie heraus, schwarz gewandet wie immer, und trug einen schwarzen Koffer, ungefähr ein Fuß breit und hoch. Sie stieg in das Auto ein, in das sie immer einstieg, und derselbe Wachtposten fuhr sie vom blauen Haus weg. Der Wagen sah aus wie immer und war es auch – bis auf die Leinenreisetasche unter einer Decke auf dem Rücksitz. Der Wagen fuhr vom blauen Haus weg und fuhr aufs Dorf zu. Die Wachtposten auf der Straße wollten schon den rechten Arm zum Salutieren heben und hätten es wahrscheinlich auch getan, wenn der Fahrer nicht in einem plötzlichen Wutausbruch die Hand geballt hätte. Der Wachtposten ließ den Arm sinken und stand verlegen da, senkte beschämt den Kopf und hoffte, daß der Gebieter des blauen Hauses es nicht mit Grausamkeit vergelten würde.

Der Wagen fuhr weiter. Die Wäschefrau saß still und bullig wie immer da, den schwarzen Koffer fest auf den Schoß gepreßt, als verspräche sie sich eine gewisse Sicherheit von dem quadratischen schwarzen Ding. Den Schal hatte sie vielleicht weiter als gewöhnlich ins Gesicht gezogen, sonst aber sah sie aus wie die Wäschefrau, die auf dem Heimweg war.

Es war von entscheidender Bedeutung, daß alles so aussah, wie es immer aussah, weil der Gebieter des blauen Hauses wußte, daß zwar die meisten der Bauern, die gelegentlich bei seiner Villa vorbeifuhren, nichts weiter waren als eben das, paraguayische einfache Bauern, aber er wußte auch, daß einige von ihnen, nicht viele, aber genug, um sich Sorgen zu machen, Juden waren.

Das Auto fuhr in das Dorf der Wäschefrau und geradewegs durch, ohne anzuhalten. Der Fahrer sprach kein Wort. Die Wäschefrau saß stumpf und schwerfällig da. Beide schwitzten. Die Hitze war erbarmungslos; wenn man nicht stark war, konnte sie einen umbringen. Der Fahrer war sehr stark; wenn auch der schwächere der beiden.

Es war eine zweistündige Fahrt zum Flughafen in Asunción. Der Fahrer stieg aus und wollte die Leinenreisetasche nehmen.

»Bleib sitzen!« sagte die Wäschefrau auf spanisch.

Der Fahrer hastete auf seinen Platz zurück. Er blieb unbewegt sitzen, während die Wäschefrau die Kleider in eine Hand nahm, den schwarzen Lederkoffer in die andere.

Der Fahrer fragte auf spanisch: »Darf ich, bitte, eine Frage stellen?«

Die Gestalt mit dem Schal nickte.

»Was sollen wir tun, wenn die Wäschefrau Schwierigkeiten macht? Wie soll sie behandelt werden?«

»Mit großer Behutsamkeit«, erwiderte die Gestalt mit dem Schal. »Erklärt ihr, daß ich in spätestens drei Tagen zurückkehren werde, daß sie mein Gast ist und daß sie nichts zu tun braucht, was sie nicht will. Sagt ihr, daß sie zu hart gearbeitet hat und daß ich will, daß sie jetzt ausspannt.«

»Sie ist sehr dumm«, sagte der Fahrer. »Ich glaube, das wird sie nicht verstehen.«

»Dann ist es deine Aufgabe, Geduld mit ihr zu haben. Ich möchte sie bei meiner Rückkehr glücklich sehen, glücklich und gesund; wenn sie eines davon nicht ist, werdet ihr alle sehr leiden müssen. Drücke ich mich klar aus? Besonders dir wird es sehr schlecht gehen.«

Der Fahrer nickte.

»Ihr natürlicher Instinkt für gutes Bügeln ist ganz außergewöhnlich. Wenn ich in dieser fürchterlichen Gegend das Sagen hätte, würde ich sie zu einer nationalen Institution erklären. Seit fünfundvierzig habe ich nicht so knackig-frische Hemden gehabt.«

Die Wäschefrau nahm den Flug von Asunción nach Buenos Aires. Die Zollbeamten in Paraguay waren geistlose Narren; Schwierigkeiten bei der Paßkontrolle waren nicht zu erwarten, und es gab auch keine. Argentinien war natürlich etwas anderes. Deshalb blieb die »Wäschefrau« dort zurück, und es war ein wohlhabender Geschäftsmann, der zum PanAm-Schalter ging. Ein Geschäftsmann in mittleren Jahren und völlig kahl. Die Glatze war ärgerlich – er war frühzeitig, mit noch nicht fünfundzwanzig, ergraut; und sein Haar, lockig, weiß und füllig, war das attraktivste Merkmal an ihm. Auf sein Haar war er schrecklich stolz; es war etwas, was ihn von anderen unterschied, ja, über andere erhob. »Der weiße Engel« nannten sie ihn damals.

Es hatte ihn also geschmerzt, als er am Vortag im blauen Haus sein Haar geschoren hatte. Aber er war auch mit Glatze nicht unattraktiv. Sein Gesicht zeigte Kraft. Und sobald er nach Paraguay zurückkehrte, würde er es sich natürlich wieder zu seiner ursprünglichen schneeweißen Pracht wachsen lassen.

Er nahm das Flugzeug der PanAm nach JFK, New York. Es dauerte mehr als zehn Stunden nonstop, er würde am folgenden Morgen um sechs Uhr fünfzehn in New York landen. Es würde Dienstagfrüh sein, und er hatte fest vor, die Nachtmaschine zurück nach Buenos Aires am Mittwoch zu nehmen; spätestens am Donnerstag, aber Mittwoch wäre besser.

Schnelligkeit war immer besser.

Er war während des ganzen Fluges wach, der schwarze Koffer in seinem Schoß. Andere schliefen, er aber ging alle Eventualitäten durch. So viele Dinge konnten schiefgehen, er mußte auf alles und jedes vorbereitet sein. Bis jetzt hatte ihn sein Verstand am Leben erhalten, und er vertraute darauf, daß er ihn auch diesmal nicht im Stich lassen würde. Sein Verstand und sein schwarzer Lederkoffer. Solange er diesen hatte, war Angst sein ständiger Begleiter.

Das Flugzeug landete pünktlich. Die meisten Passagiere gingen verschlafen durch den Zoll. Er täuschte Müdigkeit vor, obwohl er, was er auch sein mußte, hellwach lauerte, denn dieser Augenblick der Ankunft setzte ihn, ähnlich einem Jumbo beim Start, der größten Verwundbarkeit aus. Nicht, daß er sich wegen seines Passes Sorgen machte. Sicher, sie hatten rasch arbeiten müssen, aber in Asunción gab es geschickte Leute, die an Eilaufträge gewohnt waren. Nein, die Zollbeamten würden ihn fröhlich passieren lassen. Aber wenn es eine ihm unbekannte Kastastrophe gegeben hatte, vielleicht eine Nachricht von einem unbekannten Informanten, wenn alles schiefgelaufen und man ihm auf der Spur war, dann war jetzt der richtige Zeitpunk, ihn zu schnappen.

Er holte seine Tasche, ging durch den Zoll, bewegte sich zur Ankunftsebene und blickte um sich. Er war noch nie auf diesem Flughafen gewesen, und seine Größe verwirrte ihn. Er war auch noch nie in diesem Land gewesen, und zweifellos hätte dessen Größe ihn auch verwirrt, aber er hatte nicht vor, herumzufahren. Nur Manhattan. Ganz ruhig blieb er in der Empfangshalle stehen. Erhard sollte ihn abholen. Das waren seine Instruktionen gewesen; was aber, wenn man ganz einfach ein Telegramm abgefangen oder heimlich ein Telefon angezapft hatte – einen Moment überlegte er, wenn er auch eher gestorben wäre, als das zuzugeben, er erwog tatsächlich, davonzurennen. Einfach auf den nächsten Ausgang zustürmen. Aber wohin, wenn er draußen war? In welche Richtung sollte er laufen?

Dann sah er den kleinen Erhard, der durch die Menge auf ihn zuhinkte, gefolgt von dem breitschultrigen Karl, und er erkannte, daß er wieder einmal in Sicherheit war, wenn »Sicherheit« ein Wort war, das man für jemanden mit seiner Vergangenheit, ganz zu schweigen von seiner Gegenwart, überhaupt verwenden konnte.

15

Doc suchte das Restaurant fürs Abendessen aus, »Lutèce«, von dem Babe natürlich schon gehört hatte, wo er aber nie gewesen war. Elsa hatte nicht einmal davon gehört, aber als Babe sie abholte und ihr sagte, daß es das teuerste Restaurant der Stadt sei, wurde sie noch nervöser, als sie ohnehin schon war. Sie fuhren Taxi – normalerweise fuhren sie immer U-Bahn, aber zu

»Lutèce« konnte man nicht U-Bahn fahren, es sei denn, man war dort der Tellerwäscher –, und egal, was Babe auch anstellte, er konnte sie nicht beruhigen. Sie sah entsetzlich aus, sie trug das falsche Kleid, sie haßte exklusive Lokale, die Leute würden sie anstarren, alle würden merken, daß sie nicht dazugehörte.

Von einem war auch Babe überzeugt – man würde sie anstarren. Sie trug ein schlichtes blaues Kleid mit einer einfachen Perlenkette um den herrlichen Hals; und die Farbe des Kleides spiegelte sich in ihren Augen wider. »Du siehst verboten gut aus«, sagte Babe, als sie das Restaurant betraten, und es stimmte, aber es half nichts, sie zu besänftigen.

Doc erwartete sie im winzigen Hinterzimmer im ersten Stock. Nur noch zwei andere Tische. Wenn man gesehen werden wollte, aß man bei »Lutèce« unten. Wenn man sich unterhalten wollte, saß man im Hinterzimmer, vorzugsweise in der Ecke.

Doc erhob sich, als sie hereinkamen. Er sah Elsa kurz an, dann schüttelte er den Kopf. »Ich dachte, du sagtest, sie wäre hübsch«, meinte er zu Babe. »Ehrlich, Tom, ich muß mit dir einmal über Maßstäbe sprechen.«

»Das ist Hank«, sagte Babe. So sprachen sie sich immer in der Öffentlichkeit an. Hank und Tom. Es gab eigentlich keinen besonderen Grund dafür. Sie hatten damit nach dem Tod von H. V. angefangen. Damals brauchten sie etwas, an das sie sich klammern konnten. Geheimnisse waren brauchbar. Und billig. Eine Brücke, die sie verband. Sie brauchten unbedingt Geheimnisse, nachdem H. V. von ihnen gegangen war. Wenn man nichts hatte, an das man sich klammern konnte, war die Strömung zu stark, die wirbelnden Gerüche genügten, um einen umzuwerfen, den Atem zu nehmen, ins Meer zu spülen.

»Sie sehen wunderbar aus«, sagte Doc zu ihr. »Nicht wunderbarer als Grace Kelly, aber Sie schaffen das noch.«

Sie setzten sich. Als der Oberkellner kam, fragte Doc, ob er für sie bestellen dürfe. Babe und Elsa sagten hastig: »Bitte.« Doc sprach französisch mit dem Kellner, der ihm antwortete und dann verschwand, und Elsa sagte, wie gut er französisch spreche.

»Danke, ich wäre froh, wenn ich es wirklich könnte – ich weiß nicht, was ich gesagt habe, aber ich habe versucht, einen Chablis zu bestellen. Kennen Sie Chablis? Es ist ein Burgunder.« Er lächelte Babe an. »Die großartigen sind fast grünäugig; es sind die Weine, die Diamanten am ähnlichsten sind«, und bei »Diamanten« blickte er zu Elsa, berührte ihre Haut mit den Fingerspitzen und streichelte sie sanft.

He, dachte Babe, er mag sie, ist das nicht phantastisch?

Nein, dachte Babe, als sie mit den gekrusteten Trüffeln fertig waren und über dem Lammrücken saßen, nein, es ist phantastisch. Das Essen, das seiner Meinung nach nicht besser hätte anfangen können, machte ihn fertig.

Denn Doc konnte seine Hände nicht von ihr lassen.

Aufhören, wollte er Doc zuschreien.

Sag ihm, er soll aufhören, wollte er Elsa zuschreien.

Aber bei »Lutèce« schrie man nicht. Man flüsterte. Man gluckste in sich hinein; man betupfte sich den Mund mit der Serviette und nickte, wenn der Kellner ungefragt das Weinglas füllte und man plauderte fröhlich drauflos, egal, was in seinem Innersten vor sich ging, selbst wenn dein Bruder dasaß und sich an dein Mädchen heranmachte, saß man mittendrin und machte den Spaß mit, besonders, wenn dein Mädchen nichts dagegen zu haben schien.

Babe legte seine Hände in den Schoß, die Finger ineinander verschränkt.

»Was für ein Geschmack«, sagte Doc. Sie tranken nun roten Burgunder, Bonnes Mares 62. Er leerte sein Glas.

Babe nickte, als der Kellner nachschenkte.

Doc lächelte Elsa an. »Vermissen Sie Ihre Heimat? Die Schweiz?«

»Ich glaube, jeder vermißt mal seine Heimat. Geht es Ihnen nicht auch so?«

»Kann sein«, sagte Doc. »Von wo sind Sie genau? Ich kenne die Schweiz nicht sehr gut. Zürich und Genf, sonst nichts.«

»Von dort bin ich nicht.«

»Sie müssen aber von irgendwo sein.«

»Ein winziger Ort. Keiner hat je davon gehört.«

Warum ziert sie sich so, fragte sich Babe. Sie kam aus der Nähe des Bodensee, sie hatte es ihm gesagt, warum sollte Doc es nicht wissen?

»Ich wette, Sie können Ski laufen«, sagte Doc, um das Thema zu wechseln.

»Ich bin Schweizerin, also muß ich.«

»Versteh' ich nicht«, sagte Doc.

»Ach, das bezieht sich auf eine Geschichte; ich kann nicht gut Geschichten erzählen, aber es gab einmal einen Schauspieler, er war Waliser, ich weiß seinen Namen nicht mehr – er hat in einigen Filmen gespielt, aber ich weiß die Filmtitel auch nicht mehr . . .«

»Sie haben recht, Sie können nicht gut Geschichten erzählen«, warf Doc ein.

Beide lachten.

Babe saß da.

»Es ist ja auch egal, vielleicht war es Richard Burton. Ich gehe mal davon aus, daß es Richard Burton war, er war der walisische Schauspieler, und man fragte ihn nach einer Rolle in einem Film, oder vielleicht war es ein Theaterstück, ich kann mich nicht mehr erinnern, es war entweder das eine oder das andere . . .«

»Sie erzählen Geschichten grausam«, sagte Doc diesmal.

Jetzt kicherten beide.

Babe sah ihre blauen Augen an. Sie hatten nie schöner ausgesehen. Er hatte große Angst, etwas Schreckliches anzustellen, deshalb hielt er seine Hände mit aller Gewalt im Schoß verschränkt.

»Es ist egal, ob es Film oder Theater war, es geht darum, daß er in seiner Rolle singen mußte, und der Produzent oder der Regisseur, einer von beiden oder vielleicht auch alle zusammen, fragten ihn, ob er singen könne, und er sagte: ›Ich bin Waliser, also muß ich.‹«

»Verstehe ich nicht«, sagte Doc.

»Die Waliser sind sehr stolz darauf, daß sie musikalisch sind«, erklärte ihm Elsa.

»Und die Schweizer laufen Ski, jetzt begreife ich es«, sagte Doc. Er leerte sein Glas wieder, bestellte noch eine Flasche. »Wo haben Sie es gelernt?«

»Am Bodensee – in der kleinen Stadt, ich habe mein ganzes Leben dort verbracht.«

»Mein Gott«, sagte Doc und wurde ganz aufgeregt. »Ich weiß jetzt, wo Sie es gelernt haben – in meiner Firma gibt es einen Skinarren, er ist ein scheiß . . . – entschuldigen Sie – er ist ein langweiliger Kerl, weil er ständig nur von seinem Skifahren redet, und wie pulvrig der Schnee in Kitzbühel war, und wie hoch in Squaw Valley, und wie er mit dem Hubschrauber auf die kanadischen Bergspitzen gebracht wurde und dann über den Neuschnee fuhr; und wenn Sie glauben, daß der Job eines Ölbohrausrüstungsmannes langweilig ist, dann sollten Sie diesen Kerl hören.«

»Sie sind ein noch schlechterer Geschichtenerzähler als ich«, sagte Elsa.

Doc brüllte vor Lachen. Die Leute an den Nebentischen blickten verstohlen in seine Richtung, und er wurde rasch leiser. »Entschuldigen Sie, aber jetzt komme ich endlich zum Punkt, zur entscheidenden Phase meines Monologs. Unser Skinarr fährt am liebsten in die Gegend um den Bodensee, denn dort ist der Monte Rosa, stimmt's oder hab' ich recht, Sie haben am Monte Rosa gelernt, geben Sie es zu.«

»Ich bin verblüfft«, sagte Elsa.

»Und neben dem Monte Rosa kommt der Monte Charre, großartig, aber nicht ganz so großartig wie der Monte Rose, stimmt's oder hab' ich recht?«

»Hundertprozentig«, sagte Elsa.

»Ich hab' mir das alles nur ausgedacht«, sagte Doc.

»Was?« entfuhr es Elsa.

»Es gibt keinen Skinarren, keinen Monte Rosa am Bodensee,

und es gibt auch keinen Monte Charre, stimmt's oder hab' ich recht?«

Elsa sagte nichts.

Babe beobachtete sie. Er wußte nicht, was los war, aber es hatte ihm besser gefallen, als Doc sie berührt hatte.

»Ich bin zu oft in der Schweiz gewesen, ich weiß, wie man dort spricht. Sie sind keine Schweizerin.«

»Nein.«

»Woher sind Sie?«

»Können Sie das nicht an meiner Aussprache erkennen?«

»Deutsche, nehme ich an. Und Sie sind auch nicht fünfundzwanzig. Dreißig?«

»Zweiunddreißig. Was wollen Sie noch wissen?«

»Wie lange gilt Ihre Arbeitserlaubnis noch?«

Elsa ließ sich Zeit, bevor sie ruhig sagte: »Warum demütigen Sie mich?«

»Ohne Grund. Es gibt viele Ausländerinnen, die gern viel Amerikaner heiraten wollen – und dann, wenn sie sich fein legal hier aufhalten, stellt sich heraus, daß die Ehen nicht so gut funktionieren.«

»Und das glauben Sie? Ich will Ihren Bruder einfangen? Warum fragen Sie mich das nicht direkt?«

»Das hätte keinen Sinn«, sagte Doc ruhig. »Sie haben bis jetzt kaum ein wahres Wort gesagt, warum sollten Sie es jetzt tun?«

»Nur so«, und während Babe zusah, flüchtete sie aus dem kleinen Zimmer, und als Babe ihr hinterher laufen wollte, hielt Doc ihn am Handgelenk fest. »Laß sie laufen«, sagte Doc.

Babe fuhr herum. »Warum – nur weil du es mir sagst?«

»Es war zu deinem Besten . . .«

»Scheiße.«

»Doch.« Doc hielt ihn immer noch fest, und Babe konnte dem Griff nicht entkommen. Doc war zu stark. »Ich bin viel gereist, ich kann Menschen einschätzen. Es gibt Millionen Puppen auf der Welt, die gern hier leben würden, aber sie können nicht, deshalb versuchen sie es auf alle möglichen Arten . . .«

»Ich habe dich nicht um Genehmigung gebeten.«

»Du wirst mir noch danken. Ich habe ihren Typ auf den ersten Blick erkannt – zum Teufel, ich wußte es schon, als du mir diesen verdammten Brief geschrieben hast. Menschen fallen nicht so übereinander, es sie denn, irgendeiner ist hinter irgend etwas her . . .«

»Das weißt du nicht . . .«

»Doch, verdammt noch mal, glaub mir.«

»Warum sollte ich? Zuerst befummelst du sie, und dann stellst du sie an den Pranger.«

»Das ist Taktik; zuerst macht man jemanden weich und vertrauensselig, das hat nichts zu bedeuten . . .«

»Lügen bedeutet nichts . . .«

Doc drückte fester zu. Es fing an, weh zu tun. Da war ein Schmerz, und immer noch flüsterten sie miteinander in dem stillen kleinen Zimmer. »Man sagt nie die ganze Wahrheit, man muß Dinge in der Hinterhand halten, so wie eben, als ich dich bat, nach Washington zu kommen, das habe ich ehrlich gemeint. Wenn ich dir gesagt hätte, daß ich deinen Brief von dem Überfall bekommen habe, hättest du gedacht, ich würde dir das nur anbieten, weil ich Angst habe, dir könnte etwas passieren – also habe ich etwas zurückgehalten – ich wußte von dem Überfall – aber ich habe nicht gelogen –, und ich lüge nicht, wenn ich dir sage, laß dieses Mädchen laufen, sie liebt dich nicht, vergiß sie . . .«

»Das kannst du nicht wissen . . .«

»Ich weiß es, benutz deinen Grips, sie ist bezaubernd, warum sonst sollte sie dich lieben?«

»Weil ich sie liebe«, rief Babe, riß sich los und rannte durchs Restaurant. Er rannte einen Kellner mit einem Tablett Kaffeetassen um, wirbelte herum, lief weiter, ließ sich nicht einmal von dem Zusammenstoß aufhalten. Die Treppen hinunter, zwei, drei Stufen auf einmal, stolpernd an der Bar vorbei und in die Oktobernacht hinaus. Erst auf dem Gehsteig hielt er an, sah nach der einen, dann nach der anderen Seite, nahm das nächstbeste Taxi und raste zu Elsas Wohnung, drückte ungestüm auf die Klingel, immer und immer wieder, aber sie war nicht da. Er wartete fünf Sekunden, läutete wieder, keine Antwort, nach weiteren Sekunden läutete er, nichts, keine Antwort, sie war nicht zu Hause. Vielleicht hatte er sie überholt, vielleicht war er zu schnell gewesen. Nein, das war es nicht, das konnte es nicht sein. Sie würde nicht heimkommen, sie würde sich ihm nicht mehr ausliefern, denn sie mußte glauben, daß er all das eingefädelt hatte, er hatte zugelassen, daß sie vernichtet wurde. In ihren Augen war er genauso schuldig wie Doc. Sie irrte wahrscheinlich durch die Straßen, oder vielleicht saß sie in irgendeinem Kino, ohne auf die Leinwand zu blicken. Sie mußte jetzt über vieles nachdenken, seine Elsa.

Er liebte sie. Es kümmerte ihn einen Dreck, ob sie Koreanerin war, er liebte sie. Aber das konnte sie nicht wissen, sie konnte nicht wissen, was es für ihn bedeutete, nach fünfundzwanzig Jahren der Unbeholfenheit plötzlich diese Anmut bei sich zu entdecken, wenn er bei ihr war.

Was er tun konnte, war – in seine Wohnung gehen und warten, bis sie anrief. Bete zu Gott, daß sie anruft. Er könnte auch vor ihrer Tür warten, aber das war aufdringlich, und er haßte aufdringliche Juden. In einer Minute konnte er seine Sachen gepackt haben. Sie hatten einander nichts mehr zu sagen. Er zumindest hatte Doc nichts mehr zu sagen. Nicht jetzt. Babe fing an zu laufen. Er rannte schnell, schneller als sonst; so schnell er konnte – und er hielt durch –, rannte er die fünf Kilometer bis zu seiner Wohnung. Er raste durch die Nacht. Sein Zahn schmerzte unerträglich . . .

16

Es war kurz vor elf, als sie den Riverside Park betraten und zum Bootsbecken hinübergingen. Der kahlköpfige Mann mit den breiten Schultern überließ dem anderen im schwarzen Regenmantel die Führung. Der Mann mit dem Regenmantel wollte »Vorsicht« sagen, aber der andere Mann unterbrach ihn: »Englisch. Immer. Weniger auffällig.«

»Wie du willst. Aber paß auf, es ist sehr dunkel.«

»Ich mag keine Treffen in solchen Gegenden. Selbst unsere Zeitungen sind voll von Berichten über Gewalttaten in amerikanischen Parks.«

»Scylla hatte alles arrangiert. Treffpunkt und Losungsworte. Er liebte Parkanlagen.«

»Es war dumm.«

»Hast du Angst?«

»Findest du das lustig?«

»Ja.«

»Wir alle haben ihre Existenz akzeptiert, selbst wenn wir die Sieger waren. Die ein Hirn hatten, wußten es. Sobald man die Angst vergißt, übersieht man das Unerwartete, und von da ist es nur ein kleiner Schritt bis ins Grab.«

Punkt elf erreichten sie das Bootsbecken, dann zählten sie die Bänke in Richtung Stadt, bis sie zur vereinbarten Zahl kamen. Ungefähr fünf Minuten nach elf setzten sie sich auf eine leere Bank und blickten auf den Hudson. Der Mann mit den breiten Schultern drehte sich von Zeit zu Zeit um. Gewohnheit. Er sah Bäume, Sträucher und Schatten, aber keine Bewegung.

»Wie spät ist es?« fragte der Mann um Viertel nach Elf.

Der mit dem Regenmantel antwortete: »Viertel nach. Wieso, hast du keine Uhr?«

»Ich habe eine, ich wollte mich bloß vergewissern, ob sie richtig geht.«

Eine sehr alte Frau humpelte vorbei; sie ging schnell den Hudson entlang nach Hause.

»Sie dürfte nicht allein unterwegs sein«, sagte der breitschultrige Mann im Regenmantel. »Wahrscheinlich ein Polizist. Die machen so was heutzutage.«

»Amerika.« Der Mann schüttelte den Kopf.

Sie saßen da, ohne etwas zu sagen, bis die alte Frau außer Sichtweite war.

»Wie spät?« fragte der mit den breiten Schultern.

»Fünfundzwanzig Minuten nach elf.«

»Scylla ist unpünktlich! Er versucht, mich zu reizen!«

»Scylla ist nie unpünktlich«, kam es von hinten.

Sie wirbelten herum.

Scyllas Stimme kam aus dem dunklen Schatten. »Seit ihr dasitzt, sehe ich zu, wie euch der Bauch rumort. Und ich habe es, wenn ich hinzufügen darf, ehrlich genossen.«

»Komm her!« sagte der breitschultrige Mann. Es war ein Befehl.

Es war ein Befehl, der nicht befolgt wurde.

»Vor dem Losungswort?« In Scyllas Stimme lag Erstaunen. »Eine derartige Verletzung der Etikette – wo bleibt unser Respekt vor der Tradition?«

Wütend sagte der Mann mit den breiten Schultern: »Früher einmal konnte man hier schwimmen.« Er zeigte auf den Hudson. »Wenn man es jetzt versucht, stirbt man.«

Man hörte das Geräusch schnipsender Finger. »Tatsächlich?« sagte Scylla. »Ich habe glatt vergessen, was ich antworten soll.«

»Man kann auf viele Arten sterben, wiederhole: ›Man kann auf viele Arten sterben‹ – gut, das hätten wir, komm jetzt her zu uns.«

»In Ordnung«, sagte Scylla, »aber wenn ich ein Verkappter bin, ist es eure Schuld.«

Der Mann mit den breiten Schultern beobachtete, wie sich plötzlich ein Schatten von den Bäumen löste und über die kleine Böschung auf sie zukam.

»Dein Verhalten irritiert mich; ich möchte, daß du das weißt«, sagte der breitschultrige Mann, und wahrscheinlich hätte er weitergeredet, aber Scylla überfiel ihn geradezu: »Komm mir bloß nicht wegen meines Benehmens, nach dem Mist, den ihr veranstaltet habt.«

»Du weißt ganz genau, warum.«

»Unsere Beziehung ist rein geschäftlich, das ist sie, das war sie bis jetzt, und was ihr gemacht habt, hat verdammt wenig mit unserem Geschäft zu tun.«

»Es hat etwas mit Vertrauen zu tun.« Der breitschultrige Mann starrte böse zu Scylla hoch. »Es zählt nur eins: Kann ich dir vertrauen?«

»Das konntest du nie, du mußtest aber, und nun hast du kein Vertrauen mehr – du bist es doch, der Chen angeheuert hat, nicht wahr? Du hast bereits versucht, mich umbringen zu lassen, also hör auf mit dem unschuldigen Scheiß wie ›kann ich dir vertrauen?‹«

Der Mann schien besänftigt. »Was geschieht jetzt? Ich kann doch nicht mit dir kämpfen; wenn Chen versagt hat, hat es doch wenig Sinn, wenn ich es versuchen wollte; ich bin ein bißchen zu alt, um mit den Fäusten zu kämpfen . . .« Dann hörte er zu reden auf, denn seit dem Wort »Sinn« hielt er die Klinge in der Hand; er brauchte den Plausch nicht mehr.

Es ist gar nicht schwierig, einen Meistertechniker davon abzubringen, seine Höchstform an den Tag zu legen. Das überrascht die meisten, aber es stimmt trotzdem. Um einen Volltreffer von Abdul-Jabber zu verhindern, muß man ihn nicht zu Fall bringen. Man braucht nicht einmal seine Hand zu berühren. Ein einfacher Stups am Ellbogen genügt, damit das Geschoß am Ziel vorbeifliegt. Und genauso war es jetzt; der Mann mit dem Regenmantel brauchte nicht viel zu tun – er hielt nur Scyllas Hand fest – eine Sekunde nur; und das genügte.

Scylla sah natürlich die Klinge, er sah jedenfalls *etwas*, und sofort erkannte er, daß der breitschultige Mann im Begriff war zu töten, aber das beunruhigte Scylla nicht. Er wußte, daß er sich nicht um den Mann im Regenmantel gekümmert hatte, aber das lag daran, daß der Feind es nicht mit ihm aufnehmen konnte, wenn es um Kraft oder Geschicklichkeit ging.

Er hatte recht, aber er irrte sich.

Der Mann im Regenmantel wollte es gar nicht mit ihm aufnehmen, er wollte ihn nur kurz zurückhalten, als er Scyllas Hand einen Atemzug lang festhielt. Es reichte. Scylla riß sich natürlich los, und seine starken Arme wollten sich schützend vor den Magen legen.

Aber zu spät. Zu spät. Das Messer hatte sein Ziel erreicht.

War es ein Messer? Scylla war schon mal durch ein Messer verletzt worden, aber noch nie durch so etwas. Nie war eine Waffe so schnell so tief gegangen. Er war wie eine Figur, aus klumpiger Sahne modelliert, und die Klinge oder das Skalpell, oder was auch immer so war, drang mit einer derartigen Geschwindigkeit und Kraft unter seinem Nabel ein, daß Scylla nur keuchen und seine Arme mit schwachem Erstaunen sinken lassen konnte.

Dann begann die Klinge ihre Reise nach oben.

Niemals hätte Scylla so viel Kraft in dem breitschultrigen Mann vermutet, denn selbst bei dem schärfsten Messer bedurfte es Kraft, um durch Fleisch und Knorpel zu schneiden. Der Mann trat näher heran, der besseren Hebelwirkung wegen, und zog die Klinge gerade nach oben.

Es spritzte aus Scyllas heraus.

Der breitschultige Mann fuhr schweigend mit dem Schlachten fort.

Scylla begann zusammenzusacken.

Der breitschultrige Mann machte ihm Platz. Er hatte eine riesige Bekanntschaft mit dem Tod. Er zog die Klinge heraus, und noch ehe Scylla zu Boden ging, war er schon aus dem Park. Er wußte, daß der große Mann tot war oder im Begriff zu sterben. Der Regenmantel folgte ihm dichtauf.

»Mieser Job«, sagte der breitschultrige Mann.

»Du hast getan, was du tun mußtest.«

»Ich weiß. Aber jetzt fängt es an, wüst zu werden.«

Der Mann im Regenmantel wußte, wann jemand die Wahrheit sprach . . .

Im Park lag Scylla. Er war mit der Anatomie vertraut genug, um zu wissen, daß es mit ihm vorbei war. Der Tod war ihm Gewißheit. Es blieb ihm nur noch die Wahl, am Hudson zu sterben oder anderswo.

Es war ein verdammt dreckiger Ort, im Sommer stank es hier, und im Grunde konnten hier nur Ratten hausen, und dieser Gedanke, daß ihn vielleicht die Ratten bekamen, genügte, ihn aufzurütteln. Bau deine Wut auf, redete er sich zu. Der Zorn wird dir helfen, der Zorn wird dich vielleicht auf die Beine bringen. Er zwang die noch intakten Teile in seinem Hirn, sich auf seine Dummheit zu konzentrieren, sich von hinten fassen zu lassen. Warte nur, bis die Nachricht von meinem Abgang bei der Division einschlägt. Der große Scylla, erledigt von einem alten Furz und Amateur.

»JESUS!« brüllte Scylla auf. Und während seine Wut widerhallte, war er schon halb auf den Beinen. Er drückte seine Arme überkreuz gegen den Körper und hielt sich, so gut er konnte, zusammen. Dann suchte er sich den Weg aus dem Park. Es würde hart werden. Wahrscheinlich sogar unmöglich. Nichts war unmöglich.

Er war Scylla, der Fels, und er mußte ein Versprechen einlösen.

17

Babe ging auf und ab.

Sein Zimmer klein, die Beine lang, und bevor er richtig in Schwung war, mußte er anhalten, sich umdrehen und wieder zurückgehen. Mehr als alles andere wollte er jetzt zum Reservoir sprinten, mit voller Puste loslegen und so viele Runden drehen, bis er völlig erschöpft aufs Oktobergras fallen würde.

Er verharrte, blickte auf die Uhr. Immer noch nicht Mitternacht, aber es ging darauf zu. Wenn Elsa anrief, würde es bald sein, weil die Spätvorstellungen in den Kinos abgespult waren. Sie muß das Restaurant spätestens um halb neun verlassen haben, die Tischreservierung war für halb acht gewesen, und das ganze Fiasko konnte nicht länger als eine Stunde gedauert haben.

Er hatte Docs Gucci-Tasche hervorgeholt und gepackt. Wahrscheinlich war das eine alberne Geste – »Verdunkele meine Wohnung nie mehr« –, und jetzt kam er sich wie ein Idiot vor. Aber als er nach Hause gekommen und Docs Toilettensachen im Badezimmer gesehen hatte, da war es mit ihm durchgegangen, und er hatte alles gepackt und in die verdammte Gucci-Tasche gestopft.

Vielleicht sollte ich wieder auspacken, überlegte er. Es war gescheiter, als ständig auf und ab zu gehen. Er öffnete die Tasche, betrachtete den Inhalt. Ich werde seine Sachen auspacken und zurücklegen, aber unordentlich, dann weiß er, daß ich ihm nicht vergeben habe, aber auch nicht nachtragend bin.

Babe wußte, wie Doc argumentieren würde – er wolle nur auf seinen kleinen Bruder aufpassen. Das würde Doc sagen, und wahrscheinlich stimmte das auch, denn Doc hatte immer auf ihn aufgepaßt, seit H. V. Er war zehn gewesen, Doc zwanzig, und in den darauffolgenden Jahren war es immer Doc gewesen, der die Wunden seines Erwachsenwerdens geleckt hatte. Er nahm Docs Hemden heraus und warf sie an ihren Platz zurück, holte den Toilettenbeutel und die verdammten Burgunderflaschen heraus, und gerade war er dabei, sie zurückzulegen, als das Telefon läutete.

Er stürzte hin. »Elsa?«

»Er hat mich nicht gefragt, ob ich dich liebe. Ich habe darauf gewartet – aber er hat nicht gefragt.«

»Elsa – hör zu – es ist nichts passiert, hast du verstanden?«

Ihre Stimme klang hohl. »Was tun wir, Tom?« fragte sie; nach einer Pause: »Jetzt?«

»Vergiß alles, habe ich gesagt.«

»Ich war im Kino. Fast zwei Vorstellungen lang saß ich da und habe nachgedacht. Wir können es nicht vergessen, es ist nämlich geschehen. Wir waren beide dabei, und alles war wahr. Nur hat er mich nicht ein einziges Mal gefragt, ob du mir was bedeutest.«

»Laß mich zu dir kommen, ja? Ich nehme ein Taxi, es dauert nicht länger als eine Sekunde.«

»Nein. Du würdest mich kuscheln, ich würde dich kuscheln,

und kein Wort würde gesprochen. Ich habe dich angelogen über mein Alter, weil du wie ein Kind aussahst, sogar jünger, als du bist, und ich wollte dich nicht erschrecken, und ich habe dich angelogen, ich sei Schweizerin. Ich habe nicht gesagt, daß ich Deutsche bin. Levy ist jüdisch, und viele Juden hassen uns immer noch. Ich war vier, als Hitler starb, aber viele Juden glauben, alle Deutschen hätten den Blitzkrieg geplant.«

»Gut, aber ich nicht, also laß mich zu dir kommen, ich schwöre, wir werden nur reden, so wie jetzt.«

»Es gibt noch etwas. Dinge, nach denen er nicht gefragt hat. Ich war verheiratet und bin geschieden. Fast hätte ich es ihm ins Gesicht geschrien, bevor ich wegrannte. Der einzige Fehler, den er machte, war, daß er mich nicht gefragt hat, ob ich dich liebe. Ich habe ihm gestattet, mich zu berühren, und gab vor zu lächeln, weil er dein Bruder ist und weil er so auftrat wie viele eurer Geschäftsleute, die erfolgreichen, arroganten. *Dies gehört mir* , scheinen sie zu sagen, und jenes gehört mir, ich verdiene eine Menge Geld, also gehört alles, was ich sehe, mir; du gehörst mir; und wir haben Wein getrunken, und ich wollte keine Szene machen, er sollte mich mögen, sollte unsere Beziehung gutheißen, er ist dein Bruder, und du hast ihn gern. Ich möchte den heutigen Tag am liebsten vom Kalender brennen.«

»Nichts ist geschehen«, sagte Babe. »Ich habe dir schon tausendmal gesagt, du sollst alles vergessen.«

»Es würde sich in uns festfressen, wenn wir das täten. Willst du nichts über meinen Mann hören?«

»Um ehrlich zu sein, nein, nichts«, log Babe. »Warum sollte ich was über ihn wissen wollen? Wenn ich dir sagen würde, daß ich verheiratet war, würdest du durchdrehen, wenn ich dir meine Frau nicht beschriebe? Ich war nicht verheiratet, nichts dergleichen, und wenn du dich besser fühlst, wenn du mir von deinem Mann erzählst, halte ich dich nicht zurück. Du warst wahrscheinlich noch ein Kind, was? Noch sehr jung, und er war so ein toller Kerl, wunderbar, aber dumm, und da du praktisch noch ein Säugling warst, hast du nicht erkannt,was für ein Schwachkopf er war, und als du es erkanntest, hast du Schluß gemacht, nicht wahr?«

Er spürte, daß sie krampfhaft versuchte, nicht zu lachen, teutonisch und ernst zu bleiben.

»Wahrscheinlich ein Kugelstoßer«, fuhr er fort. »Ihr Krauts seid in solchen Dingen doch gut; wahrscheinlich grunzte er, wenn er die Kugel stieß – he, wenn du Deutsche bist, grunzt du auf deutsch? Ich meine, ein amerikanischer Kugelstoßer macht ›uuf‹, wenn er sie stößt – machen eure Kerle ›ach‹ oder so was?«

»Du bist wirklich unmöglich«, brachte sie hervor, ehe sie zu lachen anfing.

Verdammt, ich hab's geschafft.

»Babe.«

Doc stand in der Tür; die Arme verschränkt gegen den Körper gepreßt.

Er legte den Hörer auf.

»BABE!« Mit diesem Schrei streckte Doc die Arme nach seinem Bruder aus.

Und sein Magen fing an, ihm zu entgleiten.

Doc begann zu stürzen.

Babe fing ihn auf, bevor er zu Boden fiel, nahm ihn in die Arme, wiegte ihn mit allem, was er hatte, in seinen Armen, bis sie beide in Blut schwammen. Doc versuchte zu flüstern, Babe versuchte, ihn zu verstehen.

Es kann nicht länger als fünfzig Sekunden gedauert haben, bis Doc starb.

Eine lange Zeit.

18

Die Polizisten benahmen sich merkwürdig.

Nicht am Anfang. Aber schon bald geschahen verrückte Dinge.

Babe saß still in der Ecke. Vielleicht hatten sie sich schon zu Beginn merkwürdig benommen, und er hatte es nur nicht bemerkt. Er hatte zu diesem Zeitpunkt überhaupt nicht viel bemerkt. Er hatte die Polizei verständigt, sie waren gekommen, zwei Mann, bald darauf waren noch drei gekommen. Alle fünf hatten sich mit gedämpfter Stimme unterhalten – zumindest hörte es sich für Babe gedämpft an, aber vielleicht war es auch nicht so. Zu der Zeit hatte er überhaupt nicht viel gehört. Er saß nur still da. Still auf einem Stuhl. Auf dem Stuhl in der Ecke. Seine Arme hingen schlaff hinab.

Er dachte.

Er war der einzige, der noch übriggeblieben war. Das war alles, was er dachte. Einmal waren sie zu viert gewesen: Mutter, Vater, Doc und Babe. Seine Mutter war bei einem Autounfall ums Leben gekommen, als er sechs war. Er konnte sich nicht an sie erinnern, nur an die Bilder, die H. V. im Haus aufgestellt hatte, auf dem Klavier oder in einem Eckbücherregal.

Aber es war nicht der Autounfall gewesen, der sie getötet hatte. Sie mußten nur irgendeine Todesursache angeben. Ihr Wagen war gegen einen Baum gerast, und sie war gefahren. Aber in Wirklichkeit war es der Skandal gewesen, der sie getötet hatte. H.V.s Erniedrigung war es, was sie das Leben gekostet hatte. Manchmal dachte Babe, daß sie gar nicht tot wäre, sondern mit McCarthy und Kennedy und dem alten Roosevelt in Florida lebte. Wann immer jemand unter seltsamen Umständen starb, gab es Gerüchte, die Person lebe noch, und zwar in Florida.

Jack Kennedy lebte als Kohlkopf in Florida, und Roosevelt war von Stalin und den anderen Kommunisten mit einer

Bombe attackiert worden, er war auch da unten und genoß den Sonnenschein. Manchmal fragte er sich, ob das nicht ein interessantes Thema für eine Zeitung wäre. Warum Florida, fragte sich Babe. Wenn man ein wenig paranoid wäre und Gefallen daran fände, jedem Verdacht nachzuspüren. Wie das Bermuda-Dreieck. Das schreiben, hätte auch Spaß gemacht.

Seinen Vater hatte er gefunden, wie er es Biesenthal erzählt hatte, und in den fünfzehn Jahren seither hatte er immer, wenn er sich wirklich selbst ruinieren wollte, geschrien: »Es ist deine Schuld, deine Schuld! Wenn du ihm diese verdammte schriftliche Arbeit gezeigt hättest, wäre es nie dazu gekommen. Du wärst rechtzeitig dagewesen, du hättest ihn am Leben halten können.«

Nur – auch als er Biesenthal die Wahrheit erzählt hatte, war es nicht die Wahrheit gewesen. Denn er war zehn und konnte H. V. oben in seinem Zimmer herumstolpern und fluchen hören, manchmal fiel er auch hin; und Babe fürchtete sich davor, hineinzugehen; vielleicht würde ihm sein Vater etwas antun, ihn wegen der Störung schlagen, ihm noch mehr Schmerzen zufügen, und davon hatte jeder schon mehr als genug. Einfach gesagt, lief es darauf hinaus: Wenn er nicht so ein Feigling gewesen wäre, hätte sein Vater nicht sterben müssen.

Doc war in der Uni gewesen, als der Schuß fiel. Doc war immer da, außer wenn er zur Uni mußte, wo er absolute Spitze war, außer in Chemie, die er haßte. Das war Docs erste Reaktion, als er nach Hause kam und H. V. tot und Babe hysterisch vorfand: »Wir hatten Chemie«, sagte er immer wieder. »Ich wollte schwänzen, ich wollte die verdammte Vorlesung versäumen. Ich hätte ihn am Leben halten können.«

Beinahe war es komisch, aber nicht ganz – wie Doc wehklagte und sich selbst die Schuld an H. V.s Tod gab, während Babe die ganze Zeit wußte, daß das nur heiße Luft und es eigentlich seine Schuld war. Die schriftliche Arbeit war der Beweis dafür. Eine ideale Ausgangssituation für ein herrliches Streitgespräch, wenn Babe alt genug gewesen wäre, um Doc mit seiner Wortgewandtheit die Stirn bieten zu können. Nichts macht soviel Spaß wie ein anständiges Streitgespräch, zwei Männer, die heftig zugange waren und sich gegenseitig die Punkte abjagten.

Ja, sie hatten herrliche Zeiten erlebt und sich angebrüllt, während Babes Versuch scheiterte, mit der Pubertät gut fertigzuwerden.

Jetzt gab es keine Streitgespräche mehr.

Babe warf schnell einen Blick auf das Tuch, das die Polizisten über seinen Bruder gebreitet hatten. Es lag sicher jemand darunter, aber es konnte unmöglich Doc sein. Babe dachte nicht viel an seinen eigenen Tod, aber wenn, dann war es immer Doc, der ihn in die Erde legte. Doc war so groß und stark, und er wurde nie krank; wenn ein Grippevirus in Cincinnati unterwegs war, und Babe mochte in Cleveland sein – er fing es. Keine Frage: Wenn Babe starb, würde sich Doc um alles kümmern, er würde sehen, daß alles richtig ablief, daß nichts danebenging und alles glatt ablief.

Die Polizisten flüsterten wieder; der Ober-Polizist sagte gerade, daß es kein Raubmord sein konnte, da die Brieftasche noch da war. Das Motiv – Babe dachte einen Augenblick lang nach. Das mußte es sein, worüber sie flüsterten. Der Ober-Polizist ging Docs Brieftasche durch, dann eilte er ans Telefon.

Und das, schätzte Babe, war der Zeitpunkt, wo die Dinge merkwürdig wurden.

Zuerst hatten sie ihn nichts gefragt. Ja, ein paar Sachen, zum Beispiel wer und wann, und Babe bemühte sich, ganze Sätze zu sprechen, aber das war schwer, also nickte er nur oder schüttelte den Kopf; er wollte es ihnen nicht schwermachen, wollte er ihnen erklären; es war nur, weil er einfach nicht in Stimmung war für Worte, aber er brauchte es ihnen gar nicht zu erklären, sie schienen ihn zu verstehen und beschränkten die Fragen auf ein Minimum.

Der Ober-Polizist flüsterte ins Telefon. Babe konnte ihn nicht genau verstehen. Ich sollte mich anstrengen, sagte er zu sich. Es ist dein Bruder, über den sie reden, paß auf.

Aber er konnte sich auf nichts konzentrieren, bis er im Vorraum Elsas Stimme hörte. Einer der Polizisten blockierte den Eingang. Babe stand auf, ging zu ihnen, murmelte »bitte« zu dem Polizisten und ging dann mit Elsa ins Treppenhaus.

»Du hast so plötzlich aufgelegt, ohne jede Vorwarnung, ich wußte nicht, was ist tun sollte. Ich wartete, aber du riefst nicht mehr an. Ich mußte Gewißheit haben, ob alles in Ordnung ist, also kam ich her.«

»Doc ist tot«, sagte Babe. Da – nach all den Jahren hatte er das Geheimnis verraten, er hatte »Doc« gesagt, ohne es zu merken. Aber das war in Ordnung. Zu einem Geheimnis gehörten zwei. »Mein Bruder ist tot, ermordet.«

Sie glaubte ihm nicht. Er sah es an der Art, wie sie den Kopf schüttelte.

»Es stimmt, glaub mir, okay? Ich bin entsetzlich müde, Elsa.«

»Ehrlich?«

Babe begann, die Kontrolle über seine Stimme zu verlieren. »Ehrlich was? Daß er mein Bruder ist oder daß er tot ist? Ja und ja, Elsa, ehrlich.«

»Es tut mir leid«, sagte sie und ging einen Schritt zurück. »Ich war nur besorgt um dich. Ich gehe.«

Babe nickte.

»Wie konnte so etwas passieren? Hier! Was für eine schreckliche Stadt. War es ein Raubüberfall? Ein Autounfall?«

»Das war meine Mutter«, antwortete Babe, und in der Sekunde, in dem ihm die Worte entschlüpft waren, sah er den Ausdruck totaler Verwirrung auf ihrem herrlichen Gesicht, und da, eine halbe Stunde nach dem Tod seines geliebten Bruders, brach Babe in Lachen aus. Es erinnerte ihn an diese Frau, von der er gehört hatte, die in einer Stunde bei zwei voneinander völlig unabhängigen Unfällen in zwei völlig verschiedenen Staaten Vater und Kind verloren hatte. Der Vater starb zuerst, und sie konnte es nicht fassen, und als der Anruf wegen des Kindes kam, hörte sie sich laut lachen. Nicht, daß es sie nicht berührte. Es war nur so, daß man manchmal lachen mußte, oder man landete in der Klapsmühle.

Als er zu lachen anfing, sah Elsa erst recht verwirrt drein, und das war noch komischer, und er lachte, bis er in ihrem Gesicht lesen konnte, daß sie ihn für übergeschnappt hielt, durchgedreht.

»Mir geht es gut«, sagte er dann.

Elsa nickte.

»Und ich liebe dich. Nein, ich liebe dich nicht – vor ganz kurzer Zeit liebte ich dich, und ich werde dich in kurzer Zeit wieder lieben, aber im Augenblick bin ich ratlos.«

Sie kam zu ihm, legte ihren Zeigefinger über ihre Lippen und dann über seine. Dann drehte sie sich um und hastete die Treppe hinunter, während er wieder hineinging.

Nach fünf Minuten erschien der erste Bürstenschnitt.

Der Ober-Polizist ging ihm entgegen, sehr respektvoll.

Babe beobachtete alles von seinem Sitz in der Ecke.

Der Bürstenschnitt ging zu Doc, zog das Tuch von Docs Gesicht, warf einen Blick auf ihn, nickte. Dann ging er ans Telefon, wählte und fing zu flüstern an.

Paß auf, mahnte sich Babe. Hör zu. Er versuchte es, aber alles, was er von dem Bürstenschnitt verstehen konnte, waren ein paar respektvolle »Ja, Sir« und ein paarmal »Commander«, sonst nichts. Dann war das Telefongespräch beendet. Babe musterte den Bürstenschnitt. Dreißig vielleicht, schlank, muskulös, aber nicht so, daß man zweimal hingesehen hätte. Nur einer, der auf seine Figur achtete, kein Besonderer. Und hinter seinen Augen war nicht viel los.

Der zweite Bürstenschnitt, der auftauchte, war was anderes. Älter, vielleicht vierzig, kleiner, aber nicht leichter und auch nicht schlapp. Mit agilen Augen, agil und blau, und mit blonden Haaren – eigentlich zu blond für einen Bürstenschnitt. Manchmal, wenn das Licht von hinten auf ihn fiel, sah es wie eine Glatze aus. Aber sonst wirkte er genau wie einer, der ein Vermögen mit Werbesports für Müsli verdienen könnte.

Er beugte sich über Doc, und anders als der andere Bürstenschnitt, der nur einen flüchtigen Blick auf den Leichnam geworfen hatte, sah er Doc lang und genau an. Babe sah weg, in die andere Ecke des Zimmers. Im Putz waren ein paar ordentliche Risse. Wenn man genug Phantasie hatte, konnte man alle möglichen Tiere sehen. Also hörte er die nächsten paar Minuten nur zu.

»Sie müssen ihn aus dem Hinterhalt angegriffen haben, Commander«, sagte der erste Bürstenschnitt. Babe erkannte die Stimme, es war der, der telefoniert hatte.

»Entweder das, oder er kannte sie«, sagte der blonde Bürstenschnitt. Er muß am anderen Ende der Leitung gewesen sein, wenn Babe das auch nicht beschwören konnte. Aber er sprach wie jemand, der Autorität von der Sorte besaß, die man haßte; immer im Recht, verdammt noch mal.

»Was sollen meine Männer machen?« Das war der Ober-Polizist.

»Ihr könnt gehen«, sagte der blonde Bürstenschnitt. Er war offensichtlich der Boß.

»Wir sind dann weg«, sagte der Ober-Polizist.

Babe wollte gerade darüber nachdenken, wer den Polizisten derartige Befehle erteilen konnte, als er gerade ein Nilpferd im Putz entdeckte und sich bemühte, die Umrisse genauer zu verfolgen.

»Krankenwagen?« fragte der blonde Bürstenschnitt.

»Ich habe das schon arrangiert, bevor ich kam«, antwortete der dunkle Bürstenschnitt. »Sie werden schon unten warten; soll ich sie raufholen?«

»Ja, sofort.«

Babe blickte auf, als der erste Bürstenschnitt hinauseilte. Der Blonde sah Babe kurz an, dann wandte er sich wieder der Betrachtung Docs zu. Babe kehrte zu seinem Nilpferd zurück.

Drei Männer trugen Doc weg. Der erste Bürstenschnitt und zwei andere Männer. Er konnte an ihren weißen Kitteln nicht erkennen, von welchem Krankenhaus sie kamen, aber wenn man es sich genau überlegte, war das auch ziemlich egal.

Doc ging jetzt.

Sie legten ihn auf die Bahre, hoben die Bahre hoch; die

weißen Jacken verrichteten die schwere Arbeit, der erste Bürstenschnitt ging voran.

Babe spürte, wie er die Kontrolle über sich verlor.

Nein, später, nicht jetzt. Nicht vor all diesen verfluchten Fremden.

Weg.

»Soll ich noch bleiben?« fragte der dunkelhaarige Bürstenschnitt.

Kopfschütteln des Blonden.

Babe sah zu, wie der erste ging, die Tür hinter sich schloß; dann waren sie allein. Babe kehrte zu seinen Tieren zurück. Er fand eine phantastische Eule; man konnte direkt ihr »Huuhh« hören.

»Vielleicht sollten wir uns unterhalten. Haben Sie was dagegen?«

Babe warf dem blonden Bürstenschnitt einen flüchtigen Blick zu. Der Bursche nahm den Schreibtischstuhl und rückte ganz nahe zu Babe.

Babe hob die Schultern. Er hatte mit Elsa nicht sprechen wollen, also warum, zum Teufel, sollte er nun mit diesem arroganten Bastard reden wollen?

»Ich weiß, daß das nicht der rechte Augenblick ist . . .«

»Genau!« hätte Babe ihn am liebsten sofort unterbrochen. 100 Punkte! Gib dem Genie einen Marsriegel.« Nur, es war die Mühe nicht wert, also zuckte er nur noch einmal die Achseln.

»Ich weiß, wie nahe Sie Ihrem Bruder standen . . .«

»Ja, wissen Sie das? – Sie wissen das also? – Woher wissen Sie es, um Himmels willen? – Wie können Sie überhaupt irgend etwas wissen?«

»Nein, ich weiß es nicht, tut mir leid, ich habe nur versucht, die Dinge leichter . . .«

»Welche Dinge? Was, zum Teufel, geht hier vor? Von was sind Sie der Commander, verflucht noch mal?«

Der Bürstenschnitt war auf dem Rückzug. »Woher wissen Sie, daß ich Commander von irgendwas bin?«

»Der Trottel mit dem anderen Bürstenschnitt nannte Sie so – Commander«, sagte er.

»Ach, das hat nichts zu bedeuten. Marinegerede. Ich war Commander in der Navy. Es war der höchste Rang, den ich erreichte, und es ist überall dasselbe, ob Senator oder Vizepräsident, auch wenn man nicht mehr im Amt ist, nennt man sie noch so. Ich weiß nicht, warum, wahrscheinlich sagt man aus Respekt ›Senator‹ oder ›Guten Morgen, Herr Vizepräsident‹.«

»Quatsch.«

Es entstand eine lange Pause.

Dann sagte der andere: »Okay, Sie haben recht, keinen weiteren Quatsch mehr. Aber Sie müssen mich verstehen, ich meine, wir haben keinen guten Einstand gehabt, dabei ist es wichtig, daß wir uns verstehen. Vergessen Sie den Commander. Ich werde Ihnen alles erklären. Ich heiße Peter Janeway.« Er streckte die Hand aus und ließ ein Lächeln aufblitzen. »Aber sagen Sie Janey zu mir, alle meine Freunde nennen mich so.«

BUCH III

Pulpa

19

»Ich bin nicht Ihr Freund«, sagte Babe, ohne auch nur die geringsten Anstalten zu machen, Janeways Hand zu schütteln, er ließ sie unberührt, peinlich, in der Luft.

»Ich weiß das, glauben Sie mir. Aber das ist jetzt nicht wichtig. Jetzt ist nur eines wichtig, nämlich: Sie und ich müssen miteinander sprechen.« Er zog die Hand zurück, sichtlich verlegen.

Ich hätte ihm die Hand schütteln sollen, dachte Babe; es hätte mich nicht umgebracht; ein kurzer Händedruck, was, zum Teufel, ist das schon? Aber während seine Gedanken noch in diese Richtung liefen, gingen seine Worte in eine andere. »Bei Ihnen ist alles ›wichtig‹, nicht wahr? Es ist ›wichtig‹, daß wir uns verstehen, es ist ›wichtig‹, daß wir miteinander reden. Wenn Sie eine Liste anderer Sachen haben, die ›wichtig‹ sind, sollten Sie sie mir jetzt sagen.«

»Ich wünsche, Sie wären nicht so schwierig«, sagte Janeway.

»Ich habe noch gar nicht angefangen, schwierig zu sein«, antwortete Babe. Und schon während er sprach, gefiel ihm der Klang seine Antwort irgendwie. Bogart hätte vielleicht so etwas genauso gesagt. Nicht in einem seiner großen Filme wie »African Queen« oder »Casablanca«; aber für einen dieser zweitklassigen Filme, in die Warner ihn steckte, hätte es gereicht.

Janeway seufzte. Er machte mit der Hand die Bewegung des Einschenkens. »Haben Sie irgend etwas da?«

Babe zuckte die Achseln und deutete mit dem Kopf zur Spüle.

Janeway stand auf, fand eine Flasche roten Burgunder und

öffnete sie rasch. »Möchten Sie auch?« fragte er, während er etwas Wein in das annähernd sauberste Glas schenkte.

Babe schüttelte den Kopf. Er fragte sich, warum er sich Janeway gegenüber so mies verhielt. Er schien ganz anständig zu sein, höflich, taktvoll. Er erinnerte Babe an – Babe kramte einen Augenblick in seinen Erinnerungen, bevor es ihm einfiel: Gatsby – wenn Janeway ein paar Jahre jünger wäre und sein Haar wachsen ließe, könnte er Gatsby-Doppelgänger sein. Und du magst Gatsby, warum also tobte er sich an Janeway aus? Es war nicht Janeway, erkannte er dann, es war Janeways Anwesenheit, die ihn aufwühlte.

Weil ich allein sein muß, dachte Babe; ich möchte endlich trauern dürfen.

Bei seiner Mutter war er zu jung gewesen, um sich zu erinnern, und als die Reihe an H. V. kam, hatten Doc und er sich gegenseitig hochgebracht. »Ich hätte früher reingehen sollen, Doc, ich hätte ihm die schriftliche Arbeit über die Wolle zeigen sollen.«

»Halt den Mund, du weißt überhaupt nichts, ich war es, es war meine Schuld, allein meine Schuld, wegen dieser verdammten Chemie-Vorlesung.« Und dann wurden sie ganz still, denn all ihr Gezeter machte den alten Mann nicht mehr lebendig.

Und jetzt war es Doc, der nicht wieder lebendig zu machen war, und Babe mußte dafür sorgen, daß das Ereignis nicht unbemerkt vorüberging. Es war nicht unbedingt notwendig, daß er Tränen vergoß. Aber sie hatten viel zusammen gelacht, und an diese Zeiten mußte er sich erinnern.

Janeway trank das erste Glas Wein in einem Schluck hinunter, schenkte sich wieder ein, diesmal weniger. Dann kam er zu Babe zurück, setzte sich.

»Glauben Sie, Sie könnten versuchen, mir zu helfen?«

Babe sagte nichts.

»Schauen Sie: Ich habe nicht vor, mich in die Falle eines geistigen Wettkampfs mit einem halben Genie von Historiker zu begeben. Wenn Sie also beweisen wollen, daß Sie intelligenter sind als ich, haben Sie es schon bewiesen. Das Spiel ist vorbei, ich gebe auf, Sie gewinnen.«

»Wer hat Ihnen von mir erzählt? Woher wissen Sie, was ich studiere?«

»Später; später werde ich Ihnen alles erklären, aber zuerst ist es wichtig, daß Sie mir ein paar Dinge erzählen, okay?«

»Nein, es ist nicht okay, denn wenn Sie sagen ›es ist wichtig, daß wir reden‹, meinen Sie nicht ›es ist wichtig, daß wir reden‹; Sie meinen, es ist wichtig, daß ich rede und Sie zuhören. Gut, wahrscheinlich bin ich verflucht rücksichtslos, aber mein Bruder ist soeben ermordet worden, und mir ist nicht nach Plaudern zumute, wenn Sie nichts dagegen haben.«

Janeway schwenkte den Wein, schnüffelte daran. »Ziehen Sie sich um«, sagte er leise. »Duschen Sie, wenn Sie wollen; dann versuchen wir es noch einmal.«

»Umziehen?« fragte Babe verwirrt. Dann sagte er: »Oh«, weil er immer noch die Sachen trug, die er getragen hatte, als Doc starb – blaues Hemd und graue Hose –, beide überdeckt mit trocknendem Blut. Er berührte das Blut mit den Fingerspitzen. Ich muß dieses Hemd stets aufbewahren, nahm er sich vor. Ich werde die Pistole von H. V. darin einwickeln. Die Pistole und die Ersatzpatronen werde ich alle zusammen darin einwickeln. Es war zu schade, daß er von seiner Mutter nichts besaß; vielleicht ein Stück Baumrinde. Babe fing zu blinzeln an. Baumrinde? Wo war ich? Ach ja. Ich muß die blutdurchtränkten Sachen aufbewahren.

»Sind Sie in Ordnung?« fragte Janeway.

Wie benommen fuhr Babe fort zu blinzeln. »Ja«, sagte er lauter, als er wollte.

»Ich suche nach einem Motiv«, sagte Janeway. »Glauben Sie mir, ich bin genauso versessen darauf wie Sie, herauszufinden, wer es war.«

»Hören Sie auf mit diesen dummen Übertreibungen. Er war mein Bruder, praktisch mein Vater, er hat mich großgezogen, und er hat Ihren Namen nicht ein einziges Mal erwähnt, also werde ich wohl versessener darauf sein als Sie, meinen Sie nicht auch?«

Janeway zögerte lange. »Ja, natürlich«, antwortete er schließlich.

Aber seine Stimme klang eigenartig. Babe sah ihn wartend an.

»Wir waren in derselben Branche, verstehen Sie; wir kannten uns ziemlich lange ziemlich gut.«

»Ich glaube nicht, daß Sie ein Ölmann sind.«

»Es ist mir egal, was Sie glauben, bis auf eins – ich will *wissen, wer es war.* «

»Es muß ein Verrückter gewesen sein – wir sind in New York Verrückte, schlachten Leute bei jedem Mondaufgang –, irgendein Süchtiger wollte sein Geld, er gab es ihm nicht schnell genug, den Rest kennen Sie.«

»Ich glaube, das ist nicht einmal nah dran«, sagte Janeway. »Ich glaube, es war etwas Politisches. Zumindest werde ich bei dieser Annahme bleiben, bis das Gegenteil bewiesen ist. Und ich wäre froh, wenn Sie alles tun würden, mir zu helfen.«

»Etwas Politisches?« Babe schüttelte den Kopf. »Mein Gott, warum?«

»Weil das irgendwie einen Sinn ergibt. Wenn man bedenkt, was Ihr Bruder getan hat. Und natürlich auch Ihr Vater.«

»Was ist mit meinem Vater?«

Janeway nippte an seinem Wein. »Warum sind Sie so entschlossen, alles unnötig zu erschweren?«

»Was ist mit meinem Vater?«

»Er war H. V. Levy!«

»Und er war unschuldig!«

»Ich habe nie gesagt, daß er es nicht war.«

»Doch, das haben Sie – verdammt noch mal. Sie haben es angedeutet.«

»Nun, er wurde verurteilt, nicht wahr? Das ist verflucht viel mehr als eine Andeutung, das ist eine Tatsache.«

»Nein, wurde er nicht! – Er wurde keineswegs verurteilt . . .« Babes Stimme geriet außer Kontrolle. »Wissen Sie, daß McCarthy die ganzen vier Jahre nicht eine einzige Anklage untermauern konnte – es war ein Gericht der öffentlichen Meinung –, wußten Sie, daß er ein Nazi war, ein verdammter Nazi, der das ganze Land in Angst versetzte? Mein Vater war Historiker, ein großer Historiker, und Acheson lud ihn nach Washington ein, und er ging, wie später Schlesinger und Galbraith hingegangen sind, und er war da, als McCarthy zuschlug. Zwei Männer litten am ärgsten darunter – Hess ging ins Gefängnis, aber er ist immerhin noch am Leben und verkauft Briefpapier; und mein Vater. Er versuchte, sich zu verteidigen, aber er hatte keine Chance gegen diesen Nazihund – bei dem Senats-Hearing wurde mein Vater in Stücke gerissen – jedesmal, wenn er einen Einwand vorbringen wollte, machte McCarthy ihn lächerlich. Mein Vater sprach in langen, ausholenden Sätzen, und McCarthy machte Witze darüber. Es spielte keine Rolle, daß er keine wirklichen Fakten vorbringen konnte, McCarthy hat ihn getötet. Er brachte sein Ego um. Und wenn man wie H.V. Levy ist und die Kinder dich auslachen, dann ist es aus. Ich war fünf, 1953, damals fand das Hearing statt, und Dad verließ Columbia und wollte ein Buch über die ganze Sache schreiben, um seinen Namen reinzuwaschen und um alles zusammenzufassen, aber es gelang ihm nicht – im nächsten Jahr starb meine Mutter, da waren wir noch zu dritt, und Dad trank damals schon sehr viel. Bis achtundfünfzig hielt er durch. Fünf Jahre ständig an der Flasche, nur noch herumschwankend. An diese Jahre erinnere ich mich, und das ist eine Schande, denn damals war er nichts, er war Abfall, aber was würde ich darum geben, hätte ich ihn früher gekannt. Ich habe jedes Buch gelesen, das er jemals geschrieben hat; und sie waren alle hervorragend, ich habe jede Rede gelesen, die er je gehalten hat, und sie waren alle hervorragend. Aber ich habe diesen Mann nicht gekannt, nicht, daß ich mich daran erinnere, in meinen Erinnerungen bleibt nur dieses Wrack, das ist alles. Und Sie können sich Ihre verdammten albernen Andeutungen über meinen Vater sparen, warten Sie nur, warten Sie, bis ich fertig bin; es wird alles schwarz auf weiß dastehen, in meiner Dissertation, und – und . . .«

Und hör auf, sagte Babe zu sich. Sofort. Es kümmert ihn nicht.

»Und?« sagte Janeway. Er saß teilnahmslos und beobachtend da.

Warum starrt mich neuerdings jeder so an? Jeder hat neuerdings so riesige Augen, und die ganze Zeit starren sie mich an. Biesenthal, Elsa, und jetzt der da. Einen Augenblick lang dachte Babe an die ersten Symptome von Verfolgungswahn. Merk dir das, sagte er zu sich. Schlag das nach.

»Und?« fragte Janeway noch einmal.

»Starren Sie mich nicht dauernd an.«

»Entschuldigen Sie. Das ist, weil mich Ihre Geschichte interessiert.«

»Machen Sie sich nicht lustig über mich.«

»Dann erzählen Sie weiter.«

»He?«

»Ich möchte, daß Sie alles ausspucken. Ich erwähnte Ihren Vater, ich berührte einen Nerv, irgend etwas platzte. Ihr ganzes Reden ist wie ein Austrocknungsprozeß. Wir werden nie zum Wichtigen kommen, wenn Sie nicht fertig erzählen.«

»Es gibt nichts mehr zu erzählen.«

»Fein«, sagte Janeway. »Lassen wir seine Schuld in der Schwebe und kommen zu etwas anderem, wenn Ihnen das lieber ist.«

Babe konnte es nicht fassen. »Sie haben nichts verstanden von dem, was ich gesagt habe!« fing er an, und wieder gelang es ihm nicht, Höhe, Lautstärke oder Klang seiner Stimme zu kontrollieren. »Es gab keine Schuld. Das ist die wesentliche Aussage meiner Dissertation, und ich werde sie veröffentlichen lassen, die ganze Geschichte, ich habe sie schon im Kopf, ich habe unentwegt recherchiert, ich habe ganze Kisten voller Notizen; Fakten, kein Zeitungsklatsch, keine öffentliche Meinung. Ich werde meinen Vater mit der Wahrheit rehabilitieren, nur mit der Wahrheit, und ich werde es schaffen, Sie werden es sehen, Sie werden es sehen . . .« Babe keuchte beinahe. »He«, sagte er nach einer Weile.

Janeway sah ihn an.

»Das haben Sie angerichtet, dieser letzte Teil über die Veröffentlichung. Ich war schon fertig, aber Sie wollten, daß ich weiterrede, nicht wahr? Das meinten Sie doch mit Austrocknungsprozeß.«

Janeway hob die Schultern. »Kann schon sein.«

Babe sah in die flinken blauen Augen. »Vielleicht sind Sie doch nicht so dumm, wie ich dachte.«

»Wahrscheinlich bin ich es«, versicherte ihm Janeway. Er ließ ein kurzes Lächeln aufblitzen.

Sogar seine verdammten Zähne sind gleichmäßig, dachte Babe. Wahrscheinlich hatte er während der ganzen Pubertät nicht einen einzigen Pickel. Und da fiel ihm plötzlich ein, wie er einmal Doc gefragt hatte, ob Pickel etwas mit Masturbieren zu tun hätten und ob man, wenn man das eine tat, das andere bekam, denn irgend so ein Schwachkopf namens Weaver hatte ihm das eingeredet, und Babe hatte »Unsinn« darauf gesagt, und Weaver hatte erwidert: »Also ich hatte nie Pickel, bis ich zu wichsen anfing – was sagst du nun?« Und Babe sagte nichts. Er konnte nicht einmal einen Fleischkloß wie Weaver in einer intellektuellen Diskussion schlagen. An jenem Abend versuchte er beiläufig, das Gespräch auf Akne und Onanie zu bringen, und ob es zwischen beiden eine Verbindung gäbe; als er das endlich geschafft hatte – es war nicht leicht gewesen –, dachte Doc in vollem Ernst darüber, aber was, zum Teufel, stand in den Statistiken? Er schloß die Augen, und Babe sagte: »Macht nichts, es braucht nicht genau zu sein, nur daß ich eine ungefähre Vorstellung habe.« Doc sagte: »Es gibt absolut keine Beziehung zwischen Mitessern und Masturbieren, und es schwächt auch nicht den Verstand.«

»Ich hab' doch gewußt, daß Weaver spinnt«, sagte Babe. »Aber sie haben etwas anderes Merkwürdiges herausgefunden«, sagte Doc, »nämlich, daß übertriebenes Lügen die Nase verlängert.« Und Babe wollte schon zustimmend nicken, als er erkannte, daß Doc ihn wieder einmal reingelegt hatte, auf den Arm genommen und Babes unendliche Leichtgläubigkeit ausgenützt hatte. Nur konnte man Doc deshalb nicht böse sein; doch, man konnte, aber zuerst mußte man lachen.

Babe spürte, wie er die Kontrolle über sich verlor. Ich hoffe, dieser Kerl verschwindet, dachte er. Bald. Er stand auf und schenkte sich etwas Burgunder ein.

Vom anderen Ende des Zimmers kam Janeways Stimme. »Ich suche noch immer nach einem Motiv. Einem bestimmten. Worin unterschied sich der heutige Abend von den anderen?«

Babe kam zurück und setzte sich. Er erkannte, daß Janeway alles andere als dumm sei, denn er hatte eine jüdische Ausdrucksweise verwendet, eine Paraphrase einer der Fragen aus der Passahzeremonie.

»Warum fangen Sie nicht damit an, daß Sie mir erzählen, was heute abend geschehen ist?«

»Ich war zu Hause. Er kam herein. Er starb. Die Polizei kam. Sie kamen.« Er schwenkte das Weinglas und schnüffelte daran, ihm fiel ein, wie Doc das Bukett beschrieben hätte, und er, Babe, hätte einen Tiefschlaf vorgetäuscht.

Janeway beugte sich zu ihm. »Ist das alles? Sie haben nicht ein paar kleinere Details oder dergleichen ausgelassen?«

»Ich bin besessen von Details.«

»Sie wollen wohl von mir einige Erklärungen hören, was?«

»Ja, das halte ich für wichtig.«

Janeway seufzte.

Babe saß einfach da.

»Sie können sich nicht vorstellen, wie sehr ich das gefürchtet habe«, sagte Janeway. »Sie haben ein Recht darauf, es zu erfahren, aber es ist mir trotzdem unangenehm; ich hasse es, es führt zu nichts.« Er holte tief Luft. »Sie glauben doch nicht wirklich, daß Ihr Bruder im Ölgeschäft war, oder?«

»Natürlich war er, schon seit Jahren. Wie, zum Teufel, soll er sonst sein Geld verdient haben?«

»Ich weiß genau, wie er sich die Kopeken verdient hat, und glauben Sie mir, mit dem Ölgeschäft kam er nur in Berührung, wenn er seinen Wagen auftanken ließ.« Janeway schüttelte den Kopf. »Sie sind erstaunlich, wissen Sie das? Er sagte immer, daß Sie leichtgläubig seien, aber so leichtgläubig, das hätte ich mir nie erträumt.«

Janeway konnte es nicht begreifen.

»Er hat mich nie angelogen. Wir haben uns nie angelogen – ja sicher, wir schwindelten manchmal, nur so, aber jeder schwindelt hin und wieder.«

»In Ordnung. Wo lebte er?«

»Washington.«

»Und Washington ist das Zentrum von uns?«

»Von allem. Von der Regierung.«

»Okay. Ist Ihnen bewußt, wie sehr die einzelnen Regierungsabteilungen sich gegenseitig hassen? Das Militär zum Beispiel. Die Armee haßt die Marine, die Marine haßt die Luftwaffe. Warum? Weil es einmal eine Zeit gab, da war die Armee alles, und dann änderte sich die Welt, und die Marine wurde zum Glanzstück, und dann – hopp, die Welt änderte sich noch einmal, und nun bekommt die Air Force alles, was sie sich wünscht, während die Admirale und die Armeegenerale leer ausgehen. Denken Sie doch nur daran, was heute dort los ist – man sieht es den ganzen Tag im Fernsehen, klar und deutlich. FBI haßt CIA, und beide hassen den Geheimdienst. Sie zanken und jammern, es gibt dauernd vernichtende Rivalitäten, und das Jammern wird dort am lautesten, wo sie an die Grenzen ihrer Macht stoßen. Die Grenzen sind scharf, und dazwischen gibt es Spalten. Wir leben in den Spalten«, sagte Janeway nach einer Pause und einem Schluck Wein.

Er ist wirklich ein phantastischer Lügner, dachte Babe.

»Wir wurden gegründet, als die Spalten breiter wurden. Wenn man einen Zeitpunkt festlegen will, dann war es der Vorfall in der Schweinebucht. Wenn die Kluft zwischen dem, was das FBI wirksam erledigen kann, und dem, was der Geheimdienst – sagen wir einmal erreichen kann, wenn diese Kluft zu groß wird, dann ruft man wahrscheinlich uns.«

»Und Sie sind wer?«

»Das ist der Punkt, wo es anfängt, peinlich zu werden, wenn man nur ein bißchen Verstand besitzt. Ich bin Darmouth-Student mit einigen Auszeichnungen; alle Codenamen und Losungswörter genügen, um einen verrückt zu machen. Wir sind *Die Division*. Das ist alles. D. D. Die Bezeichnung ist absolut unzutreffend, da wir nur auf Grund der Differenzen zwischen den einzelnen Gruppen existieren.«

»Was tun Sie?«

»Beschaffung. So bezeichnet man uns. Ich war in der Beschaffung, bis ich mehr oder weniger in die Exekutive befördert wurde. Wenn ich lange genug lebe und mich nicht zu dumm aufführe, kann ich in die Führung aufrücken. Den Mörder Ihres Bruders zu finden, wäre meiner Sache nicht gerade hinderlich. Er war in der Beschaffung, als er starb.«

»Was hat er beschafft?«

»Alles, was gebraucht wurde.«

»Das ist ziemlich vage.«

»Ja, nicht wahr.«

»Wenn Sie ›alles‹ sagen, meinen Sie nicht ›alles‹?«

Keine Antwort.

»Ich meine, Sie meinen nicht, also – keine krummen Sachen?«

»Ist das nicht eine ziemlich vereinfachende Perspektive für einen Historiker, wenn er den gegenwärtigen Kampf um die ultimative Macht betrachtet? ›Gut‹, ›böse‹, ›gemein‹?«

»Er würde nie jemandem was antun. Davon bin ich überzeugt, und es ist mir egal, was Sie sagen.«

»Wissen Sie, wer Scylla war?«

»Sicher, aber Scylla war kein ›Wer‹. Scylla war ein ›Was‹, ein riesiger Felsen vor der Küste Italiens.«

»Scylla war der Codename Ihres Bruders.«

Babe schüttelte den Kopf. Er brauchte frische Luft, nur daß er sie eigentlich gar nicht brauchte, aber er brauchte irgend etwas. Doc, dachte Babe. Ich will Doc zurückhaben.

»Sie können Ihren Kopf noch so schütteln, es ist wahr.«

»Sie sagen, mein Bruder war ein Spion – entschuldigen Sie, ein Beschaffer, und ich hatte keine Ahnung davon.«

»Ich sage Ihnen, daß Ihr Bruder ein Spitzen-Beschaffer war, weil Sie keine Ahnung davon hatten. Er trank immer Scotch, nur bei Ihnen trank er Wein. Es gab keine einzige Handfeuerwaffe, die er nicht meisterhaft beherrschte, aber wenn er mit Ihnen zusammen war, gab er vor, als geriete er bei dieser BB-Pistole in Panik. Ich glaube, das einzige auf der Welt, wovor er Angst hatte, daß Sie ihn eines Tages mit all diesen Sachen konfrontieren würden.«

»Warum?«

»Er fürchtete sich vor Ihrer Mißbilligung.«

»Warum? Ich habe ihn immer nachgeahmt. Wenn er mit irgendeinem Ausdruck daherkam, schnappte ich ihn auf. Seinen Gang, seinen Gesichtsausdruck, ich trug immer gern seine abgelegten Kleider. Ich . . .« Er hatte nicht die Energie, fortzufahren. Er war müde und schmutzig, und die Neuigkeiten erschütterten ihn; er war schon vorher erschöpft gewesen, der Ausbruch wegen seines Vaters hatte ihm viel abverlangt. Sich zu verteidigen, war immer so schwer. Wie großartig das Leben sein mußte, wenn man immer nur angreifen konnte. Wäre es nicht herrlich, wenn man eines Morgens aufwachte und sich als Attila der Hunnenkönig wiederfand?

»Es tut mir leid«, sagte Janeway mit sanfter Stimme.

»Ist das alles?« Weiß ich jetzt alles?«

»Sie wissen gar nichts, vielleicht einen Bruchteil. Ich verspreche Ihnen, daß Daves Tod nicht in der Daily News stehen wird, dafür haben wir schon gesorgt.«

Die Schläge prasselten nun von allen Seiten auf ihn nieder, und er konnte nichts tun, sie abzuwehren. »Dave . . .?« blinzelte Babe. »Dave . . .?«

»Wir nannten ihn so, er wollte es. Schließlich war das sein zweiter Vorname, Henry David Levy.«

Babe lehnte sich zurück und schloß die Augen. »Mein ganzes Leben lang waren wir immer zusammen, und ich habe nie Dave zu ihm gesagt. ›Hank‹ hieß er allgemein, und ›Doc‹ war unser Name. Das stammt aus I love a Mystery. Das war sein Lieblingsfilm. Immer erzählte er von Jack, Doc und Reggie, und eine Zeitlang nannte ich ihn Reggie, aber er sagte: ›Nein, ich möchte lieber Doc sein‹, und dabei blieb's. Als ich acht war, brachte er mich zu einem Schüler-Liga-Spiel, in dem ich als Werfer eingesetzt war. Eigentlich hätte mich H. V. hinbringen sollen, aber er war prall, so fuhr Doc mit mir, und mir gelang ein Lauf um sämtliche Male auf einen Schlag. Mein erster Homerun überhaupt. Ich war schrecklich aufgeregt, und als wir nach Hause gingen, sagte ich: ›Doc, ich werde nicht mehr als Werfer spielen, ich möchte nicht noch in der Liga als Werfer spielen, das ist etwas für Kinder. Ich werde Schläger. Doc, ich glaube, ich werde versuchen, Babe Ruths Rekord anzugreifen‹. Von da an war ich Babe, außer wenn Fremde dabei waren.« Und dann, er hatte noch immer die Augen geschlossen, brach ein Schrei aus ihm heraus: »Ich kenne niemanden mehr.« Kurz darauf sagte Babe: »Entschuldigen Sie, jetzt geht's mir wieder gut.«

Janeway stand auf und begann, im Zimmer herumzugehen. »Das Abendessen«, sagte er. »Fangen Sie damit an.«

»Das Essen war gut, das Essen war großartig; nein – warten Sie, das stimmt nicht, nein, das Abendessen war furchtbar; es scheint schon so lange her zu sein – wie spät ist es?«

»Fast ein Uhr.«

»Erst?«

»Das Abendessen war furchtbar«, sagte Janeway und bewegte sich leise mal hier, mal da, seine Bewegungen waren flüssig. »Können Sie das näher erklären?«

»Es war bei ›Lutèce‹, und wir waren zu dritt, ich und Doc – ich und Dave, würden Sie sagen – und meine Freundin, Elsa. Möchten Sie ihren vollen Namen wissen?«

Nicken.

Elsa Opel. Sie wohnt bei der Columbia, vierhundertelf West einhundertdreizehnte Straße, ihre Telefonnummer lautet vier zwei sieben vier null null eins . . .« Babe brach ab. »Warum machen Sie sich keine Notizen, wenn alles so wichtig ist?«

»Weil wir darauf trainiert sind, nichts niederzuschreiben, das ist sicherer.« Dann ratterte er herunter: »Elsa Opel – vierhundertelf West einhundertdreizehnte – vier zwei sieben vier null null eins.« Er nippte an seinem Glas. »Ich versichere Ihnen, ich höre genau zu. Weiter.«

»Nun, es – die erste Stunde konnte Doc seine Hände nicht von ihr lassen; sie ist wunderschön, und er befummelte sie, als wäre er hitzig.«

Janeway nahm einen langen Schluck.

»Dann stellte sich heraus, daß er sie nur in Sicherheit wiegen wolle, und als sie ganz aufgewühlt war, brachte er sie zu dem Geständnis, daß sie mich über ihr Alter belogen hatte, über ihre Herkunft und eine Menge anderer Dinge. Sie fühlte sich gedemütigt und rannte davon. Doc und ich stritten miteinander, dann rannte ich hinaus und suchte sie; ich konnte sie nirgends finden, also ging ich hierher zurück und hoffte, sie würde anrufen. Sie rief auch an, aber dann kam Doc, und das übrige wissen Sie ja.«

»Okay, bleiben wir dabei. Gehen Sie alles in Gedanken noch einmal durch. Versuchen wir zu rekonstruieren – die Treppen sind voller Blut, er wollte zweifellos so schnell wie möglich zu Ihnen. Nur um Sie zu sehen? Könnte es auch einen anderen Grund geben? Irgendeinen anderen Grund?«

»Was denn?«

»Ich weiß es nicht. Hat er jemals etwas hiergelassen, hier aufbewahrt, Post geschickt – so etwas?«

»Niemals. Nein, Sir.« Babe schüttelte den Kopf und versuchte, sich zu erinnern. »Ich meine, Sie können seinen Koffer durchsuchen, wenn Sie wollen, aber ich glaube, es sind nur ein paar Kleidungsstücke drin, seine Toilettensachen, untersuchen Sie alles, wenn Sie wollen.«

»Ich werde es mitnehmen, wenn Sie nichts dagegen haben. Wir werden es prüfen lassen, nur um nichts zu verpassen, es wird nichts dabei herausschauen.«

»Er stand plötzlich in der Tür – lehnte dagegen –, sagte meinen Namen, dann noch einmal lauter: ›BABE‹ – und dann brach er zusammen, und ich fing ihn auf und hielt ihn in den Armen, bis er starb. Vielleicht habe ich ihn auch ein bißchen in den Armen gewiegt.«

Janeway rieb sich die Augen. »Nicht schlecht für den Anfang.«

»Ich verstehe nicht – ›Anfang‹? Was kommt denn noch?«

»Das kann ich noch nicht genau sagen, weil das eine Situation ist, in der wir nur kontern können, was wir auch tun werden. Aber ich kann mir vorstellen, daß derjenige, der Scylla ermordete, dieses Risiko nur einging, weil irgendeine Situation sich zuspitzte. Es ist nicht unwahrscheinlich, anzunehmen, daß sie glaubten, er wüßte irgend etwas. Und da er bei Ihnen wohnte, wenn er in der Stadt war, und da er auch hier starb, würde ich an Ihrer Stelle davon ausgehen, daß auch Sie etwas wissen. Oder wissen könnten. Sterbende erzählen die seltsamsten Sachen, das weiß man. Schlußfolgerung: Wenn ich der Mörder wäre, würde ich Ihnen verdammt gern ein paar Fragen stellen.«

»Aber ich weiß absolut nichts – ich bin in nichts verwickelt.«

»Das weiß ich, und Sie wissen es auch, aber können Sie mir sagen, wie die anderen es wissen sollen?«

Babe wußte keine Antwort.

»Tom?«

»Ja, Sir?«

»Ich werde Ihnen jetzt etwas Gemeines sagen. Aus zwei Gründen. Erstens, weil ich glaube, daß es möglich ist, und zweitens, weil ich Ihnen bis aufs Blut Angst einjagen möchte, damit Sie genau das tun, was ich Ihnen sage.«

»Hören Sie, Mr. Janeway – warten Sie mal. Ich verspreche, daß ich Ihnen gehorchen werde. Ich bin schon nervös genug.«

Janeway nickte und fing an, Docs Sachen einzupacken. »Gut. Ich wollte Ihnen sagen, was Ihnen meiner Meinung nach widerfahren wird.«

»Ich weiß nicht, ob ich das hören will«, sagte Babe, und dann fragte er: »Was meinen Sie denn, wird mir widerfahren?«

Janeway blickte vom Packen auf. »Ich glaube, sie werden

versuchen, Sie zu schnappen, und dann, glaube ich, werden sie versuchen, Sie zu foltern, und dann, glaube ich, werden sie versuchen, Sie umzubringen . . .«

20

Schweigend packte Janeway die Sachen ein. »Sind Sie noch da?« fragte er nach einer Weile.

Babe nickte.

»Das war natürlich nur eine Vermutung, aber mit der Zeit entwickelt man einen sechsten Sinn für solche Dinge. Und in unserem Geschäft nimmt man automatisch an, daß es kein Unfall war, wenn einem aus unserer Familie etwas zustößt. Dave erzählte mir von dem Überfall auf Sie und warum er zu Ihnen fahren würde – er wollte versuchen, Sie für einige Zeit nach Washington zu holen.« Er verschloß den Koffer. »Ich glaube, er hatte noch einige Sachen für den Notfall hier.«

»Hören Sie auf, mich reinlegen zu wollen – Sie haben mich das schon gefragt, ›hat er irgendwas abgestellt‹, und ich habe Ihnen bereits gesagt – nein.«

Er bekam ein kurzes Lächeln. »Ich glaube, Sie waren nicht umsonst der Bruder Ihres Bruders.«

»Ich wohne im ›Carlyle‹ – wir von der Ölbranche führen ein gutes Leben –, es ist nur ein Katzensprung durch den Park. Rufen Sie mich an, wann immer Sie wollen – sieben vier vier eins sechs null null, Zimmer zwei eins null eins.« Er griff zum Türknopf. »Jetzt hören Sie mir gut zu – wir werden unsere eigene Überwachung nicht vor morgen früh für Sie einsetzen können. Bis dahin wird die Polizei die Sache übernehmen, und mein Vertrauen in die New Yorker Garde ist nicht unerschütterlich. Also werden Sie folgendes tun: Sie bleiben die ganze Nacht über in Ihrem verschlossenen Zimmer, okay?«

»Überwachung – um Himmels willen . . .«

Janeway drehte sich blitzschnell zu Babe um. »Ich sage nicht, daß Sie wie ein Einsiedler leben sollen, ich sage nur, bleiben Sie in Ihrem Zimmer, bis ich den Leuten vertrauen kann.«

»Und dann? Soll ich den Rest meines Lebens mit einem verdammten Bürstenschnitt im Schlepptau verbringen?«

»Weil Sie es sind, bekommen sie einen Sonder-Service – Sie sollen von Intellektuellen und Langhaarigen überwacht werden. Jetzt hören Sie mir gut zu – ich habe lange Zeit mit Dave zusammengearbeitet, und wir standen uns sehr nahe, glauben Sie mir, wir werden uns in der Hölle wiedersehen. Ich werde für vieles geradestehen müssen; aber ich will nicht, daß er mir den Arsch aufreißt, weil ich nicht auf Sie aufgepaßt habe. Also tun Sie, was ich Ihnen sage, und halten Sie den Mund.«

»Wenn Sie sich um meine Gesundheit sorgen, warum lassen Sie mich dann allein?«

»Ich dachte, das läge auf der Hand. Wie sollen wir den Mörder finden, wenn er nicht hinter Ihnen her ist? Glauben Sie, wir haben es mit Idioten zu tun? Glauben Sie, sie werden hier hereinkommen und sagen: ›Mist, er ist ausgezogen‹, und dann werden wir aus dem Schrank auf sie springen und sagen: ›Hände hoch, Ihr Dreckskerle!‹? Wenn sie nicht zu Hause sind, wissen sie es und kommen nicht. Wenn Sie zu Hause sind, kommen Sie vielleicht auch nicht. Es ist ein Risiko, sie wissen, wie wir ticken, sie werden mit einer Überwachung rechnen. Aber wenn sie unter Druck stehen, dann werden sie kommen.«

»Mit anderen Worten, Sie möchten auf mich aufpassen, aber Sie wollen mich auch als Köder verwenden.«

Zum ersten Mal sah Janeway richtig müde aus. »Ich möchte den fangen, der ihn getötet hat. Ich habe keine bessere Idee. Wenn Sie eine haben, sagen Sie sie mir. Wenn Sie mit mir ins ›Carlyle‹ kommen wollen, sagen Sie es mir. Ich werde Ihnen ein Zimmer besorgen, ich werde Sie nach Washington mitnehmen, und wir werden Sie so lange verstecken, bis all das, was auch immer es ist, vorbei ist. Ich schwöre Ihnen, wir tun, was Sie wollen, nur sagen Sie es mir bitte.«

Babe zögerte nicht einmal. Bogart hätte auch nicht gezögert.

»Ich war nicht erregt, Mr. Janeway, ehrlich, es war nur Neugier. Jetzt, da ich alles weiß, finde ich Ihren Plan großartig. Ich meine, Historiker haben selten Gelegenheit, etwas Abenteuerliches zu erleben, es ist eher ein Sitzberuf, wenn Sie wissen, was ich meine. Den ganzen Tag sitzt man auf seinem Hintern und liest, liest, liest. Außerdem wollte ich sowieso nicht vor Nachmittag aus dem Haus. Also bitten Sie mich etwas zu tun, was ich auf jeden Fall getan hätte – nur ohne polizeilichen Schutz.« Babe sah, daß Janeway ihn genau beobachtete und herauszufinden versuchte, ob er die Wahrheit sagte. Aber das machte ihm nichts aus, denn er sprach die Wahrheit. Er fragte sich, ob er auch so zuversichtlich gewesen wäre, wenn er nicht so ein sicherer Schütze mit der geladenen Pistole in der untersten Schublade seines Schreibtisches gewesen wäre; aber das war müßig zu überlegen. Er hatte die Pistole, er konnte mit ihr umgehen wie ein Weltmeister.

Wunderbar, wenn Janeway mit seinen Vermutungen recht behielte und er so schnell Vergeltung üben könnte. Wenn doch nur Docs Killer kämen, er könnte sie über den Haufen schießen und sie zu Boden gehen sehen. Mit der Hand fuhr er über Docs Blut auf seinem Hemd.

»In Ordnung«, sagte Janeway schließlich. »Ich gehe, Sie bleiben. Wie können Sie mich erreichen?«

»Carlyle – sieben vier vier eins sechs null null – Zimmer zwei eins null eins.«

Janeway war beeindruckt.

»Ich war nicht umsonst meines Bruders Bruder«, sagte Babe.

»Schließen Sie hinter mir ab«, befahl Janeway. Er nahm den Koffer und ging.

Babe schloß hinter ihm ab.

Alle waren jetzt weg.

Alles war jetzt weg.

Doc am meisten von allen.

Zeit zu trauern.

Babe ging zu seinem Stuhl in der Ecke und setzte sich. Jetzt war keiner mehr da, der plötzlich mal hereinschneien würde, er brauchte den Damm um sein Herz nicht mehr stützen. Er saß sehr still da, allein, der einzig Übelebende der Verbindung zwischen H. V. und Rebekka Levy.

Jetzt war er wirklich allein, was auch immer dieses entsetzliche Wort bedeutete. Es gab keine Familienheimat mehr, zu der man hätte zurückkehren können. Jetzt war diese schreckliche Studentenbude das Zuhause, und das allein genügte als Grund zum Trauern. Ein altes Rechteck von einem Zimmer, eine stickige Kleiderkammer, eine dreckige Spüle, ein winziges Badezimmer ohne Fenster mit einer winzigen Wanne, und fast versteckt in der hintersten Ecke ein kaputtes Fenster mit einem vermoderten Rahmen – niemals kam auch nur ein Lüftchen.

Himmel! Das Fenster – war das verdammte Fenster geschlossen, hatte er es geschlossen? Dort war nämlich eine Feuerleiter, und wenn er es nicht geschlossen hatte, konnten sie ihn auf die Art schnappen. Die Feuerleiter hoch, sich im Dunkeln verstekken, Gewehre mit den Schalldämpfern heraus, ins Zimmer stürmen, foltern, töten, verschwinden.

Babe rannte zum Fenster und sah nach.

Natürlich war es geschlossen.

Idiot, sagte er zu sich. Dich wegen einer solchen dümmlichen Sache so aufzuregen, wo es doch Wichtigeres zu tun gab. Er mußte trauern – »und nur ich allein bin noch da, um es euch zu berichten.«

Babe ging zu seinem Stuhl in der Ecke zurück und setzte sich. Er schob alle Gedanken beiseite, um zu trauern.

Kein Glück.

»Doc«, sagte er laut. »Du wirst mir Zeit lassen müssen.« Die Wahrheit nämlich, die schreckliche und überaus seltsame Wahrheit war, daß er in seinem ganzen erwachsenen Leben noch nie ein Abenteuer erlebt hatte, und die Erregung darüber schwemmte jeden anderen Gedanken weit, weit weg. Bogie und Cagney, die hatten ihr ganzes Leben lang ständig Abenteuer. Edward G. Robinson auch. Und jetzt war er an der Reihe.

T. Baginton Levy war vielleicht, hoffentlich, in Gefahr.

Phantastisch.

Jetzt sollten die Straßenjungen ihn Schleicher schimpfen. Oder sonstwer. Vielleicht, dachte Levy, sollte ich meine Pistole nehmen und sie in die Tasche stecken, aber nicht ganz hinein, und dann an den Schnöseln vorbei, daß sie den Küsser sehen können. Sie würden sich bepinkeln, und vielleicht würde der Anführer der Bande sogar den Mut aufbringen, ihm zuzuflüstern: »He, Sir, ist das eine, na, Sie wissen schon . . .«, und er, Levy, würde sich umdrehen und ihm seinen besten Alan-Ladd-Blick zuwerfen und vielleicht sagen: »Ich weiß es nicht; warum wirbeln wir nicht mal 'ne Runde, dann wirst du es schon herausfinden.«

Du brauchst eine bessere Antwort, sagte Levy zu sich. Eine Antwort, daß die Uhr stehenbleibt. Laß mich mal nachdenken . . .

Hör auf, sagte Levy zu sich. Janeway hat gesagt, dich nicht vor Mittag blicken zu lassen.

Na und, Janeway? Er war doch kein Kind mehr.

»Ich bin doch kein Kind mehr«, sagte Levy. Er war Historiker, und Historiker hatten die freie Wahl, es sei denn, sie waren Marxisten, und dazu gehörte er nicht. Er war frei und konnte kommen und gehen, wann er wollte; so war es, seit er diese Bude gemietet hatte.

Hatte er nicht einen ganzen Sommer auf der 95. Straße West in New York City ohne einen einzigen Zwischenfall überlebt, abgesehen von dem Überfall, und der hatte im Park stattgefunden? Und wenn man einen Sommer auf der 95. West überstand, wenn man den August ohne Klimaanlage aushielt, dann brauchte man keinen Beschaffer mit Bürstenschnitt, der dir sagte, was sicher war und was nicht.

Er saß da, völlig ruhig, echt gelassen, bis er hörte, wie sie sein Fenster gewaltsam öffnen wollten.

Alles in allem, dachte Babe später, hatte er recht. Er geriet nicht in Panik, er schrie nicht, er rannte nicht davon. Stattdessen kroch er durchs Zimmer zu seinem Schreibtisch, riß die unterste Schublade auf, und dann lag die Pistole in seiner

Hand, und während er aufstand, spannte er den Hahn, und während er den Hahn spannte, legte er an und bewegte sich geräuschlos zum Fenster.

Offensichtlich war niemand da.

Es war nur ein Knarren gewesen, bei alten Gebäuden kam das vor, und besonders bei diesem, und der Rest war seine Einbildung gewesen. Babe stand bewegungslos da, die Waffe in der Hand, und er kam sich nicht idiotisch vor, und auch nicht stolz.

Er hatte Angst.

Er erinnerte sich an den genauen Augenblick, als die Angst in ihm aufstieg: Es war, als er die Pistole gegriffen hatte. Das war nämlich Realität, so wie die Ermordung seines Bruders Wirklichkeit war, und vielleicht ging es ihm bald auch so.

Babe fing zu schwitzen an.

Himmel, er brauchte frische Luft. Er wollte zum Fenster gehen; hielt ein. Da draußen war keine frische Luft. Da war nur wehender Dreck. Und außerdem war es sehr dunkel bei der Feuerleiter, ein Killer konnte sich bei der Feuerleiter verstecken.

Der Schweiß brach jetzt in Bächen aus. Seine Zunge war trocken; und er konnte an nichts anders als an Eierschaum denken; der hätte ihm jetzt geschmeckt – Eierschaum, kühl und erfrischend –, den Magen hätte es auch beruhigt. Wahrscheinlich war der alte Laden an der Ecke schon zu, vielleicht auch nicht; vielleicht hatte er an heißen Abenden offen, solange das Geschäft lief. Aber selbst wenn er geschlossen hatte, war es besser, als allein zu bleiben und in steigender Panik eine Pistole auf Geräusche zu richten. Also versteckte Babe sorgfältig seine Pistole in der Tasche seiner Windjacke, nahm seine Brieftasche und den Schlüssel heraus und ging aus seinem Zimmer.

Das Herz, verdammt, schlug wie verrückt.

Cagney hätte keinen zweiten Gedanken daran verschwendet, Bogie wäre ohne Waffe zum Laden gegangen – und er schlich in panischer Agnst die ausreichend beleuchtete Treppe hinunter, um sich – vergeblich, wie er jetzt schon wußte – auf die Suche nach einem Eierschaumdrink mit Schokolade und Soda zu machen.

Babe bewegte sich bedächtig aufs Erdgeschoß zu. Nach jedem halben Dutzend Stufen blieb er abrupt stehen und wirbelte blitzschnell herum, blickte und lauschte und überzeugte sich, daß keiner hinter ihm herschlich.

Er ging weiter; wiederholte sein exzentrisches Stoppen und Herumwirbeln, die rechte Hand tief in der Tasche der Windjacke klebte an der Pistole. Auf den Schwingen der Angst, dachte Babe.

Vor wenigen Minuten noch: die Freude am Abenteuer.

Jetzt nicht mehr.

Er erreichte den Hausflur, zögerte, spähte durch die Tür auf die Straße und versuchte, Polizei zu entdecken.

Er sah keinen Menschen.

Vorsichtig, mit klopfendem Herzen und bereit, abzudrücken, trat er in die Nacht hinaus. Die brütende Hitze des Altweibersommers schlug ihm entgegen; kein Lüftchen, das geholfen hätte.

»He, Melendez«, sagte einer der Straßenjungen, »da ist der Schleicher.«

»He, Schleicher, du gehörst schon längst ins Bett«, hörte Babe. Er drehte sich um, widerstand der Versuchung, die Pistole in seiner Jackentasche auf sie zu richten, denn er wußte, daß es die Schnösel waren, vier von ihnen; sie saßen auf der Treppe, tranken Bier und rauchten. Ein paar Mädchen, eines war recht hübsch. Wahrscheinlich gab's Marihuana.

Der eine, der seine Schlafenszeit angesprochen hatte, ihr Anführer – er hieß offensichtlich Melendez –, saß mit nackter Brust, in Jeans in der Schwüle da. »He, Schleicher, hast du nicht Angst, du könntest dich erkälten in dem dünnen Jäckchen?« rief er Babe zu. »Willste meinen Parka haben?« Die anderen lachten.

Dieser Melendez ist cleverer als ich, dachte Babe. Er dachte kurze Zeit darüber nach, weil es ihn ablenkte von der Unsinnigkeit der Situation – nach ein Uhr in der Nacht mit einer entsicherten Pistole in der Rocktasche einen Eierschaum zu suchen. Ein sechzehnjähriger Krimineller sollte mich nicht fertigmachen können, entschied Babe. Er tat sein möglichstes, unbeeindruckt zu klingen: »Wißt ihr vielleicht, wo der nächste Eiscreme-Laden ist?«

»Du meinst wohl den nächsten offenen Eiscreme-Laden, nicht wahr?« antwortete Melendez. »Wahrscheinlich kannst in dem Laden unten an der Ecke einbrechen, wenn du wirklich scharf darauf bist – so fiddeln das die meisten Eiscreme-Süchtigen.« Die Bande brüllte wieder.

Gedemütigt zog sich Babe ins Haus zurück. Was für eine Schmach! Babe hastete die Treppe hinauf, rannte auf sein Zimmer, ging vorsichtig hinein; hinter sich sperrte er fest ab. Dann nahm er die Pistole aus der Tasche und kontrollierte das Fenster, das noch immer fest geschlossen war, und das Badezimmer, das noch immer leer war. Er riß die Tür zur Kleiderkammer auf und vergewisserte sich, daß sich niemand hinter seinen Sportmänteln versteckte; rasch auf ein Knie – er benahm sich zusehends lächerlicher – und sich vergewissern, daß niemand unter dem Bett lag. Dann ging er durchs Zimmer, wählte die Nummer von ›Carlyle‹ und ließ sich 2101 geben, und bevor es das zweite Mal läutete, kam Janeways Stimme. Laut und eindringlich fragte er: »Was?«

Babe war verlegen. »Ich bin es nur.«

»Ja, Tom, was ist los? Erzählen Sie.«

»Nichts. Nichts Schlimmes oder so.«

»Tom – Sie haben mich angerufen. Sie müssen etwas sagen wollen.«

»Ich wollte nur – ich wollte gerade ein Bad nehmen und dann ins Bett gehen. Sie sollen wissen, daß alles in Ordnung ist.«

»Lüge.«

Babe konnte direkt sehen, wie sich die flinken blauen Augen in ihn bohrten. »Nachdem Sie weggegangen waren, war ich schrecklich aufgeregt, aber das hielt nicht lange an – ich bekam Angst, Mr. Janeway, und ich wollte reden, das ist alles. Mit irgend jemandem. Sie genügen mir . . .« Babe wartete, aber vom anderen Ende kam nur Schweigen. »Das sollte ein Scherz sein«, sagte Babe.

»Haben Sie immer noch Angst?«

»Nein, ich hätte niemals angerufen, wenn ich mich nicht unter Kontrolle hätte. Ich will doch nicht als Idiot dastehen.«

»Lüge.«

»Es geht mir viel besser. Sie sollen nicht glauben, ich spaziere hier herum und kichere mich halbtot, aber ich bin auf dem Wege der Besserung. Ehrlich.«

»Möchten Sie, daß ich rüberkomme?«

»Nein, Sir.«

»Möchten Sie, daß ich Sie hole und zu mir bringe?«

»Nein, wirklich nicht.«

»Ich mache das Angebot nicht aus Nächstenliebe, müssen Sie wissen.«

»Ja, Sir, aber wenn Sie herkämen, wüßten Sie, daß ich nicht allein bin, und wenn ich zu Ihnen käme, wüßten sie, daß meine Wohnung leer ist. Lassen wir die Dinge, wie sie sind, das ist am besten.«

»Wahrscheinlich werden sie heute nacht nichts unternehmen – sie wissen nicht einmal, daß Scylla tot ist –, wenn sie zurückgingen, wo sie ihn erledigt haben, haben sie gesehen, daß er nicht mehr da ist. Sie müssen ermitteln, und das dauert. Nein, Sie würden nichts ruinieren, wenn Sie ins Hotel kämen. Und wenn ich ehrlich sein darf, es gefällt mir nicht, wie Sie sich anhören.«

»Das ist vielleicht, weil ich ein wenig beunruhigt bin – und das ist der wahre Grund für meinen Anruf, ich wollte Ihnen sagen, daß draußen keine Überwachung ist, Mr. Janeway. Die Polizei hat sich nicht blicken lassen.«

Schweigen von Janeway.

»Ich habe ganz genau nachgesehen; glauben Sie mir.«

»Sie sind hinausgegangen«, sagte Janeway, und Babe konnte hören, wie der Ärger in ihm wuchs. »Ich habe Ihnen gesagt, tun Sie nur das nicht, und Sie haben's getan.«

»Nur einen Augenblick; ich bin nur raus und sofort wieder rein.«

»Levy?«

»Ja, Sir?«

»Die Überwachung sollen Sie nicht sehen können. Ich habe veranlaßt, daß morgen mit dem ersten Zug vier Männer von der Division herkommen. Glauben Sie, daß sie bei der Wachablöse T-Shirts anhaben mit der Aufschrift: ›Bitte nicht stören, ich halte Wache‹?«

»Sie brauchen sich nicht über mich lustig zu machen, ich wollte Ihnen nur diese Information geben, weil ich dachte, Sie sollten das wissen.«

»Ich mache mich nicht lustig über Sie, wenn ich Sie hier hätte, würde ich Ihnen den Arsch quer durchs ›Carlyle‹ versohlen. Als ich heute abend wegging, war ein Cop da. Er trug keine Uniform, aber er war da; er hatte langes Haar und gab vor, prall zu sein.« Er hielt kurz inne. »Es gefällt mir nicht, was Sie tun und wie Sie sich anhören. Geben Sie mir ein paar Stunden Schlaf, ich werde gegen sechs bei Ihnen sein. Stellen Sie Ihren Wecker auf Viertel vor sechs, denn wenn der Kaffee bei meiner Ankunft nicht fertig ist, schweben Sie wirklich in Lebensgefahr.«

»Vielen Dank, Mr. Janeway.«

»*De nada.* Ich war ein Freund Ihres Bruders.«

Sie legten auf, und dann endlich fing Babe an, sich auszuziehen, zog die blutigen Sachen von seinem hageren Körper. Er ging ins Badezimmer und drehte beide Hähne voll auf, bis das Wasser aufhörte, rostig zu sein, ließ das Wasser ablaufen und drehte beide Hähne wieder auf. Er überlegte, ob er seine Pistole ins Badezimmer mitnehmen sollte oder nicht. Er war so nervös, er würde sich womöglich sein Ding abschießen, wenn er nach der Seife griff. »Rhodes-Stipendiat entmannt sich in der Badewanne«, konnte die Schlagzeile in der Daily News lauten. »Er hörte überall Verbrecher.«

Babe legte die Waffe an ihren angestammten Platz in der untersten Lade des Schreibtisches, ging zurück und drehte das

Wasser ab, dann ging er noch einmal hinaus, um sich etwas zu lesen zu holen. In der Badewanne konnte er am besten arbeiten; nichts übertraf warmes Wasser, wenn es ums Nachdenken ging, um Notizen zu lesen oder Geschichtsbücher ein zweites Mal zu studieren. Aber was sollte er jetzt studieren? Er blickte sich in seiner Wohnung um; sie war grell erleuchtet; vier billige Glühbirnen ohne Lampenschirm brannten an den strategisch wichtigen Stellen: eine beim Bett, zwei flankierten den Schreibtisch und eine bei seinem Lesestuhl in der Ecke.

Er entschied sich für Cowles' 1913, denn obwohl sie keine berühmte Historikerin war, hatte sie ein für die ganze Welt interessantes Jahr gewählt, es gab Punkte und Einzelheiten, die man genau verstehen mußte, ehe man nicht nur den folgenden Krieg begreifen konnte, sondern auch die auf den Krieg folgenden zwanziger Jahre. Er griff sich einen sauberen Pyjama und ging ins Bad.

Sollte er vielleicht die Tür zusperren?

Babe hängte den Schlafanzug über den Handtuchhalter und überlegte. Er spürte wieder sein Herz. Warum sollte er absperren? Er hatte das noch nie getan. Warum sollte er sich verrückt machen? Zumachen würde er sie, das war okay, obwohl er in der Vergangenheit auch das nicht wissentlich getan hatte. Aber es war nichts dabei. Wenn er sie jetzt zumachte, hieß es noch lange nicht, daß er feige war.

Er wollte gerade in die Wanne steigen und prüfte das Wasser mit dem großen Zeh, es war zu heiß. Er drehte den Kaltwasserhahn auf, aber das machte zuviel Lärm. Plötzlich dachte er, es gäbe keinen besseren Augenblick, sich hereinzuschleichen, als hinter dem Lärm prasselnden Wassers. Prasselnd? Dieses verdammte Tröpfeln aus dem Kaltwasserhahn nannte er »prasseln«? Babe stand dümmlich da und wartete, bis die Temperatur des Wassers erträglich wurde, und als es soweit war, stieg er in die Wanne und drehte das kalte Wasser geschickt mit dem großen Zeh ab. Er blätterte in seinem Buch herum. Dann klappte er es zu. Er hielt es zwischen den Händen und schloß die Augen.

Das tat er oft, wenn er sich Fakten einprägen wollte. Er konnte ein Buch fast so weit bringen, daß es ihm gehorchte. Wenn er es einmal genau gelesen hatte und es noch einmal durchgegangen war, hielt er es ganz fest, und mit purer Willenskraft zwang er die Fakten, sich in seinem Kopf zu ordnen. Der Sommer in London war heiß gewesen. Es gab Tote von der Hitzewelle. Carpentier schlug Bomber Wells in ein paar Sekunden k.o. – ein Franzose vernichtete einen Engländer. Die Frauenrechtlerinnen formierten sich, eine von ihnen warf sich beim Derby unter das Pferd des Königs und büßte die Geste mit ihrem Leben. Der Tango war die Sensation der Saison. Babe hielt einen Augenblick inne, denn obwohl er selbst nicht tanzte, war er doch überzeugt, daß in dieser Materie etwas Grundlegendes steckte, vielleicht Stoff für eine Arbeit, keine große, aber doch lohnend, man konnte die Tänze einer Epoche mit der Moral der Zeit vergleichen; mit der Politik konnte man sie wohl nicht vergleichen, aber sicherlich konnte man die Gier nach Sex und Blut und . . .

. . . und klick.

Jesus Christus, was war das? Babe lag wie erstarrt da, nur seine Augen bewegten sich, und sie wollten nicht zu blinzeln aufhören. Denn er hatte es gehört, er hatte es gehört. Was gehört? Was, zum Teufel, war dieses Geräusch, dieses Klick? Es kam von draußen, aus seinem leeren Zimmer; was konnte es also sein?

Nichts, redete er sich ein. Nichts, wie all die anderen Geräusche, die er heute abend schon gehört hatte. Es war das Knarren eines alten, verrottenden, baufälligen Gebäudes, sonst nichts!

Nur daß es sich nicht so anhörte. Es hörte sich anders an, fast so, als würde eine Lampe abgeschaltet werden. Nein, nicht fast so, es hörte sich genau so an, als würde eine Lampe abgeschaltet.

Babe lehnte sich aus der Badewanne heraus und versuchte, unter der Tür durchzusehen, ob das Zimmer nebenan dunkler schien, aber er konnte nichts erkennen. Na gut, er war groß genug, auf sich aufzupassen, besonders, wenn es nichts gab, worauf man aufpassen mußte.

Nichts.

Also, er hatte vier Lampen da draußen, also wenn er vier solche Geräusche hörte, vier Klicks, dann wäre das schon eine andere Situation. Aber so – vergiß es.

Zurück zu 1913.

Deutschland rackerte sich ab, um die Zeppeline ans Fliegen zu bekommen. Benz war bereits eine blühende Autofirma, und die Krupps waren bereits reicher als alle anderen; und das alles, bevor es richtig heiß wurde, bevor die Rüstungsindustrie oberste Priorität bekam oder . . .

. . . oder klick.

Babe machte einen Satz aus der Badewanne und schloß die Badezimmertür ab. Dabei erzeugte er eine kleine Welle, die hin und her schwappte, daher konnte er kurze Zeit kaum etwas hören, aber sobald er wieder im Wasser war, wurde es ruhig, und er schloß die Augen und strengte sich verzweifelt an, etwas zu hören.

Kein Geräusch.

Zwei seiner vier Lampen konnten abgeschaltet worden sein, oder es waren zwei Knarren gewesen. Er hielt sich sehr still, und obwohl er unleugbar besorgt war, freute er sich mehr als nur ein bißchen, daß seine Panik nicht größer wurde. Besser noch, sein Verstand arbeitete, Logik war ihm geblieben, und die Logik sagte ihm, wenn draußen Leute wären, die Lichter ausschalteten, dann würden sie nicht mit zwei oder drei aufhören, sie brauchten völlige Finsternis. Und das bedeutete, keine Panik, bis er nicht das große vierte Klick hören würde, und wenn das eintraf, nun, dann . . .

. . . dann klick.

1913, befahl sich Babe und umklammerte das Buch mit seinen schlanken Händen. Rußland. Er schloß die Augen fest. Rußland. Der schlafende Riese. Nikolaus hatte noch das Sagen, aber Rasputin wurde immer stärker, sein Einfluß auf Alexandra wuchs von Monat zu Monat, mit jedem Mal, wo er wieder eine

Blutung ihres Sohnes heilte, während die Ärzte hilflos herumstanden. Lenin entfachte Unruhen, wo und wann er konnte, er drängte nach vorn. Und in Amerika? Geld. G-e-l-d, das war alles. Die Vanderbilts gaben eine kleine Soiree, bei der nicht nur Franz Lehár persönlich das Orchester dirigierte und Kreisler und Elman auf ihren Fiedeln geigten, nein, als Tüpfelchen auf dem i hatten sie Caruso engagiert, um die Gäste mit seinem Tenor zu erfreuen. War das nichts? Die Welt rutschte den Abhang hinunter, und hier zählte man nichts, wenn man nicht den alten Enrico persönlich einladen konnte, um für sich und seine 400 Freunde die Lungenflügel zu blähen. Verwunderlich. Wie konnten wir nur so außen vorgelassen werden? Ist es da ein Wunder, daß alles explodierte, daß schließlich . . .

. . . schließlich klick.

Babe war darauf vorbereitet. Er legte ruhig sein Buch aus der Hand und sagte zu sich: Es wird ein fünftes Klick geben, und wenn es kommt, bedeutet es, daß alle anderen Klicks keine Klicks waren, sondern bloße Knarrer, und meine vier Lampen brennen noch, und alles ist in Ordnung.

Es wird ein fünftes Klick geben, wiederholte er.

Ich vertraue vollständig darauf, daß das fünfte Klick kommen wird, denn die Logik gebietet es, und wenn man sein Leben in die Hände der Logik legt, sagt man nicht »Das war's« bei der ersten kleinen Ungewißheit.

Seine Lage war einfach: Er mußte lediglich auf das fünfte Klick warten, und wenn es kam, sich wieder seinen Büchern widmen.

Und wenn es nicht kam?

Auch einfach. Warten; die Tür war gut und fest verschlossen, denn als sie diesen Kasten gebaut hatten, da baute man noch solide Häuser. Also sollten sie ruhig versuchen, die Tür aufzubrechen. Sie würden sich bei all ihren Mühen lediglich die Schultern ausrenken – verdammt, und das hatten sie auch verdient.

Es sei denn, sie waren Riesen. Risen konnten die Tür rasch zersplittern. Womöglich hatten sie einen Spezialisten gemietet, einen Türbrecher, und wenn sie so einen Kerl hatten, dann standen ihm einige schweißtreibende Momente bevor.

»Hilfe«, sagte Babe; zuerst mal nur probeweise, weil er dieses Wort noch nie zuvor gerufen hâtte, nicht im Ernstfall. Ja, als Kind schrie jeder immer um Hilfe, aber da bedeutete es nur: »Jag diese Biene fort« und nicht »RETTET MICH, RETTET MEIN LEBEN!«

. . . klick.

Babe lehnte sich in der Wanne zurück und dankte Gott, daß die Wände dick waren und er nicht schmachvoll und tropfend naß hinaus mußte, um irgendeinem unbekannten Nachbarn zu erklären, daß er sich geirrt hatte; er wäre es nicht gewesen, der um Hilfe gerufen hatte. Warum sollte er so was tun? Nein, entschied Babe, das würde den Nachbarn ärgern, und schließlich hatte der Nachbar eine gute Tat vollbracht; also würde er ihm sagen: »Ach, Sie haben auch jemanden um Hilfe schreien gehört? Ich auch, es kam von der Straße; vielleicht überfallen diese Straßenjungen gerade jemanden, warten Sie einen Augenblick, ich ziehe mich schnell an, und dann sehen wir nach.« Das wäre eine vernünftige Antwort für einen Nachbarn mitten in der Nacht, aber nach dem fünften Klick war es nicht mehr so wichtig, jetzt . . .

. . . jetzt *kratz*

Babe hielt den Atem an. So war auch das fünfte Geräusch gewesen, kein Klick, sondern etwas Ähnliches, ein Kratzen; und jetzt hörte er es wieder . . .

. . . wieder *kratz*

Kratz.

Jemand montierte die Scharniere der Badezimmertür ab.

»Hilfe!« brüllte Babe, aber nicht laut genug, also schrie er nochmal. »Hilfe!« Er steigerte sich, seine Lungen blähten sich, aber gerade bevor er loslegen konnte, hörte er etwas, das ihm Angst einjagte, größere Angst denn je.

Rockmusik dröhnte aus seinem Zimmer, das Radio war auf voll aufgedreht, dämpfte selbst den lautesten Schrei.

Kratz.

Kratz.
Kratz.
Kratz.

Babe sprang blitzschnell aus der Wanne und suchte nach einem Gegenstand, mit dem er angreifen konnte. Sie kamen und wollten ihn holen. Verdammt, warum benutzte er einen Elektro-Rasierer? Sein Vater hatte ein Raisermesser benutzt, und Babe hatte ihm gern zugesehen, wie er die Stoppeln wegkratzte; wenn er H.V. doch auch dabei nachgeahmt hätte, dann hätte er jetzt ein Rasiermesser gepackt, dann wäre er vorbereitet auf sie, er würde ihnen den Schweiß aus den Poren schneiden, und wenn sie hilflos dalägen, würde er die Polizei rufen, und wäre das nicht eine großartige . . .

Nein, das wäre gar nicht großartig – hör auf damit –, denn du hast kein Rasiermesser.

Was er hatte, war die Kanone.

Das Problem war, an sie heranzukommen. Babe stand in einer Ecke des Badezimmers, nackt; verzweifelt nachdenkend, was, zum Teufel, er tun konnte. Ihm fiel nur ein, daß er sich anziehen sollte. Es war zu demütigend, wenn sie hereinstürmten und er nackt war – ohne Kleider konnte man nicht in Höchstform kämpfen; dadurch gab man ihnen noch mehr Stellen der Verwundbarkeit – also zog er sich rasch an, das Ober- und Unterteil des Schlafanzuges, die Hose band er fest zu, die Jacke knöpfte er bis oben hin.

So, dachte Babe, das ist viel besser.

Besser, besser, du Arschloch? Sie kommen dich holen, und du fühlst dich besser, weil du einen Pyjama anhast? Laß dir etwas einfallen!

Ihm fiel etwas ein.

»Rettet mich«, schrie Babe. »Rettet mich, Hilfe, Hiiiilfe!« Sie drehten die Rockmusik noch lauter auf, womit er gerechnet hatte. Ihm war das recht, denn sie sollten glauben, daß er hilflos war, daß er sich vor Angst kringelte, einer Ohnmacht nahe, wie er jetzt kläglich rief: »Hilfe! Herrgott, hilft mir denn keiner?«

Solange sie das von ihm dachten, wäre es das letzte, womit sie rechnen, daß er sie angreifen würde, daß er die Tür aufschließen und aufreißen und in die Dunkelheit stürzen würde, auf seinen Schreibtisch zu, und sobald er die Pistole in der Hand hätte, würde er den Puster abfeuern, er würde nicht lange zielen, einfach abdrücken, denn sobald sie wußten, daß er bewaffnet war, war er gerettet, alles sprach dann für ihn, sie waren mit einem bewaffneten Mann im Zimmer, bewaffnet und gefährlich, zum Töten bereit.

»Rettet mich!« brüllte Babe, während er auf die Tür zukroch. »Hilfe, bitte, Herrgott!« schrie er, während seine Finger nach dem Schloß griffen. »O mein Gott, warum hilft mir denn keiner!« jammerte er, und als er beide Hände in Position hatte, eine auf dem Knopf, die andere auf dem Schloß, ließ er noch ein letztes flehendes »Bitteeee!« los, dann schloß er die Tür auf; riß sie auf und war zum Sprung bereit und zur Rolle zum Schreibtisch.

Babe war naiv.

Der Hinker blockierte seinen Sprung, und dann warf sich der breitschultrige Mann auf ihn. Er schleuderte ihn ins Badezimmer zurück, und als Babe herumwirbelte, dachte er, o Gott, sie werden mich wieder zu Brei schlagen, und er machte ein paar schwache Abwehrversuche: Es war sinnlos. Der breitschultrige Mann zwang ihn nieder, und dann gingen die Lichter im Badezimmer aus, und man hörte nur noch die Rockmusik, als Babe wieder in die Wanne ging, mit Händen und Füßen um sich schlagend, und überall spritzte Wasser auf, während er mit dem Kopf unter Wasser geriet.

Er wußte, daß sie ihn diesmal nicht zusammenschlagen würden, diesmal hatten sie vor, ihn zu ertränken.

Keine Luft. Selbst die Rockmusik hörte er nicht. Es gab nichts auf der Welt als diese riesigen Hände, die ihn unter Wasser hielten. Es half nichts, kein Strampeln und kein Bocken und kein Stoßen, er fand keine Schwachstelle. Sein Strampeln wurde schwächer, seltener. Er wollte so gut es ging aus dieser Welt gehen, denn Janeway hatte gesagt, sie würden wahrscheinlich die Kerle sein, die Doc umgebracht hatten, und Janeway hatte bisher mit allem recht gehabt. Die Erinnerung an Doc verlieh ihm neue Kraft, nicht viel, aber es genügte ihm, um den Kopf aus dem Wasser zu bekommen, und einen Augenblick lang hörte er wieder das Plärren der Rockmusik.

Aber nur einen kurzen Augenblick. Die riesigen Hände packten jetzt fest zu. Keine Chance, sie abzuschütteln. Nichts zu machen. So ist es also, wenn man stirbt, dachte Babe. Er hielt seine Augen unter Wasser geschlossen. Eigentlich ist es gar nicht so schlimm, fand er; nicht so schlimm, wie man annehmen würde.

Aber dann mußte er husten, und sein Mund öffnete sich, und er mußte Wasser schlucken, und die großen Hände hielten ihn nieder. Nein, erkannte da Babe. Er hatte unrecht. Sterben war schlimm. Total unrecht. Es war noch schlimmer.

21

Klamm, ausgelaugt, im Schlafzimmer, in einem Zimmer, auf einem Stuhl, gefesselt, wachte Babe auf, allein und – he, wie findest du das? – lebend.

Er blinzelte und versuchte, Umrisse zu erkennen. Nichts Besonderes in dem Zimmer – glatte Wände ohne Bilder, aber hell erleuchtet, vielleicht nichts Besonderes, ungewöhnlich hell. Auch der Stuhl war nichts Besonderes – außer, erkannte er, als er sich leicht zurücklehnte, daß er eine Art Relax-Sessel war. Er konnte die Neigung etwas verändern, aber es erhöhte seine Bequemlichkeit nicht, weil er zu fest angebunden war, Hände und Füße. Es mußte schon einige Zeit her sein, seit sie ihn angegriffen hatten, aber zu lange konnte es auch nicht sein, sonst wäre sein Pyjama trockener. Es gab keine Fenster im Zimmer, aber er hätte wetten mögen, daß es noch Nacht war, wahrscheinlich nicht viel später als drei oder so. Um es zusammenzufassen: Er fühlte sich nicht sehr wohl, wurde gefangengehalten und war zweifellos das hilflose Opfer unbarmherzig sadistischer Vernichter.

Aber wen kümmerte das?

Mein Gott, dachte Babe, wie man diese Funktion unterbewertet – wir sollten eine Nationale Atemwoche einführen, und zwar vielleicht eine Woche im Spätherbst, wenn die Luftqualität ganz gut war; und dann sollten die Leute herumgehen und Ozon inhalieren. Ihm wurde schwindlig – wohl kaum das richtige Verhalten für einen Historiker – wo wäre die Welt heute, wenn Carlyle während seiner Aufzeichnungen schwindlig geworden wäre? –, aber er konnte nicht anders, er war da, präsent, und die Erde drehte sich, und er wirbelte mit. Er hatte keinen Grund zum Klagen.

Hinter ihm sagte eine Stimme: »Er ist wach.« Der Hinker kam ins Blickfeld und starrte auf ihn hinab.

Schritte näherten sich, und der breitschultrige Mann stand auf der anderen Seite des Sessels und beobachtete ihn ebenfalls. Er trug einen Stapel sauberer weißer Handtücher, wunderschön zusammengefaltet.

»Gib sie mir«, sagte der Hinker.

Die Handtücher wurden gereicht.

»Halt seinen Kopf fest, das ist das wichtigste«, sagte der Hinker, dann wurde seine Stimme plötzlich ein Flüstern.

Denn jetzt hinter ihnen: rasche Schritte.

Babe sah, wie die Männer strammstanden. Es war fast, wie die Polizisten und der erste Bürstenschnitt Haltung angenommen hatten, als Janeway das erste Mal erschienen war.

Aber dieser Mann hier war nicht Janeway. Er war völlig kahl, kräftig gebaut und hatte einen Stiernacken. Seine Augen waren blau – hell, heller sogar als Biesenthals Augen. Ein gedrungener Bulle von einem Mann, aber Babe hatte an der Universität genug gesehen, um auf Anhieb sagen zu können, daß dieser hier nichts weniger als markant war. In einer Hand trug er ein zusammengerolltes Handtuch, eine schwarze Ledertasche in der anderen. Er gab Zeichen, daß er eine Lampe näher beim

Stuhl haben wollte. Während der Hinker hastig gehorchte, sprach der Mann mit dem Stiernacken. Er fragte ruhig: »Ist es sicher?«

Babe war nicht gefaßt auf diese Frage. »He?«

»Ist es sicher?«

»Was?«

»Ist es sicher?«

»Ist was sicher?«

Mit derselben Geduld wie vorher: »Ist es sicher?«

»Ich weiß nicht, wovon Sie reden.«

Ohne den Ton zu ändern: »Ist es sicher?«

Babes Stimme hob sich. »Ich kann Ihnen nicht sagen, ob etwas sicher ist oder nicht, solange ich nicht weiß, was Sie fragen. Also fragen Sie mich etwas genauer, und ich werde es Ihnen sagen, wenn ich kann.«

»Ist es sicher?« sagte der Mann mit dem Stiernacken, unerschütterlich wie ein Fels.

»Ich kann das nicht beantworten.«

»Ist es sicher?«

»Ich weiß es nicht – verstehen Sie mich nicht? Ich weiß es nicht. Sagen Sie mir, worauf sich ›es‹ bezieht.«

»Ist es sicher?« Wie eine Maschine.

Es wurde allmählich zu einer chinesischen Wasserfolter.

»Ja«, sagte Babe. »Es ist völlig sicher. Es ist so sicher, daß Sie es nicht glauben würden. So. Nun wissen Sie es.«

»Ist es sicher?«

»›Ja‹ gefällt Ihnen nicht, also sage ich ›nein‹, es ist nicht sicher – sehr gefährlich. Seien Sie vorsichtig.«

Es wurde immer noch mit unendlicher Geduld gesagt, aber dieses Mal lag etwas Endgültiges im Ton: »Ist es sicher?« und als Babe ruhig antwortete: »Ich weiß wirklich nicht, was Sie von mir hören wollen«, war er nicht erstaunt, daß sich der Stiernacken in Bewegung setzte und Veränderungen herbeiführte. Er gab dem breitschultrigen Mann einen Wink, und sofort spürte Babe, wie sich die riesigen Hände gegen seine

Kopfseite preßten und den Kopf fest und unbeweglich hielten. Der Hinker schob die Lampe noch näher.

Während der Stiernacken seine schwarze Ledertasche niederstellte, schlug er das Handtuch auf, und Babe konnte ein paar zierliche, glänzende Instrumente sehen. Es war heiß im Zimmer, und der kahlköpfige Mann schwitzte leicht, als er ein Instrument auswählte. Unaufgefordert nahm der Hinker ein sauberes Handtuch und tupfte ihm die Stirn ab. Die Hand des großen Mannes rutschte nach unten und zwang Babe, den Mund weit aufzureißen. Der Glatzkopf nahm einen sauberen Zahnarztspiegel heraus, dann griff er nach einem Instrument, dessen Ende leicht abgerundet war. Mit ungeheurer Konzentration, die blauen Augen starr, machte er sich an die Arbeit.

Mein Gott, dachte Babe, er reinigt meine Zähne.

Wahnsinn. Der Kerl fuhr mit den Werkzeugen flink in Babes Mund herum; er klopfte hier, probierte da, alles sehr gewandt. Soll ich ihn vielleicht fragen, wie schlimm das Loch ist, überlegte Babe. Dann überlegte er sich, wie hoch das Honorar wohl sein würde, denn was soll's, wenn sie hier schon alle beieinander waren, könnte der Mann ihm für ein paar Dollar wenigstens eine provisorische Plombe machen. Eine winzige Sekunde lang wollte Babe lachen.

Aber natürlich lachte er nicht, denn es war nicht komisch.

Natürlich war es furchterregend. Zahnärzte waren schrecklich, egal, wieviel Musik sie in die Behandlungszimmer rieseln ließen oder wie viele Novokainspritzen sie einem anboten. Es war alles völlig primitiv. Das Empfinden beim Zahnarzt geht über Schmerz hinaus.

Zahnarzt bedeutete Angst, genau wie in »Psycho« die Szene in der Dusche, das bedeutete Angst. Es hatte etwas unbewußt Schreckliches, hinter einem Vorhang zu duschen, und genauso war es beim Zahnarzt. Man konnte nie wissen, was als nächstes geschehen würde.

O Gott, hab' ich Angst, dachte Babe, ich muß versuchen, sie ihm nicht zu zeigen. Er starrte in die blauen Augen des Mannes und dachte, daß er eigentlich keine Angst zu haben brauchte.

Er tut mir nicht weh, obwohl er es könnte, denn er hatte mein Loch sofort entdeckt. Jetzt war er wieder dran, er benutzte den Löffelexkavator, aber er tat es so vorsichtig, daß es immer noch nicht weh tat, und Babe war auch ein großartiger Patient, wenn jemand das sein konnte – normalerweise erduldete er fast alles ohne Novokain, weil er die Nadel haßte. Die Stunden voller Taubheit danach waren schlimmer als die paar Minuten des Unbehagens. Der Glatzkopf kratzte sanft und rasch am Zahn herum, er reinigte das Loch. Es war einer der vier Vorderzähne, ein oberer Schneidezahn. Und während Babe mitten in diesem wahnsinnigen Zahnarzttermin saß, war er sich der Sache todsicher: Der Glatzkopf war ein verdammt guter Fachmann.

Seine Finger waren kräftig, sicher, schnell wie der Blitz: Sie bewegten sich mit beinahe enervierender Geschwindigkeit, als sie die Karies entfernten. Babe, festgezurrt, konnte die hellen blauen Augen beobachten: die Konzentration war unglaublich. Kein Zucken, nichts lenkte sie ab. Das Schaben hörte und hörte nicht auf. Nach ein paar Minuten hielt der Mann inne, nahm ein anderes Instrument in die Hand und sah sich die Kaverne lange und genau an. »Ist es sicher?« fragte er, seine Stimme wie vorher, geduldig, ruhig, scheinbar in der Lage, etwas zu warten, bis die gesuchte Antwort erzielt war. Aber Babe konnte nur wieder sagen: »Ich habe Ihnen schon gesagt, und ich sage es Ihnen noch einmal, ich schwöre, daß ich es nicht weiß.« So hätte seine Antwort in jedem Fall gelautet; aber ehe er noch den halben Satz hervorgebracht hatte, nahm der Stiernacken das neue Instrument – eine Sonde mit einer spitzen Nadel am Ende – und stieß sie nach oben durch das Loch in den Nerv.

Babes Schädel barst entzwei.

Er hatte niemals einen so unerwarteten Schmerz erlitten, und sein Schrei kam fast gleichzeitig mit der Attacke, aber da der Glatzkopf die Sonde herauszog und der große Kerl seine Hand auf Babes Mund preßte, wurde aus dem Schrei nicht viel: ein kleiner, gedämpfter Laut, das Wimmern eines Kindes.

»Ist es sicher?« fragte der Glatzkopf noch einmal geduldig; seine Stimme klang fast noch sanfter.

Babe traten Tränen in die Augen – er konnte sie nicht zurückhalten, sie waren eine Reaktion, sie waren da. »Ich weiß nicht«, setzte er an, aber er wurde erneut unterbrochen. Dieses Mal hielt ihm der große Mann mit aller Gewalt den Mund auf, während der Glatzkopf die scharfe Sonde noch einmal hinaufstieß, tiefer in den Nerv hinein.

Babe begann das Bewußtsein zu verlieren, aber ehe es soweit war, wurde das Instrument wieder herausgezogen, und die Ohnmacht stellte sich nicht ein. Der Glatzkopf blickte ihn nun an, einen bekümmerten Ausdruck in den blauen Augen. Er verstand etwas von Schmerzen, dieser Mann; er wußte genau, wie weit er hineinstoßen konnte, wann er herausziehen mußte. Er griff wieder ins Handtuch, dann hielt er ein kleines Fläschchen hoch. »Nelkenöl«, sagte er – zum ersten Mal etwas anderes –, und er gab ein paar Tropfen auf seinen Finger. Der große Kerl riß Babe den Mund auf, während der Glatzkopf den Finger auf den Zahn legte.

O Gott, dachte Babe, der Hund bringt mich um.

Nichts dergleichen geschah.

Sanft rieb der Glatzkopf die Kaverne mit der Flüssigkeit ein; und während er das tat, ließ der Schmerz wie durch ein Wunder nach. »Ist das nicht erstaunlich?« fragte der Glatzkopf. »Nur einfaches Nelkenöl, und was für eine verblüffende Wirkung.«

Babe leckte über den Finger und fuhr mit der Zunge über das Loch im Zahn. Der Zahnarzt lächelte, nahm noch ein paar Tropfen von dem Öl und rieb damit wieder den Zahn ein. Der Schmerz verging.

Babe begann wieder regelmäßig zu atmen.

»Das Leben kann, wenn wir es nur zulassen, so einfach sein«, sagte der Zahnarzt, legte eine Pause ein und ließ sich vom Hinker die ersten Anzeichen von Schweißtropfen auf der Stirn abtupfen. Er hielt das Nelkenöl hoch: »Erlösung.« Er hielt die Sonde hoch: »Pein.« Er nahm das Handtuch ab und betupfte damit Babes Gesicht. »Sie scheinen ein aufgeweckter junger Mann zu sein, der in der Lage ist, Licht von Finsternis und Hitze von Kälte zu unterscheiden. Sie müssen doch gewiß alles lieber haben als meine Foltermethoden. Also frage ich Sie noch einmal, und, bitte, lassen Sie sich Zeit, bevor Sie antworten: Ist es sicher?«

»Jesus, hör . . .«

»Sie haben sich keine Zeit gelassen. Sie hetzen sich. Ich werde die Frage nicht wiederholen; Sie wissen jetzt bestimmt, wie sie lautet und in welchem Zusammenhang ich sie stelle. Wenn Sie bereit sind, antworten Sie.«

Nach einem Augenblick sagte Babe: »Ich . . .«

Die blauen Augen warteten.

Babe schüttelte den Kopf. ». . . kann keine befriedigende Antwort geben – weil – ich nicht . . .« und dann: ». . . bitte, o bitte, nicht – mein Gott, nicht, tun Sie es nicht«, denn der große Kerl hielt ihm wieder den Mund auf, und der Glatzkopf mit dem Stiernacken fuhr mit der scharfspitzigen Sonde hinein, in den Mund hinein, in das Loch hinauf, immer höher, höher als sie vorher gewesen war – Himmel, dachte Babe, er stößt sie mir bis ins Hirn hinauf! Dann schwanden ihm endlich die Sinne, und er sackte zusammen, halb bewußtlos; sie nahmen ihm die Fesseln ab, und er hörte den Zahnarzt Instruktionen erteilen: »Karl, bring ihn ins leere Zimmer – nimm das Nelkenöl, und etwas Riechsalz mit – bring ihn hoch, aber schnell.«

»Du glaubst, daß er es weiß?« fragte der Hinker.

»Natürlich weiß er es«, sagte der Zahnarzt. »Aber er ist sehr stur.« Dann trat eine lange Pause ein. Und dann hörte Babe die schlimmsten Worte seines Lebens: »Ich fürchte, das nächstemal werde ich ihm wirklich weh tun müssen.«

Der Breitschultrige – Karl – hob ihn hoch. Babe blinzelte, als Karl ihn aus dem hellerleuchteten Zimmer hinaustrug, einen langen Gang entlang – es war wie der Gang in einem Bahnwaggon –, und am anderen Ende des Ganges stieß Karl eine Tür auf und ließ Babe auf ein Bett in der hintersten Ecke fallen. Er schob ihm etwas Riechsalz unter die Nase, und Babe blinzelte, hustete, hustete noch einmal, er konnte gar nicht zu husten aufhören, deshalb versuchte er, sich wegzudrehen, aber

Karl ließ das nicht zu, und Babe konnte dem Riechsalz nicht entkommen. Als er endlich in der Lage war, seine Augen offenzuhalten, sagte Karl: »Nimm das«, und hielt ihm die Flasche mit dem Nelkenöl hin und ließ ein paar Tropfen auf Babes Finger laufen. Benommen drückte Babe den Finger gegen den verletzten Zahn, damit die Schmerzen aufhörten. Er legte auch die Zunge auf den Zahn, und das warme Umspielen mit der Zunge half. Er hielt den Finger hin, und Karl ließ noch ein bißchen Nelkenöl darauf tropfen, und irgendwie konnte Babe eine einzigen Gedanken in sein benommenes Gehirn zwingen, und dieser Gedanke betraf das Leben und wie unausgewogen es war, ein zackiges Auf und Ab, auf Höhen folgten ganz selbstverständlich Tiefen. Und vor noch nicht ein paar Minuten hatte er mit eigenen Ohren die schlimmsten Worte seines Lebens vernommen, die Nachricht, daß der stiernackige Zahnarzt ihm bald wirklich wehtun würde; daß die Agonie, die er bis jetzt erlebt hatte, bloß ein Aufwärmen war, die Einleitung, Kinderkam, und jetzt, kaum wenige Minuten danach, konnte er mit seinen eigenen Augen die herrlichste Vision erblicken, die er in all seinen unfrohen Jahren je hatte wahrnehmen dürfen, denn hinter Karl kam jetzt leise und langsam Janeway zur Tür herein, und in der Hand hielt er das schönste Messer . . .

22

Babe war sich klar, daß er seine Augen abwenden mußte, nicht nur von Janeway, sondern auch von Karl, denn wenn der große Mann seine Augen sehen würde, wußte er sofort, daß drei Meter hinter ihm irgend etwas los war, und wenn er sich rechtzeitig umdrehte, wäre Janeway erledigt, mit oder ohne Messer, denn Karl hatte sich im Gewerbe durch brutale Gewalt einen Namen gemacht. »Bitte – noch . . .«, murmelte Babe und blickte starr auf die Matratze, auf der er lag. ». . . mehr . . .«, und er streckte einen zitternden Finger nach dem Nelkenöl aus.

Statt dessen schob ihm Karl das Riechsalz mitten ins Gesicht, es war nur ein leichter Stoß gewesen, aber er kam so überraschend, daß Babe auf die Matratze fiel, er würgte und hustete wieder, er war gemein, sicher, aber er konnte dadurch einen Blick auf Janeway werfen, um zu sehen, wie es ihm bei seinem wunderbaren Auftrag der Barmherzigkeit erging.

Noch vier Schritte, vielleicht fünf.

Geräuschlos näherte sich Janeway.

Schau weg! befahl sich Babe und gehorchte sich augenblicklich, er zwang sein Gewicht auf einen Ellbogen. »Das andere – bitte – das andere – gegen die Schmerzen . . .« Diesmal gewährte ihm Karl das Nelkenöl; er goß es auf Babes Finger, und Babe steckte den Finger schnell in den Mund und rieb und rieb über den beschädigten Zahn, und was auch immer dieses Zeug war, was auch immer es enthielt, es war verblüffend, denn der Schmerz in seinem Mund schwand augenblicklich. Aber das durfte der Karl nicht verraten, sonst würde der große Kerl ihn wieder in den Stuhl zurückzerren wollen. Und überhaupt, wo, zum Teufel, steckte Janeway, warum brauchte er so lange?

Babe konnte einfach nicht anders, er riskierte einen Blick, einen ganz kurzen, schnellen Augenaufschlag; Janeway war nahe, noch nicht nahe genug für einen treffsicheren Angriff; aber das meiste der Strecke hatte er hinter sich. Noch wichtiger: Er hatte kein Geräusch verursacht. Er muß Indianerblut in den Adern haben, dachte Babe, daß er völlig geräuschlos durch einen Raum gehen konnte. Er senkte den Blick und begann, seinen Zahn zu reiben, und züngelte daran, wobei er schwache Laute des Bessergehens von sich gab.

Noch zwei Schritte.

Und er kam.

»Bitte, nur noch ein bißchen . . .« sagte Babe, aber wahrscheinlich sagte er es zu schnell oder zu laut, oder vielleicht war es beides zusammen und dazu noch der Blick, den er auf Janeway geworfen hatte.

Es war auch egal, worin sein Fehlen lag; das Resultat war das Schlimme, denn ohne Vorbereitung drehte sich Karl um, sah Janeway und begann einen Warnschrei auszustoßen, während er mit erstaunlicher Schnelligkeit in Position ging, seine großen Killerarme schon bereit, Janeway zu zerquetschen.

Karl hatte keine Chance.

Babe hatte niemals jemanden gesehen, der sich wie Janeway bewegte, der nur annähernd so schnell wie Janeway war. Mit einer einzigen, nur verschwommen zu erkennenden Bewegung sprang er in die Arme des größeren Mannes, wirbelte ihn herum, preßte seinen linken Arm um Karls Hals, hob Karl etwas vom Boden an, wobei er seine linke Hüfte wie einen Hebel benutzte.

Und dann bewegte sich Janeways rechte Hand.

Babe sah alles. Er starrte in Karls Bauerngesicht, als die rechte Hand ins Ziel stieß. Karl schrie wie ein Baby, dann fiel er nach vorn aufs Bett. Janeways Messer ragte aus ihm heraus, und wenn man auf dem Rücken eines Mannes dort ein X machte, wo das Herz sein mußte, dann war das genau die Stelle, an der der Messergriff steckte.

Janeway griff Babe, riß ihn hoch, zerrte ihn aus dem Zimmer hinaus, den langen Waggon-Korridor entlang. Er riß eine Tür auf, hinter der die Treppe zur Straße führte. Janeway rief Babe zu: »Lauf!«, denn am unteren Ende des Ganges tauchte der Hinker auf, eine Waffe in der Hand. Aber Janeway war um Klassen besser, und plötzlich lag auch in seiner Hand eine Waffe, und er feuerte und feuerte noch einmal, während Babe sich mit den Stufen abmühte; mit beiden Händen klammerte er sich ans Geländer, während er hinter sich die Schreie des Hinkers hörte, sie dauerten so lange, bis Janeway ein drittes Mal feuerte, dann war es vorbei, und Janeway rannte zu Babe, holte ihn leicht ein und führte ihn die restlichen Stufen hinab auf die Straße.

Sie lag dunkel und menschenleer da, und Babe hatte keine

Ahnung, wo er war; das Haus, aus dem sie gekommen waren, war eine mit Brettern verschlagene Abrißbude, die neben einem Lagerhaus stand, aber das war alles, was Babe erkennen konnte, denn Janeway zerrte ihn mit sich, ohne Rücksicht darauf, daß Babe stolperte. Dann riß er eine Autotür auf und schrie: »Einsteigen – nein, verdammt, auf den Rücksitz – auf den Rücksitz – und hinlegen . . .«

Babe wollte gehorchen, aber es dauerte Janeway zu lange, er drückte ihn heftig hinein und befahl ihm: »Hinlegen – auf den Boden, und keine Bewegung!« Janeway schlug die Tür zu, drehte den Zündschlüssel, warf den Gang ein und raste in die Nacht.

»Okay, jetzt wird alles klarer. Hören Sie mir gut zu, und unterbrechen Sie mich nicht«, begann Janeway, bis Babe sagte: »Darf ich mich aufsetzen? – Ist es in Ordnung? – Wie spät ist es – wo sind wir? – Was ist los? Sie haben mir das Leben gerettet, das war wirklich nett von Ihnen, vielen Dank . . .«

»Nun haben Sie mich unterbrochen, und ich hatte Sie gebeten, es nicht zu tun.«

»Ich wollte nicht unhöflich sein, aber mir hat noch nie jemand das Leben gerettet, und ich wollte Ihnen nur versichern, daß ich Ihnen dankbar bin . . .«

»Jetzt haben Sie es schon wieder getan«, sagte Janeway. »Wenn ich jetzt Ihre Fragen beantworte, hören Sie mir dann zu, bis ich fertig bin?«

»Ich werde mich sehr bemühen, wirklich.«

»Okay – was das Aufstehen betrifft, die Antwort ist nein, es ist nicht in Ordnung. Ich weiß nicht, welche Operation sie gestartet haben, und je weniger Sie Ihren Kopf zeigen, um so größer die Chance, daß er auf den Schultern bleibt. Wir sind hier in den westlichen fünziger Straßen, ganz im Westen, nahe beim Hudson, nur Lagerhäuser, fast alle leerstehend, und es ist wahrscheinlich vier Uhr früh oder kurz davor; und ich weiß, daß ich Sie gerettet habe, ich war dabei, als es passierte, und was ich als Gegenleistung will, ist nicht Ihr Dank, sondern Ihr

Schweigen, Levy, verstehen Sie mich? Ich möchte, daß Sie den Mund halten. Glauben Sie, daß Sie das schaffen?«

»Ja, Sir«, sagte Babe schnell von hinten, wo er zusammengekrümmt auf dem Boden lag. Janeway war gar kein so schlechter Kerl, wenn man ihn ein bißchen kannte, wahrscheinlich war er verwöhnt, weil er immer seinen Willen durchsetzen konnte, aber wer einen vor Pein und Tod rettete, konnte damit rechnen, daß derartige Kleinigkeiten mit der Zeit übersehen wurden.

Janeway nahm eine Kurve, fast auf zwei Rädern. Die Reifen quietschten in der Dunkelheit. »Okay, der eine Kerl, der große, hieß Franz Karl, ein menschlicher Pickel, und das ist noch die netteste Bezeichnung, die man ihm geben kann. Er hielt sich für unschlagbar, und es gefiel ihm, Menschen leiden zu lassen – Frauen waren seine Spezialität. Er hätte Gefängniswärter in einem Gefängnis im Süden sein sollen – er haßte Schwarze. Das wäre wahrscheinlich seine Vorstellung vom Himmel gewesen – herumsitzen und Bier trinken und bei Langeweile Neger verprügeln. Wirklich kein Verlust für die Menschheit, weiß Gott. Der Kerl, den ich erschoß, war Peter Erhard. Er war Karls Vetter und Boß. Auch nicht mehr als ein Oberpickel. Sie lebten in dem Haus, aus dem wir gekommen sind. Es gehörte nicht ihnen, sie waren nicht die Eigentümer, aber man hatte ihnen gesagt, daß sie dort leben sollten, also lebten sie dort. Wenn man ihnen einen ganz simplen Auftrag gab, war er schon so gut wie ausgeführt. Das war ihre Stärke, sie konnten einfachen Instruktionen Folge leisten, und sie erfüllten ihren Zweck.«

»Welchen Zweck?«

»Ruhe – schon von Josef Mengele oder Christian Szell gehört?«

Schweigen auf dem Rücksitz.

»Verdammt, Levy, antworten Sie.«

»Es tut mir leid, Mr. Janeway, ich mache wohl alles falsch – ich dachte, Sie hätten gesagt, daß ich den Mund halten soll.«

»Das hab' ich, aber das war eine direkte Frage.« Janeway nahm wieder eine Kurve, und die Räder protestierten erneut.

»Mengele oder Szell? Nein.«

»Himmel«, explodierte Janeway, »ich dachte, Sie wären der selbsternannte große Historiker. Haben Sie außer von Hitler schon von anderen Deutschen gehört? Sie haben doch von Hitler schon gehört?«

»Martin Bormann?« versuchte Babe.

»Bormann ist wahrscheinlich tot – ich weiß, ich weiß, in den Zeitungen steht, daß er in Bogotà frei herumläuft oder das Single-Programm bei Grossinger leitet, aber die meisten erfolgreichen Nazijäger halten ihn für tot, und sie liegen mit ihren Aussagen fast immer richtig; ich würde ihnen nicht widersprechen. Aber alle sind sich darin einig, daß Szell und Mengele noch immer unter uns sind. Sie leiteten die Versuchsabteilung in Auschwitz. Und sie sind die zwei größten Nazi-Deutschen, die noch leben.«

Babe versuchte, es sich im Fond bequem zu machen, aber der Boden war zu hart und zu eng, und in seinem Mund fing es jetzt zu pochen an. Jedesmal, wenn Janeway in ein Schlagloch fuhr, traf es Babes Mund wie eine Faust.

»Der Grund dafür, daß sie überlebten, ist sehr einfach: Sie waren intelligenter als alle anderen. Man nannte sie immer die ›Zwillingsengel‹. Mengele hieß der ›Todesengel‹ und Szell war der ›Weiße Engel‹, weil er diesen unglaublichen Kopf mit einer herrlichen, frühzeitig ergrauten Haarpracht hatte. Mengele war Doktor der Philosophie und Doktor der Medizin, und man hielt ihn für den dümmeren der beiden.« Er erwischte in vollem Tempo ein Schlagloch, und der Wagen ruckte hoch.

Unwillkürlich schrie Babe auf.

»Was ist?«

»Nichts, nichts, weiter – weiter mit Ihrer Geschichte. Wollen Sie sagen, daß die zwei, die Sie eben getötet haben, für diese ›Zwillinge‹ arbeiteten?«

»Nein. Nur für Szell. Und sie waren nur ein Teil von denen, die auf ihrer Gehaltsliste stehen. Wissen Sie nicht, wie reich die großen Nazis waren?«

»Nein. Millionäre?«

»Ich glaube, das kann man sagen, ohne der Übertreibung

beschuldigt zu werden. Im August vierundvierzig, als erkennbar wurde, daß die Dinge schlecht standen, taten sich ein paar Spitzenleute zusammen und bezahlten an Argentinien fünfhundert Millionen für neue Ausweise. Diese Kerle vergewaltigten einen ganzen Kontinent. Als Göring sich fünfundvierzig umbrachte – er stahl Gemälde von den Juden –, war seine Sammlung zweihundert Millionen Dollar wert. Das waren *damals* zweihundert Millionen. Wenn man bedenkt, was sich seither auf dem Kunstmarkt tat und was sich mit dem Dollar tat, kommt man heute auf mindestens eine Milliarde.«

Das Auto erwischte wieder ein Schlagloch.

»O Gott«, sagte Babe.

»Es ist wirklich unglaublich«, fuhr Janeway fort. »Mengele kam reich auf die Welt, aber Szell mußte dafür arbeiten. Er war Mengeles Protégé, teils weil er so brillant war und teils wegen seines Aussehens. Mengele haßte nämlich sein eigenes Aussehen – er dachte, er sehe wie ein Jude oder ein Zigeuner aus, was stimmte. Die Hälfte seiner Ungeheuerlichkeiten entsprang der Verzweiflung, sein Äußeres ändern zu wollen, aber warum er Männern Brüste aufpfropfte oder versuchte, Arme aus dem Rücken wachsen zu lassen, das weiß kein Mensch.«

»Das tat er nicht«, sagte Babe.

»Richtig, er hatte keinen Erfolg, aber er hat's versucht. Okay, so weit Mengele. Vergessen wir Mengele, denn um Szell geht es. Ich sagte, er habe arm angefangen. Seinen Reichtum baute er natürlich mit Gold auf. In Auschwitz verbreitete sich, daß er käuflich sei, daß man flüchten könne, wenn man Christian Szell genug bezahlte. Anfangs ließ er tatsächlich ein paar Leute entkommen, gerade genug, um das Gerücht in Umlauf zu halten. Und diese verdammten armen Juden versuchten alles, was nur irgendwie von Wert war, bei sich zu behalten – wie alle anderen Gefangenen steckten sie es sich in den Hintern. Und sie kamen zu Szell, oder versuchten es zumindest, und die Reichsten ließ er vor und traf eine Vereinbarung mit ihnen, und wenn sie ihm alles, was sie besaßen, gegeben hatten, ihre Diamanten und so, dann ließ er sie umbringen. Er und Mengele besaßen Macht über Leben und Tod in der Versuchsabteilung, und wenn man bedenkt, was Mengele mit den Leuten anstellte, kann man ihnen nicht verdenken, daß sie Szell vertrauten. Sie mußten das Risiko eingehen, denn der verdammte Mengele tobte herum, davon überzeugt, daß er, wenn er nur lange genug daran arbeiten würde, blauäugige Menschen züchten könnte.« Janeway schöpfte tief Atem. »Okay, Tom, das ist im wesentlichen die Vorgeschichte. Ist alles klar?«

»So weit schon. Nur, wie komme ich in die Geschichte?«

»Szells Vater starb vor ein paar Wochen bei einem Unfall.«

»Und?«

»Erinnern Sie sich, daß ich sagte, Szells Reichtum habe mit Gold angefangen? Nun, ziemlich bald fing er mit Diamanten an. Er tauschte alles gegen Diamanten. Keine Gemälde, kein Bargeld, aber jeder Diamant, den er bekommen oder stehlen konnte. Keiner wußte je, wie viele er besaß, aber Anfang fünfundvierzig gelang es ihm, seinen Vater aus Deutschland hinauszuschmuggeln, und der alte Mann kam hierher.«

»Nach Amerika?«

»Nach New York. Er hatte eine Schwester in Yorkville und lebte mit ihr unter falschem Namen. Sie starb, er blieb. Er blieb, und sie blieben.«

»*Sie* ?«

»Szells Diamanten. Szell gab seinem Vater alle seine verdammten Diamanten, bis auf diejenigen, die er brauchte, um lebend nach Südamerika zu gelangen. Er lebte in Argentinien, bis Peron geschaßt wurde, dann flüchtete er nach Paraguay. Die Diamanten blieben hier, für den Fall, daß man ihn schnappen sollte, würde sein Vermögen in sicherer Hand sein, und er könnte es dafür verwenden, seine Freiheit zu kaufen. Sein Vater hielt sich einen Banksafe, und wann immer Szell Geld brauchte, ließ er es den alten Mann wissen. Sie bauten ein Kuriersystem auf. Die Diamanten landeten jeweils dort, wo der Marktpreis zu der Zeit am höchsten war – manchmal in der Schweiz, manchmal in Westdeutschland –, und dann tauschte Szell das Geld in die Währung um, die für die paraguayanische am günstigsten war. Und so ging das Leben weiter, bis er wieder Geld brauchte. Alles funktionierte perfekt, bis der alte Mann bei dem Autounfall umkam. Nicht jeder hat Zugang zu dem Banksafe, bloß der Mieter und ein Vertreter; der Vertreter für so einen Fall, wie es eben ein unerwarteter Tod war. Szell war der Vertreter seines Vaters, und jetzt versuchen seine Leute herauszufinden, wie gefährlich es sein würde, ihn für ein oder zwei Tage nach Amerika zu schmuggeln. Würde das Sicherheitsrisiko zu groß sein? Das ist ihr Problem. Ich persönlich glaube, daß er kommen muß, er hat keine andere Wahl, er kann sein Vermögen nicht verrotten lassen.«

Sicherheitsrisiko, dachte Babe, und dann sagte er: »Sie haben gesagt, daß Szell seinen Reichtum ›natürlich‹ mit Gold aufgebaut habe. Was heißt ›natürlich‹?«

»Der Grund ist offenkundig – er war berühmt dafür –, er hat es den Juden aus den Zähnen geschlagen. Man fand fast kein Gold in den Öfen von Auschwitz. Szell war Zahnarzt.«

Babe streckte den Kopf über den Sitz. »Er wird nicht nach Amerika kommen, Mr. Janeway. Er ist bereits da. Er ist da.«

Janeway drehte sich um und sah Babe einen Augenblick an. Dann konzentriete er sich wieder aufs Fahren. »Nein«, sagte er nach einer Weile. »Wir hätten etwas gehört.« Eine Weile danach: »Und stecken Sie den Kopf nach unten.« Und eine Weile danach: »Wie kommen Sie darauf?«

»Weil es ein Zahnarzt war, der mich fast umgebracht hat, nicht Karl und nicht Erhard.«

»Erzählen Sie weiter.« Erregung drang in Janeways Stimme durch.

»Er hat die ganze Zeit ein und dasselbe gefragt: ›Ist es sicher? Ist es sicher?‹«

»Wie hat er ausgesehen – hatte er blaue Augen? Hatte er graues Haar?«

»O Gott, die Augen, ja, sie waren unglaublich blau, aber er war kahl, vollkommen kahl, nur daß . . .«

»Nur daß das verdammt wenig sagt. Er könnte sie sich abrasiert haben! Weiter!«

»Er war richtig gut. Er war unglaublich erfahren, wenn es darauf ankam, mir Schmerzen zuzufügen – er wußte ganz genau, wann ich ohnmächtig werden würde, er wußte ganz genau, was ich tun würde, noch bevor ich es tat.«

»Die Frage ›Ist es sicher?‹ bedeutete dann: ›Ist es sicher für mich, die Diamanten zu holen – ist es sicher für mich, Christian Szell, in Amerika zur Bank zu gehen?‹ Denn wenn er die Diamanten an sich nimmt, kann jeder, der ihn überfällt, zu einer Menge Geld kommen, fünfzig Millionen, vielleicht fünfmal fünfzig Millionen, und alles steuerfrei«, und dann fuhr er triumphierend fort: »Verdammt, der Hund ist hier und hat Angst vor seiner eigenen Courage!« Janeway schrie nun fast. »Ich hätte auch Angst, denn sobald er mit diesem Vermögen die Bank verläßt, ist er hilflos – er kann nicht zur Polizei gehen und erzählen, man hätte ihn beraubt!«

»Ich verstehe noch immer nicht, was das alles mit mir zu tun hat.«

»Offensichtlich nimmt der Hund an, Ihr Bruder hätte Ihnen etwas erzählt, bevor er starb.«

»Wollen Sie damit sagen, Doc hätte etwas mit Szell zu tun gehabt?«

»Unsere ganze Arbeit läuft in beide Richtungen – manchmal verkaufen wir Geheimnisse an andere Länder – keine Sorge, denn wir wissen, daß sie unsere Geheimnisse kennen. Szell blieb am Leben, weil er andere Nazis denunzierte. Wenn eine Jagd auf ihn geplant war, erfuhr er es immer im voraus und konnte früh genug verschwinden. Mehr als tausend von ihnen kamen vor Gericht, und ich vermute, Szell hat uns fünfundzwanzig bis fünfzig davon geliefert. Ihr Bruder war Szells Kontaktmann. Erhard holte die Diamanten von Szells Vater und brachte sie zu Ihrem Bruder, und der nahm sie auf einem seiner Trips mit nach Europa. Nach Edinburgh. Dort gab es einen Antiquitätenhändler, der den Verkauf in die Wege leitete. Seit Jahren kursierte das Gerücht, daß er Szell übers Ohr haue, sagen wir, er verkaufte etwas für eine halbe Million und gab nur 450.000 weiter, einfach so. Aber er war so gut und wußte genau, wo der Markt am stärksten war, daß er den Job behielt. Außerdem, wie ich schon sagte, waren es nur Gerüchte, daß er seinen Auftraggeber hinterging. Er gab das Bargeld jedenfalls einem Kurier, der es nach Paraguay brachte, zu Szell. Das war mehr oder weniger der Ablauf.« Janeway nahm wieder eine Kurve und beschleunige das Tempo. »Tom, ich werde Ihnen jetzt eine Frage stellen, und bitte, Sie müssen mir die Wahrheit sagen, egal, wie schwer sie fällt.«

»Bitte.«

»Hören Sie auf, Ihren Bruder zu beschützen – es ist klar, daß Sie das wollen – er sollte tot gewesen sein, als man ihn auseinanderriß, ich kenne mich aus bei Wunden, vergessen Sie das nicht, und ich untersuchte den Körper, vergessen Sie auch das nicht. Er muß so versessen darauf gewesen sein, Sie noch einmal zu sehen; er blieb nur aus einem einzigen Grund so lange am Leben, weil er Ihnen etwas sagen wollte, etwas unglaublich Wichtiges. Er hätte all das nicht auf sich genommen, um ein paarmal ›Babe‹ zu rufen und dann umzukippen. Okay. Das ist die richtige Zeit. Rücken Sie heraus damit, es ist sehr wichtig: Was sagte er?«

Babe lag hinten ruhig auf dem Boden. »Ich schwöre, ich habe Ihnen alles Wichtige gesagt, was passiert ist.«

»Dann war es vielleicht etwas Unwichtiges – er ist tot, er braucht Ihren Schutz nicht mehr; und nichts, was Sie sagen, wird mich schockieren. In unserem Geschäft sagt man entsetzliche Sachen; ich habe gehört, wie gefährlich er war, daß er ein Doppelagent, ein Dieb und ein schwärmerischer Homosexueller war – was immer es war, ich habe es schon gehört, und ich wette, er hat über mich noch Schlimmeres erfahren, aber jetzt haben wir es mit verdammen Nazis zu tun; wir könnten versuchen, durch das ganze Blut zu schwimmen, das er vergossen hat, und würden nie ans andere Ufer kommen, also, um Himmels Christi willen, was sagte er Ihnen?«

»Nichts . . .«

»Scheiße«, sagte Janeway und trat hart auf die Bremse, bis der Wagen stand.

Babe streckte den Kopf hoch.

Sie waren wieder da, wo sie losgefahren waren, beim Haus, das mit Brettern verschlagen war, und Karl und Erhard warteten auf sie. »Ich konnte ihn nicht zum Reden bringen«, sagte Janeway und stieg aus dem Wagen aus. »Jetzt gehört er Szell.«

»Nein«, schrie Babe. »Sie haben sie getötet!«

»Sie sind viel zu vertrauensselig«, sagte Janeway, »und eines Tages wird es Sie teuer zu stehen kommen.« Wieder das flüchtige Lächeln. »Vielleicht sehen wir uns noch.«

Karl griff nach Babe. Babe hatte nichts mehr zuzusetzen. Drei Minuten später war er wieder an den Stuhl gefesselt.

BUCH IV

Tod eines Marathon-Mannes

23

»Schneller«, sagte Janeway, als Karl und Erhard damit fertig waren, Babe zur Unbeweglichkeit zu fesseln. »Einer von euch soll Szell holen gehen.«

Karl sah Janeway an. »Du gibst mir keine Befehle.«

»Ach, hör auf«, sagte Erhard und hinkte davon. »Wir haben keine Zeit.« Karl folgte ihm.

Babe starrte Janeway an. »Das waren lauter Lügen, nicht wahr, dieser ganze Scheiß von wegen guter Freund von Doc.« Janeway sagte eine Weile nichts, und als Babe ihn beobachtete, konnte er kaum noch eine Ähnlichkeit mit Gatsby feststellen. Vielmehr sah Janeway jetzt aus wie der Rechtsanwalt Nixons, dieser Dean – sie nannten ihn einen Lotsenfisch. Ein Ding, das sich an den stärksten Hai hängt, um von dessen Stärke zu profitieren.

»Scylla war ein romantischer Narr, das hat ihn schließlich das Leben gekostet. Er war nicht treu und wunderte sich, daß die, die er liebte, ihm auch nicht treu waren. Er war auch zu mir niemals so nett, wie er glaubte – Geschäft kommt vor dem Vergnügen, heißt es nicht so?«

Wieder das gewinnende Lächeln, und nun war Gatsby wieder da.

»Wer hat ihn wohl mit Szell zusammengebracht?«

Im Gang waren wieder Schritte zu hören.

Und genau, wie vorher Karl und Erhard bei dem Geräusch strammgestanden waren, so nahm nun auch Janeway Haltung an. Gatsby war weg, der Lotsenfisch war wieder da.

»Ich lasse Sie allein«, sagte Janeway, und dann waren Babe und Szell allein im Zimmer. Sonst war alles wie vorher: grelle

Lampen, saubere Handtücher, in der Nähe der schwarze Lederkoffer. Szell stand am Wachbecken und wusch sich die Hände. Er schüttelte sie ab und trocknete sie mit einem Handtuch. Dann brachte er sie unter die hellste Lampe und untersuchte sie sorgfältig. Irgend etwas mißfiel ihm offensichtlich, denn er ging zurück zum Waschbecken und bürstete sie noch einmal, härter noch als das erstemal. Als er diesmal seine Hände unter die Lampe hielt, fing er zu reden an. »Sie müssen mich entschuldigen, ich bin schrecklich genau, das ist, so könnte man sagen, mein Fetisch. Wo ich lebe, habe ich täglich meine eigene Wäschefrau. Sie ist außerordentlich gründlich.« Er nahm ein neues Handtuch, trocknete die Hände ab, drehte sich zu Babe. »Sie sind also Scyllas Bruder.«

Babe antwortete nicht.

»Bitte, jetzt ist der Zeitpunkt für Konversation; Schmerz ist weitgehend eine geistige Angelegenheit, und glauben Sie mir, davon steht Ihnen noch viel bevor. Aber jetzt wäre es nett, wenn wir uns ein wenig unterhielten. Würden Sie gern wissen, wie man Sie reingelegt hat? Die Kugeln waren Platzpatronen, und das Messer hatte eine versenkbare Klinge, diesen Trick kann man nur anwenden, wenn man nicht genau hinsieht, darin ist er wirklich sehr wirkungsvoll, finden Sie nicht auch?«

Babe sagte nichts.

Szell kam zu ihm. »›Thomas Babington‹, wie mir Janeway berichtet hat. Natürlich nach dem großen britischen Historiker. Wie sagen die Leute zu Ihnen? Tom, nehme ich an.«

Babe schloß die Augen.

»Ich werde Ihnen was sagen: Ich verstehe, daß Sie mir gegenüber eine gewisse Abneigung verspüren, aber schauen Sie, ich möchte plaudern, und ich habe jetzt das Kommando, aber ich würde nie jemandem meine Anwesenheit aufdrängen, der sie nicht wünscht. Also, wenn Sie nicht mit mir sprechen wollen, gut, wenn Ihnen das Spaß macht; aber wenn ich noch tiefer in Ihren Zahn bohren will, dann ist das auch gut, wenn es mir Spaß macht.«

Babe öffnete schnell die Augen und sagte: »Warum haben Sie

fast keinen Akzent? Ich kenne mich aus bei Sprachen, und es ist sehr schwer, die deutsche Herkunft zu verbergen.«

Fast lächelte Szell. »Janeway hat mich darauf aufmerksam gemacht, daß Sie intelligent sind, aber nicht einmal ich hätte eine derartige Eröffnung erwartet. ›Was werden Sie mit mir machen?‹ hätte man erwartet. Vielleicht ein paar Fragen nach Ihrem Bruder. Aber Sie haben auf Anhieb herausgefunden, worauf ich stolz bin, und dazu gratuliere ich Ihnen.«

»Ich interesssiere mich nur für Sprachen, sonst nichts, es ist ein Teil der Sozialgeschichte«, sagte Babe. Dann: »Was werden Sie mit mir machen?«

»Schlimme Dinge«, versprach Szell, und ohne Pause fuhr er fort: »Als Kind hatte ich Alexie, das ist eine Krankheit . . .«

»Ich weiß, was Alexie ist, man versteht die geschriebene Sprache nicht.«

»Sehr beeindruckend«, sagte Szell.

»Nein, es ist nur, weil ich gern studiere. Englisch und Psychologie waren meine Nebenfächer, alles hat etwas mit Geschichte zu tun. – Was für schlimme Dinge? Können Sie es mir jetzt vielleicht sagen, ich bin nicht besonders erpicht auf Überraschungen.«

»Wir sprachen von Alexie und den Problemen in meiner Kindheit, und ein solches Thema würde ich nie wechseln; erstens weil Sie es waren, der die Frage gestellt hat, und zweitens, und das ist noch wichtiger, weil Ihre Angst größer wird, während wir reden. Sie fühlen den Schmerz schon im voraus, und ich nehme an, daß Ihr Zahn jetzt mehr schmerzt als vor zwei Minuten. Antworten Sie nicht.«

»Es stimmt«, sagte Babe.

»Ich habe es sehr schwer gehabt – ich erwarte kein Mitleid von einem Juden, aber Sie können bestimmt verstehen, daß meine Kindheit nicht besonders angenehm war. Da war ich nun, hochbegabt – ich wußte, daß ich hochbegabt war –, aber meine ganze Umgebung hielt mich für schwerfällig, wenn nicht gar für zurückgeblieben. Wie auch immer, ich habe die geschriebene Sprache immer gehaßt – meine Fähigkeit zu schreiben befindet sich immer noch im Kritzelstadium. Ich hasse Etymologie und Philologie, aber Morphologie fasziniert mich. Ich nehme an, Sie wissen ebenfalls, was das ist.«

Babe nickte.

»Gut, damit ist es Ihnen klar. Flexionen faszinieren mich, ich liebe Dialekte. Und noch etwas.«

»Was denn?«

»Ich lebe seit einem Vierteljahrhundert oder noch länger in Südamerika, und da unten gibt es nicht viel zu tun. Wenn man nicht Revolutionär ist, ist es eine langweilige Gegend. Also spreche ich natürlich Deutsch und natürlich Spanisch, und auch Französisch, britisches und amerikanisches Englisch. Zur Zeit lerne ich gerade Italienisch, und dann – leider – wird es wohl für mich vorbei sein, ich bin zu alt, um mit Chinesisch anzufangen.«

»Russisch«, sagte Babe.

»Sie verraten Ihre Jugend«, sagte Szell. »Als Historiker haben Sie noch Lücken, die gefüllt werden müssen. Nach allem, was wir den Russen angetan haben, da könnte ich genausogut Hebräisch lernen.« Szell schüttelte den Kopf. »Ich war von Verrückten umgeben.« Er sah Babe an und begann zu lachen. »Das muß Ihnen wohl wie ein Witz vorkommen, denn ich bin sicher, daß Sie mich für einen Verrückten halten.«

»Nein, wirklich nicht«, sagte Babe. »Hören Sie, wir haben alle unsere kleinen Ticks; Sie sagen, Sie sind unschuldig, und das genügt mir.« Er nickte so überzeugend, wie er unter den gegebenen Umständen für rechtens hielt.

»Ich bin nicht mehr unschuldig seit meinem zwölften Lebenjahr, als ich es mit einem Zimmermädchen trieb. Ich habe nie gesagt, daß ich unschuldig bin. Ich sage nur, daß ich nie etwas mit wahnsinnigen Ideen zu tun hatte. Jede TP in meiner Obhut war aus einem vernünftigen und stichhaltigen Grund dort.«

»TP?«

»Testperson. So nannten wir sie im Versuchsblock. Wie geht es Ihrem Zahn, tut er sehr weh?«

Babe nickte.

»Hoffen Sie, daß Sie jemand retten wird?«

Babe nickte wieder.

»Möglich, aber zweifelhaft. Niemals die Hoffnung verlieren. Dieses Gebäude gehörte meinem Vater; Erhard und Karl sind die einzigen Mieter. Das Lagerhaus nebenan steht leer. Aber bitte, hoffen Sie weiter. Es vergrößert den Schmerz. Sobald man aufhört zu streben, wird man träge, ein Wrack. Es ist sehr schwer, die Wahrheit aus einem solchen Menschen herauszuzwingen.«

»Ich habe Ihnen die Wahrheit gesagt«, sagte Babe. »Ich habe sie Ihnen gesagt, und ich habe sie Janeway gesagt. Hundertmal. Ich weiß nichts.«

»Ich zahlte Ihrem Bruder einen Spitzenanteil dafür, daß er die Diamanten nach Schottland brachte. Ich vertraute ihm; Juden kann man nur trauen, wenn es um Geld geht. Sie können anderer Auffassung sein, gut, ich möchte nicht streiten. Aber man kann ihnen nur begrenzt Beträge anvertrauen. Scylla arbeitete jahrelang für mich, aber als mein Vater starb, änderte sich alles. Ich glaube, Ihr Bruder hatte den Plan, mich zu töten, wenn ich von der Bank kam. Er wollte meine Diamanten. Was sagen Sie dazu?«

»Ich weiß von überhaupt nichts«, sagte Babe.

»Sehen sie, ich glaube Ihnen nicht. Ihrem Bruder konnte man vertrauen, weil er Geld liebte. Er war schließlich Amerikaner, und das ist so etwas wie ein nationaler Charakterzug; eine Übertreibung sicher, aber nicht völlig unbegründet. Scylla war mein Kurier, ein hervorragender Kurier, stark bewaffnet, wachsam, unmöglich, ihn zu berauben. Er erhielt für seine Dienste viel Geld, aber immer in Raten. Aber die Tage der Tausender sind vorbei; wir haben einen riesigen Sprung gemacht. Jetzt geht es in die Millionen. Jetzt haben wir es mit einem anderen Scylla zu tun, und er hing an Ihnen, hat man mir gesagt, und er starb in Ihren Armen, wie ich erfahren habe, und deshalb darf nicht übersehen werden, daß Sie vielleicht etwas wissen, vielleicht nur wenig, vielleicht sehr viel, vielleicht alles – plante er zum Beispiel irgend etwas, und wenn ja, plante er es allein, und wenn nicht, mit wem wollte er das Geschäft machen? Da er nicht mehr unter uns weilt, werden sie den Plan aufgeben, oder halten sie ihn aufrecht, werde ich beraubt, wenn ich aus der Bank komme? Vielleicht könnten Sie mir einige dieser Fragen beantworten.«

Babes Zahn schmerzte nun ununterbrochen, er wußte, daß das Gespräch bald beendet sein würde. »Ich weiß es nicht.«

»Zum allerletzten Mal, ich verspreche Ihnen, es ist das absolut letzte Mal: »Ist es sicher für mich, meine Diamanten zu holen?«

Es gab nichts, was Babe sagen konnte.

Szell öffnete die schwarze Ledertasche.

Und nahm einen Handbohrer heraus.

»Vielleicht haben Sie gedacht«, sagte Szell, während er sich mit dem Instrument beschäftigte, »daß Sie Pech hatten, daß mir der kranke Zahn ins Auge fiel. Das Gegenteil ist der Fall. Sie haben in Wirklichkeit großes Glück gehabt.«

Babes Herz wollte nicht an seinem Platz bleiben. Er erinnerte sich an einen Vogel in seiner Kindheit. Der hatte sich so aufgeregt, als eine Katze zu seinem Käfig kam, daß er einen Augenblick wie wahnsinnig umherflatterte und kreischte und schließlich tot umfiel; sein armes Herz hatte die Gefahr nicht ausgehalten.

Babe machte sich Sorgen um sein eigenes Herz, denn die böse Gefahr wurde deutlich größer. Szell schaltete den Bohrer versuchsweise ein; sobald er sah, daß er funktionierte, schaltete er ihn wieder ab. Er griff noch einmal in die Ledertasche und nahm einen Gegenstand heraus, der wie ein großer Nagel ausah. Er steckte ihm mit dem spitzen Ende auf den Bohrer, arretierte ihn und rief Karl.

»Seinen Kopf«, sagte Szell ruhig, als Karl ins Zimmer kam und die Tür hinter sich schloß. »Ganz fest und gerade halten. Diesmal muß er sehr fest und gerade gehalten werden, Karl, überhaupt keine Bewegung, ist das klar?«

Karl nahm Babes Kopf zwischen seine großen Hände und

übte wirklich ungeheuren Druck aus. Babe war hilflos. Nein, er war die ganze Zeit schon hilflos gewesen, jetzt war er nur noch hilfloser. Aber war das möglich? Er versuchte, sein Hirn zu zwingen, sich auf dieses Thema zu konzentrieren.

Es half nichts.

Sein Verstand war jetzt nicht zu kontrollieren. Er konnte nur auf den Bohrer starren und auf den nagelkopfähnlichen Gegenstand, der vorn herauslugte.

Szell bemerkte seinen gebannten Blick. »Ein Diamant«, sagte er und wies auf den Nagelkopf. »Ein Handbohrer, wie er, schätze ich, bei jedem erstklassigen Eisenhändler zu erwerben ist, und ein gewöhnlicher Diamant, ein Standardinstrument für jeden Zahnarzt. Das ist das Schöne daran, diese bequeme Verfügbarkeit. Damals im Lager versuchte ich das durchzusetzen, aber Mengele war derartig besessen von seiner wahnsinnigen Idee, eine blauäugige Rasse zu züchten, daß er die Bedeutung dessen, was ich durchsetzen wollte, nicht erkannte – aber ich sagte Ihnen ja, daß er ein Verrückter war –, was kann man da schon erwarten? Sehen Sie, während der Jahrhunderte war ein gefangener Spion nur dann von Wert, wenn er die Wahrheit sagte. Sie kennen ja die Geschichte von den Eisernen Jungfrauen im Mittelalter und vom Hodenschock der modernen Zeit, aber sie funktionieren nicht. Zuerst geht es einem gut, dann leidet man höllische Pein, und wenn sie nicht früh genug aufhören, stirbt man, und wenn sie aufhören, vergißt man den Schmerz schnell; dabei hätte alles so einfach gelöst werden können, wenn Mengele nur auf mich gehört hätte. Sehen sie, jeder kann das tun, was ich jetzt mit Ihnen machen werde – ein paar Tage Training ist mehr als genug, und wenn Mengele auf mich gehört hätte, hätte es keinen Gefangenen gegeben, der uns hätte widerstehen können, denn ein frisch geöffneter Nerv ist weitaus sensibler als der, den ich in Ihrer Kaverne berührte – dieser Nerv war schon im Absterben, bevor ich anfing.«

»Sie werden einen Nerv freilegen?«

»Einen lebenden Nerv, ja, einen gesunden. Ich werde einen

völlig gesunden Zahn anbohren, und im Nu werde ich auf die Pulpa stoßen.«

Pulpa. Babe registrierte das Wort.

»Die innere Substanz Ihres Zahnes«, sagte Szell. »Bei einem jungen Menschen wie Ihnen ist das Zahnmark leicht zu erreichen. Es sollte nicht länger als eine Minute dauern. In einen gesunden Zahn hineinzubohren, ist gar nicht so furchtbar, nur in unserem Fall wird der Bohrer eine ziemliche Hitze entwickeln, die es Ihnen nicht leichter macht, aber bis wir auf das Zahnmark stoßen, sollte es mehr oder weniger erträglich sein. Das Zahmark ist dort, wo die Nerven sind. Es ist im Grunde ein Komplex von Blutgefäßen und Nervenfasern, Venen und Arterien und Lymphgewebe – keine Sorge, Sie werden nicht stark bluten – oh, damit will ich nicht sagen, daß es nicht einen oder zwei Tropfen geben wird, aber nicht mehr«, und mit diesen Worten begann er, geradewegs in Babes größten Zahn vorn hineinzubohren, in den linken oberen Schneidezahn.

Babe hielt stand.

Szell bohrte weiter.

Etwas Hitze, die vom Bohrer ausging.

Mehr Hitze.

Szell beugte sich tiefer.

Babe wollte schreien, aber er würde Szell diese Genugtuung nicht geben.

Szell machte weiter.

Babe schrie.

»Ich sagte Ihnen, daß die Hitze unangenehm sein würde«, erklärte Szell. »Nur noch ein paar Sekunden, dann sollten wir beim Zahnmark sein.«

»Ich weiß nicht, was Sie wollen – Herrgott, würde ich es Ihnen nicht sagen, wenn ich es wüßte?«

»Ihr Bruder war sehr stark. Stärke ist eine vererbbare Eigenschaft. Nein. Es tut mir leid, aber ich fürchte, wir werden das Ausmaß Ihres Wissens erst kennen, wenn wir tiefer im Zahnmark sind. Dann werden Sie mir alles erzählen.«

»Ich habe Ihnen alles erzählt.«

»Wie Sie meinen.« Er bohrte weiter.

Babe war darauf vorbereitet, wieder zu schreien, aber diesmal war es nicht so schlimm, die Hitze hatte sich nicht bis zur Unerträglichkeit gesteigert. Und dann, kaum ein paar Sekunden, nachdem er begonnen hatte, schaltete Szell überraschend den Bohrer ab.

»Wir sind jetzt am Rand des Zahnmarks«, sagte Szell. »Sie sagten mir, daß Sie Überraschungen nicht lieben, und ich wollte Ihnen nur helfen. In wenigen Augenblicken werden Sie begreifen, wie recht ich hatte, als ich sagte, daß ein Nerv in einer bestehenden Kaverne unendlich gefühlloser ist als ein ganz frischer Nerv. Ich glaube nicht, daß es etwas gibt, das einem guten frischen Nerv gleichkommt, besonders bei einem jungen Menschen. Sagen Sie es mir, wenn Sie meinen, daß ich recht habe.«

Er bohrte in die Pulpa hinein.

Babe fing zu weinen an. Es war nicht etwas, was er kontrollieren konnte. Plötzlich liefen ihm vor Schmerz die Tränen hinunter, und Szell schien nicht überrascht zu sein, er nickte nur und bohrte tiefer in die Pulpa hinein.

Babe war halb bewußtlos, als Szell aufhörte.

»Willst du mal einen Nerv sehen?« fragte er Karl. »Es ist gut, er braucht eine Pause, laß seinen Kopf los.«

Karl nahm die Hände weg. Babes Kopf fiel schlaff zur Seite.

Sanft hob Szell Babes Gesicht und öffnete ihm den Mund. »Das Rote da ist ein Nerv«, sagte Szell leise. »Das hast du nicht gewußt, was?«

Karl machte ein verneinendes Geräusch.

Ohne das Bohren war der Schmerz beträchtlich geringer. Babe lag ruhig, der Kopf schlaff. Es war wichtig, das vor Szell zu verbergen.

Aber Szell wußte es, denn genau in diesem Moment sagte er: »Machen wir weiter«, und Karl hielt den Kopf wieder fest und aufrecht, und Szell bohrte wieder, und wieder weinte Babe. Als Szell das nächstemal eine Pause machte, erlaubte er Karl nicht, den Griff zu lockern; diesmal war Babes Erholungspause kürzer.

In der Stille schaffte Babe die Frage: »Wie – wie können – Sie das tun . . .?«

»Wie? Soll ich Ihnen die Antwort eines alten Juden geben? Ein weiser Mann. Er sagte: ›Für sie waren wir nicht dieselben.‹ Sie sind für mich nicht ganz Mensch!«

Nach dem dritten Durchgang bettelte Babe: »Töten Sie mich . . .«

»Ein Jude kann nicht sterben, wann er will, nur wann wir wollen«, war Szells Antwort. Dann ging es weiter.

Nach der siebenten Sitzung rief Szell nach Erhard und Janeway. »Er hat es nicht gewußt – er erzählte mir nichts –, wenn er es gewußt hätte, hätte er es mir gesagt; wir haben Zeit vergeudet, seht zu, daß ihr ihn loswerdet.«

Babe war nur schwach bei Bewußtsein in seinem Stuhl.

»Ihn umbringen, meinen Sie?« fragte Karl, um sicherzugehen.

»Wie sollen wir es machen?« fragte Erhard.

»Macht doch einmal etwas richtig – auch ohne mich!« donnerte Szell, keine Spur mehr von Geduld.

24

Szell hatte die Tür noch nicht hinter sich zugeschlagen, da fingen sie schon zu streiten an. »Bindet ihn los«, sagte Janeway.

Erhard hinkte zum Stuhl und begann, die Fesseln zu lösen, aber Karl rührte sich nicht. Er starrte Janeway an. »Ich habe dir schon einmal gesagt, und ich sage es dir nicht ein drittesmal: Spar dir deine Befehle.«

Janeway hielt dem Blick des größeren Mann stand. »Du hebst ihn auf. Ich will keinen Streit.«

»Nun hört schon auf«, sagte Erhard und löste die letzte

Fessel. »Karl, du bist der Stärkste, du nimmst den Jungen; für dich ist das kein Problem, bei deiner Kraft.« Karl hatte es gern, wenn man ihn an seine Kraft erinnerte, Erhard tat es, sooft es nötig war.

Karl packte einen von Babes Armen, legte ihn um seinen dicken Nacken und zerrte Babe vom Stuhl hoch. Babe war bleischwer. »Geh!« sagte Karl, und Babe versuchte, seine Beine zu bewegen. Karl machte noch immer die meiste Arbeit, aber hin und wieder gelang es Babe, selbst einen halben Schritt zu tun.

Janeway öffnete die Tür, und Erhard hastete voraus, hinkte den Flur entlang und hielt die Tür zum Treppenhaus auf. Als sie sich der Tür näherten, konnte Babe schon wieder Schritte aus eigener Kraft gehen, aber die Treppe war zuviel für ihn; er stolperte, und wenn Karl ihn nicht gehalten hätte, wäre er sicher gefallen. »Geländer!« sagte Karl, und Babe streckte seine freie Hand aus und umklammerte es; als sie unten ankamen, konnte er fast schon das Gleichgewicht halten.

Erhard trat als erster auf die Straße, hinter ihm kam Janeway; Karl und Babe waren die letzten. »Wir nehmen meinen Wagen«, sagte Erhard und wies mit der Hand zur Ecke. »Kommt schon, kommt schon.« Er hinkte ihnen voran. »Er mag es, bemerkte Janeway, wenn er die Führung übernehmen kann.« Wenn sie irgendwohin gingen, und Erhard kannte das Ziel, war er immer vorne. »Kommt schon, kommt schon«, sagte er gern, und Janeway widersprach ihm nie; sollte Erhard doch seine kleinen Triumphe haben, es tat niemandem weh.

Karl, das war eine andere Sache. Oben im Zimmer, als Erhard zu Karl gesagt hatte, daß er der Stärkste sei, hatte das Janeway gewurmt. Natürlich wäre Karl in einem Gewichtheberwettbewerb der Sieger gewesen, aber wenn man sie in eine dunkle Gasse gesperrt hätte, das wußte Janeway genau, dann hätte Karl nicht eine halbe Minute überlebt. Vielleicht war das ein Ego-Trip, er war nun schon einige Jahre kein aktiver Beschaffer mehr, und die Schreibtischarbeit mochte einen schwächen. Karl würde jetzt vielleicht fünfzig Sekunden überleben, so langsam war er geworden. Warum verabscheute er Karl so sehr? Wahrscheinlich war es die natürliche Verachtung, die jede Spezies für eine niedrigere Art empfand; zusammen mit der Unterschiedlichkeit ihres Geschmacks, ihres Zeitvertreibs, ihrer Gelüste.

Sie gingen um die Ecke und betraten eine dunkle Seitenstraße. »Kommt schon, kommt schon«, rief Erhard ihnen zu.

»Hast du in Jersey geparkt, verdammt noch mal?« Janeway ärgerte sich nun, daß ihm befohlen worden war, mitzugehen. Diese zwei Versager hätten doch sicher den Jungen allein fertigmachen können. Szell mußte wohl besonders wütend gewesen sein, daß seine Methode nicht gezogen hatte; sonst hätte er Janeway niemals so gedemütigt, bei einer derart primitiven Sache mitzumachen.

»Nur noch ein kleines Stückchen, kommt schon, kommt schon.«

»Nimm du ihn jetzt, du bist dran«, sagte Karl.

Janeway ignorierte ihn.

Karl murmelte darauf etwas auf deutsch, wahrscheinlich so etwas wie »Schwuler«.

Janeway entschloß sich, auch das zu überhören.

Karls Ärger wuchs; er stieß Babe von sich. »Geh – du kannst gehen.«

Babe bemühte sich. Zuerst rutschte er fast aus, aber dann gewöhnte er sich daran, schaffte kleine Schritte, fiel nicht mehr hin, wie es ihm fast auf der Treppe passiert war.

»Da sind wir«, sagte Erhard, »nur noch eine Sekunde, und wir können losfahren.« Das Auto war ein alter Ford. Erhard nahm einen Schlüsselbund aus der Tasche und suchte im Dunkeln nach dem richtigen Schlüssel.

»Du hast dieses Ding abgesperrt?« fragte Janeway ungläubig.

»Das ist eine entsetzliche Gegend hier«, versuchte Erhard zu erklären. »Jeder stiehlt alles, und das ist ein wunderbares Auto, hatte noch nie Ärger damit, nicht in zwölf Jahren.«

»Wenn es so verdammt wunderbar ist, warum, zum Teufel, kannst du es nicht aufschließen?« Nicht nötig. Es brauchte nichts, einen Kretin wie Erhard zu beleidigen; wenn du schon einen Kretin beleidigen mußt, dann beleidige Karl, der herumstand und dümmlich zusah. Babe lag ruhig über die Kühlerhaube ausgestreckt.

»Hier, hier, jetzt habe ich ihn, kein Grund zur Aufregung«, sagte Erhard und steckte den Schlüssel ins Schloß und rüttelte daran.

»Nicht mit Gewalt«, sagte Karl, »das letztemal, als du es mit Gewalt versucht hast, war es der Schlüssel für den Kofferraum – mach das nicht noch mal . . .«

»Nichts wird mit Gewalt gemacht«, sagte Erhard, und dann, eine Sekunde später: »verdammt«, und Janeway war verärgert bei ihm und sagte: »Gib ihn her, laß mich, ich werde dieses idiotische Ding schon aufkriegen«, aber Karl sagte: »Du kennst dieses Auto nicht, ich bin schon mitgefahren, ich habe es gesteuert, und ich weiß, wie man es aufmacht.« Er riß Erhard die Schlüssel aus der Hand, während Babe von der Motorhaube rollte und versuchte, davonzustaksen. Janeway sah ihn sofort und sagte zu Karl: »Du sollst bei dem Jungen bleiben, geh und hol ihn«, aber Karl sagte: »ich mach' das mit den Schlüsseln, und von dir höre ich keine Befehle.« Erhard sagte: »Ach, ich mach' das schon, schaut, daß ihr die Tür aufkriegt«, und er hinkte davon, um Babe einzufangen.

Eingeholt von einem Krüppel, dachte Babe, während er wie ein Bowery-Penner die dunkle Straße entlangtaumelte, was für ein Ende für einen Marathon-Mann. Der perfekte Nachruf. »Hier ruht Thomas Babington Levy, 1948–1973, von einem Krüppel geschnappt.«

Ja, natürlich, die Umstände. Erhard hätte sicher keine Chance gehabt, wenn er in Form gewesen wäre, aber es war schon einige Zeit her, daß er geschlafen hatte, und was Szell mit ihm gemacht hatte, half seiner Sache auch nicht gerade, und als er nun versuchte, sich auf diese alberne Weise davonzumachen, spürte er den Schmerz, und jedesmal, wenn er einatmete, traf die Nachtluft die Löcher in seinen Zähnen und griff die offenen Nerven an, und natürlich war die Straße uneben und voll von spitzen, dunklen Gegenständen, und er hatte keine Schuhe an, und er trug immer noch seinen Pyjama – ein hilfloser Schleicher, wie ihn die Schnösel nannten, der die Straße entlangtaumelte, gefolgt von einem Krüppel, der immer näher kam. Etwas rammte in seinen Fuß, etwas, das so weh tat, daß ès tiefer in sein Hirn eindrang als die Luft an den freigelegten Nerven, und Babe hoffte, daß es keine Glasscherbe, sondern vielleicht nur ein Stein war, der zwar wahnsinnig schmerzte, aber seinen Fuß nicht aufschnitt für noch größere Schmerzen. Er wußte, er sollte stehenbleiben, wirklich, dann könnte er sich wenigstens sagen: »Verdammt, er hätte mich nie eingeholt. Ich bleib stehen; kein Krüppel erwischt einen Marathon-Mann« aber er war ja gar kein Marathon-Mann, welcher Marathon-Mann würde barfuß gehen?

Bikila!

Abebe Bikila, der große äthiopische Polizist, der bei der Olympiade in Japan lief; bei der Übertragung des Marathons hatte Babe geweint. Die Russen waren die Favoriten mit all ihrer Kraft, ihren Ärzten und ihren Spezialdiäten; auch die Deutschen, und jeder ignorierte den schwarzen Äthiopier, oder wenn nicht, dann lachten sie ihn aus; denn er war nicht nur allein, er hatte nicht einmal Schuhe an; er hatte vor, die ganzen verfluchten 26 Meilen und 385 Yard barfuß zu laufen, barfuß im zwanzigsten Jahrhundert – mein Gott! Das Rennen begann, und die Russen waren harte Burschen, nur die Deutschen waren nicht zu verachten, und nach ungefähr zehn Meilen verschärften sie das Tempo, aber die Russen waren nicht nur zäh, sie waren sehr zäh, und die Deutschen fielen zurück, und jetzt waren die Russen vorn, und es war nur noch eine Frage der korrekten Plazierung, daß der richtige Mann als erster durchs Ziel ging und der richtige Mann als zweiter durchs Ziel ging, denn darin waren sie gut, die Russen; wenn man lange genug lief, bekam man schon seinen Sieg, auch wenn ein Jüngerer inzwischen besser war; denn auch dessen Zeit würde kommen; und dann kam von ganz hinten dieses leise

Geräusch, dieses gewisse Murmeln, mehr war es nicht, denn bei den Marathonläufen gab es keine großen Zuschauermengen, ja, beim Start schon, und auch beim Ziel, weil diese beiden Punkte im Stadion waren, aber während des Rennens gab es immer nur ein paar Leute, die herumstanden und den Verrückten beim Schwitzen zusahen; denn man mußte verrückt sein, seinen Körper derartig zu quälen, und nach fünfzehn Meilen fing der dritte Russe an zu bemerken, daß etwas Seltsames vor sich ging, und er blickte sich um, und da kam dieser magere Schwarze ohne Schuhe; er kam rasch näher, und der dritte Russe beschleunigte seine Schritte, und dann hielten alle drei Russen beim Rennen so eine Art Konferenz ab. Die Nachricht sprach sich herum, da hinten geschah diese wirklich seltsame Sche, dieser barfüßige Bursche schloß zu den Russen auf, also beschleunigten die Russen, darin waren sie unvergleichlich, das konnten sie, sie hatten es trainiert, sie hatten richtig laufen und richtig essen gelernt, die richtigen Ärzte hatten ihnen die richtigen Instruktionen erteilt, und wenn sie dich zerschmettern mußten, dann zerschmetterten sie dich; und nach zwanzig Meilen passierte dieser barfüßige Bursche den dritten Russen, nun waren nur noch zwei Russen vorne; sie mußten etwas tun, also drehten sie voll auf; noch sechs Meilen, und sie drehten auf, alles, und wer auch immer hinter ihnen war, er mußte zurückfallen oder sich total verbrennen, und das geschah auch mit allen Läufern, nur mit diesem Schwarzen nicht, der nicht einmal Schuhe besaß; denn als die Russen voll aufdrehten, da tat er etwas, was vor ihm noch keiner getan hatte, er drehte noch mehr auf, und die Russen standen still, sie waren nicht einmal Schnecken, als dieser barfüßige Bursche, über den sie sich noch vor zwei Stunden lustig gemacht hatten, an ihnen vorbeizog, vorbeisegelte, vorbeischwirrte, vorbeidüste, vorbeitriumphierte; und als er ins Stadion kam, da fingen die Zuschauer zu jubeln an, wie sie seit Nurmi über keinen Marathon-Mann mehr gejubelt hatten; und jetzt gab es zwei im Pantheon, zwei Legenden, Nurmi und das barfüßige Genie aus Äthiopien, den großen

Bikila, und – verdammt, dachte Babe, ich werde mich nicht von einem Krüppel schnappen lassen. Und wenn sein Fuß noch so weh tat und wenn seine Zähne auch ununterbrochen schmerzten. Wenn man ein echter Marathon-Mann war, dann tat man, was getan werden mußte.

Mit gewaltiger Mühe legte Babe ein wenig zu.

Hinter sich hörte er Erhard schreien: »Ich kann ihn nicht erwischen.«

Janeway blickte vom Auto auf und sah den Jungen mit vielleicht einem halben Blick Vorsprung rennen; Richtung Fluß und West Side Highway. »Du!« sagte er zur Karl. »Du gibst mir jetzt diese verfluchten Schlüssel und holst ihn dir!«

Janeways Worte hallten in der dunklen Straße wider, und Babe wußte, daß nun der Brutale, der große Karl, hinter ihm her war. Karl war stark, das war klar, er war stark wie die Russen damals, aber Bikila hatte die Russen geschlagen, und Babe wußte, wenn ihn bloß seine Zähne nicht so kaputt machen würden, könnte er mit Karl leicht fertigwerden, denn Karl war eher ein Arm-Mann, breite Brust und breite Schultern, aber in den Beinen war nichts, keine Kraft, keine Ausdauer; und Babe drückte die rechte Hand gegen den Mund, denn so konnte er die Nachtluft von den offenen Nerven abhalten; er konnte den Schmerz vermindern – schlechter Einfall – denn dadurch kam er aus dem Gleichgewicht, und er hatte all die Jahre gelaufen, um das zu beherrschen, das war die hohe Kunst des Laufens, das richtige Gleichgewicht, damit man nicht ermüdete, man lernte, seinen Körper vor Ermüdung zu bewahren, indem man ihn richtig gebrauchte; und die Arme waren der Schlüssel zum Gleichgewicht, und wenn er die rechte Hand auf den Mund drückte, war das Gleichgewicht hin, sein linker Arm hatte nichts auf der anderen Seite, um den gegenschwingenden Rhythmus herzustellen. Babe konnte Karls schwere Schritte hinter sich näherkommen hören; während er sich verausgabte bei dem Bemühen, mit weniger Schmerzen zu laufen, dafür aber ohne Gleichgewicht.

Karl kam näher.

Vergiß den Schmerz, dachte Babe, und er schob die Zunge über seine Vorderzähne. Das gab ihm etwas Wärme und Schutz, und als er wieder mit beiden Armen pumpte, hielt er Karl auf Distanz.

Dann beschleunigte er seine Schritte noch ein bißchen mehr, und Karls Geräusche wurden leiser.

»Hilfe!« schrie Karl schnaufend.

»Scheiße«, sagte Janeway, stieß sich vom Auto ab und fing an zu laufen.

Und er konnte laufen!

Babe erkannte an der Schnelligkeit der Schritte, daß es vorbei war. Er lag noch in Führung, ja, aber konnte er sie halten, und wie lange?

Vor ihm lag nun der Hudson, und Babe lief um die Ecke und zögerte einen Augenblick, nicht sicher, ob er in die Stadt hinauf oder hinunter laufen sollte, wo die Rettung lag, und natürlich gab es sie nirgendwo für ihn, aber er entschied sich, hoch zur Stadt zu laufen, denn nur ein paar Häuserblocks weiter in der dunklen Nacht gab es eine Auffahrt zum West Side Highway, es ging einen steilen Hügel doch, und Babe war bergauf immer gut; wenn er Janeway bist zum Hügel auf Distanz halten konnte, dann wußte er, daß er ihn abhängen würde, denn im College war er im Cross-Country-Rennen bergauf verdammt gut, auf den flachen Stücken war er nicht so sensationell, weil er keine angeborene Geschwindigkeit hatte, aber andere Läufer gerieten immer in Panik, wenn sie eine Steigung kommen sahen.

Babe nicht.

Janeway hatte Babs Vorsprung schon stark schrumpfen lassen. Babe blickte sich um. Karl hatte Erhard passiert, aber Janeway hatte bereits Karl überholt. Babe zog den Kopf ein und pumpte seine Arme mit allem, was er hatte, denn Janeway rauchte ihn in der Pfeife. Janeway war schneller, daran gab es keinen Zweifel, aber es gab etwas, was keiner wußte, nämlich, hatte Janeway Ausdauer? Hielt er durch, wenn seine Lungen brannten? Wahrscheinlich nicht, dachte Babe, er sieht nicht wie ein Marathon-Mann aus, eher wie ein Sprinter, einer, der dich kurze Zeit stehenläßt, aber wenn du ihn so lange abwehren kannst, bis es anfängt, weh zu tun, dann hast du ihn, und Babe war nun noch einen Block von der Steigung entfernt, aber Janeway war nur noch halb so weit hinter ihm und holte auf, während Babe vor sich Nurmi stehen und den Kopf schütteln sah, und das war nicht fair, Nurmi sollte ihn nicht nach seiner Leistung in dieser Nacht beurteilen; wenn er in Form war, konnte er es mit jedem aufnehmen, und Bikila trabte barfuß an Nurmis Seite und schüttelte ebenfalls den Kopf und fing an zu lachen, und das war wirklich nicht fair; Bikila sollte es besser wissen, als einen Marathon-Kameraden zu demütigen, weil er selbst in Tokio lächerlich gemacht worden war, aber er hatte es ihnen gezeigt, also gut, du Bastard, dachte Babe, mach weiter, lach über mich, ich werde es dir zeigen, und er legte zu, noch eine Idee mehr.

Aber er konnte Janeway nicht abschütteln.

Wie weit war er hinten? Dreißig Meter? Jetzt zwanzig? Die Steigung zu weit weg. Er ist zu schnell für mich, ich kann ihn nicht niederhalten, und da ließ sich Bikila zurückfallen und rannte neben ihm und sagte: »Natürlich kannst du es«, und Babe sagte: »Du hättest nicht über mich lachen sollen«, und Bikila sagte: »Ich würde nie über einen Marathon-Mann lachen, ich habe über sie gelacht, weil sie denken, sie könnten einen von uns mit einem Sprinter schlagen.« Als er das hörte, fühlte Babe sich besser, aber nicht gut genug, um Janeway daran zu hindern, noch näher heranzusprinten; und jetzt kam der Herztest, und normalerweise hätte Babe es genossen, aber nicht jetzt, nicht bei diesen Schmerzen, und er tat, was er konnte, um Janeway auf Distanz zu halten, bis Nurmi zu ihm kam, er und Bikila flankierten Babe jetzt, und Nurmi sagte: »In Finnland habe ich mir einmal einen Knochen im Fuß gebrochen, aber ich ließ nicht nach, ich wäre eher gestorben, bevor ich gehinkt wäre, kein Mensch weiß, was in diesem Herzen los ist, nur du, dein Herz und dein Kopf, und das ist alles, was wir haben, um die Zeit zu schlagen«, und Babe sagte: »Ich kann nicht denken, die Luft tut so weh, ich weiß nicht, was ich machen soll«, und Nurmi sagte: »Lauf langsamer, fang an, deinen Rhythmus zu verlieren, mach das, sofort«, und Babe lief ein paar Schritte langsamer, und dann sagte Nurmi: »flieg los«, und Babe rannte los, solange es ging, und Bikila sagte: »Jetzt weiß er nicht, was los ist, Sprinter haben kein Hirn, Gott gab ihnen Geschwindigkeit, aber sie können nicht denken; wenn du ihnen was zu denken gibst, sind sie verloren«, und vielleicht war es wahr, denn zum erstenmal fielen Janeways Schritte zurück, und Babe sagte: »Ich habe ihn geschlagen, ich hab's geschafft«, aber Nurmi sagte: »Noch nicht, er wird jetzt explodieren wollen, sein Letztes geben«, und Bikila sagte: »Wenn du den Abstand hältst, ist er geschafft, aber du mußt es tun, wir können es nicht für dich tun«, und Babe sagte: »Werdet ihr denn wenigstens bei mir bleiben?«, und Bikila sagte: »Natürlich, wir sind alle Marathon-Männer, nur wir begreifen Schmerzen«, und Nurmi sagte: »Er kommt!«

Und er kam.

Mit jedem Schritt kam Janeway näher, und Babe sagte: »Es tut mir leid, ich kann es nicht, aber bitte, laßt mich nicht allein, ich bin fertig«, und dann schrie Bikila ihn an: »Er fängt an zu schwanken, hör doch hin – sein Rhythmus ist weg – weiter, weiter«, aber Babe erwiderte: »Es schmerzt zu sehr, ich verbrenne innerlich«, und das machte Nurmi wütend: »Natürlich brennst du innerlich, das sollst du auch, und wenn du weitermachst, hast du die Schmerzschwelle durchbrochen, genau wie ich, deshalb war ich auch der größte Läufer«, und Babe sagte: »Ich hätte dich geschlagen, ehrlich, wenn ich die Chance hätte, länger leben zu können, hätte ich dich geschafft . . .« Janeway schaffte Babe jetzt.

Mit einem letzten, verzweifelten Satz am Anfang der Steigung, schoß er durch die Nacht und berührte Babes Fußgelenk ganz leicht, aber es genügte, um sie beide benommen stürzen zu lassen.

»Steh auf, Mann!« schrie Bikila. »Auf, und zwar schnell, er ist ein Sprinter, und das war alles, war er hatte, er ist fertig, er wird dich nie einholen, wenn du noch mal in Tritt kommst«, und Babe war auf allen vieren, durcheinander, als Nurmi sagte: »Ich dachte, du wärst bei Steigungen so wunderbar, nun, hier hast du eine Steigung, lauf, oder willst du lieber hier stehenbleiben und ihm beim Schnaufen zuhören?«

Es stimmte – Janeway schnaufte wirklich, er sog die Nachtluft tief in seine Lungen, als er aufzustehen versuchte.

Babe kam schwankend auf die Füße. Sein Fußgelenk tat verdammt weh, und sein Gesicht war über den Gehsteig gescheuert, aber er kannte das Keuchen eines geschlagenen Läufers, wenn er es hörte, und genau das war Janeway in diesem Augenblick, ein Geschlagener, und was machte es schon, daß die Steigung steil war, Babe hatte schon doppelt so steile Hügel geschafft, und hinter sich konnte er Janeway rufen hören: »Holt den Wagen – den Wagen!« aber da war Babe schon halb die Steigung hoch, und er legte noch zu – Bikila und Nurmi bemerkten es beide –, und glaubt nicht, daß das nicht wie eine Spritze für Babe war; ich bin ein Marathon-Mann, dachte er, eine echter, und versucht bloß nicht, euch mit uns anzulegen, denn wenn ihr das tut, dann bekommt ihr nichts als Schwierigkeiten.

Dann: *Jesus* – sie sind mit dem Auto hinter mir her. Sie werden mit neunzig Meilen den Hügel heraufrasen, und was, zum Teufel, soll ich dann machen? Er rannte auf der rechten Seite des West-Side Highway und dachte verzweifelt darüber nach, wie er ihnen entkommen konnte, denn wenn sie das Auto hatten, war er erledigt, also mach etwas – aber was?

Was er dann tat, war wirklich brillant.

Oh, nicht so brillant wie Einstein oder Sir Isaac oder Orville und Wilbur, aber immerhin, angesichts der Tatsache, daß er nicht ein ganzes Jahr Zeit hatte, um seine Ideen abzuwägen, gab es keinen Grund, sich irgendeinem unterlegen zu fühlen.

Ohne Warnung rannte er einfach über den Highway, stieg über die meterhohe Mittelabgrenzung und rannte in die entgegengesetzte Richtung, die Stadt hinunter.

Er hatte den Highway zur Stadt hoch an der 57. Straße

betreten, und die erste Abfahrt nach unten war die 56. Straße; was sich gut traf – um genau zu sein, er hätte es nicht besser treffen können.

Es dauerte drei Minuten, bis Janeway und die anderen die Einfahrt nach oben heraufkamen. Babe stand tief im Schatten auf der anderen Fahrbahnseite und beobachtete sie.

Er war nicht ganz sicher, aber er glaubte, die nächste Ausfahrt, die sie nehmen konnten, sobald sie erkannt hatten, was er getan hatte, würde an der 72. oder an der 79. Straße sein.

Tatsächlich befand sich die Ausfahrt an der 72. Straße, aber als sie die 66. passiert hatten, wurde Janeway klar, was Babe getan haben mußte. Aber das zu erkennen und darauf zu reagieren, waren zwei völlig verschiedene Dinge, Janeway konnte nichts anderes tun als »Scheiße« murmeln, und zwar so oft, daß es sich wie eine druidische Litanei anhörte, während er in wildem Frust darauf wartete, daß die 72. Straße auftauchte. Als sie da war, raste er vom Highway hinunter, nahm ein paar scharfe Kurven und fuhr auf die entgegengesetzte Fahrbahn des Highway. Er raste bis zur Ausfahrt an der 56. Straße, von der er annahm, daß Babe sie genommen hatte. Und das hatte er auch.

Aber zu der Zeit befand sich Babe schon, zumindest für kurze Zeit, in Sicherheit. Er schwitzte, seine Zähne schmerzten, und sein Knöchel hämmerte, aber er hatte sie wenigstens fürs erste in ihrem eigenen Spiel geschlagen.

Er war nicht umsonst der Bruder seines Bruders.

25

Beim siebenten Läuten antwortete sie. »Ja?«

»Elsa . . .«

»Wer . . .?«

»Hör zu . . .«

»Tom?«

»Ja, aber du mußt mir zuhören, ich habe keine Zeit . . .«

»Geht es dir gut? Sag mir wenigstens das . . .«

»Ja, gut, und ich weiß, es ist noch nicht einmal fünf, und ich habe dich aufgeweckt, aber du mußt etwas für mich tun, Elsa, ich brauche dich, du bist die einige Hoffnung, die ich habe.«

»Natürlich.«

»Besorg einen Wagen.«

»Ein Auto, meinst du? Um irgendwohin zu fahren?«

»Elsa, bitte wach auf – ja, ein Auto ja, um irgendwohin zu fahren, ich weiß nicht, wohin, ich muß Zeit gewinnen, ich muß nachdenken, unbedingt, ich bin in Schwierigkeiten, und ich möchte irgendwohin, wo es ruhig ist.«

»Ich besorge eins. Irgendwie. Wo soll ich dich treffen?«

Babe sah sich im riesigen Wohnzimmer um, Biesenthal kam in seinem Hausmantel herein und trug auf einem Tablett zwei dampfende Tassen Pulverkaffee. »Da gibt es einen Drugstore, der die ganze Nacht offen hat, Kaufman's, 49. Straße, und Lexington Avenue, glaube ich, jedenfalls da in der Nähe. Es wird noch dunkel sein, also laß die Türen versperrt, ich will nicht, daß sie irgendwas bei dir versuchen. Um sechs Uhr. Das ist in ungefähr einer Stunde. Alles klar?«

»Kaufman's, 29. und Lex. Sechs Uhr. Magst du mich eigentlich?«

»Was?«

Biesenthal beobachtete ihn genau.

»Als ich das letztemal bei dir war, sagtest du nein, aber später würdest du mich wieder mögen. Also, wie ist es? Wenn ja, sag es, oder ich besorg' den Wagen nicht.«

»Ich mag dich, ich mag dich, tschüs.« Er hängte auf. »Entschuldigen Sie, daß es zum Schluß ein bißchen schwül wurde«, sagte Babe und ging auf Biesenthal und das Kaffeetablett zu.

Biesenthal saß auf dem Sofa, seine Tasse auf dem Schoß. »Ein Mann in meiner Stellung wird nicht oft mit Gefühlsduseleien konfrontiert. Sie sind auszuhalten, wenn sie leicht dosiert sind. Ich . . .«

»Vater?«

Babe drehte sich um. Ein atemraubend schönes jüdisches Mädchen stand im Türrahmen, lieblich, großäugig, die richtige olivfarbige Haut, langes schwarzes Haar.

»Ist alles in Ordnung?«

Biesenthal sah sie an. »Du meinst, ob ich in äußerster Lebensgefahr schwebe? Ich glaube nicht, daß Tom mir etwas antun wird.« Er stand auf und machte sie miteinander bekannt. »Meine Tochter Melissa, Tom Levy.«

»Vater hat von Ihnen erzählt«, sagte sie. Dann drehte sie sich um: »Entschuldigt mich.« Dann war sie verschwunden.

»Ein aufgewecktes Kind, letztes Semester in Barnard College, sie wird summa cum laude abschließen, wenn sie nicht vorher zusammenbricht. Sie möchte Archäologin werden, aber sie wollte auch nach Bryn Mawr gehen. Das habe ich verhindert, ich werde auch das mit der Archäologie verhindern – sie sollte mehr als zufrieden sein, wenn sie sich im Alter *meinen* Knochen widmen kann, das ist doch nur fair, oder? Die Dichter preisen ständig die Macht der Liebe, aber wenn es um bloße animalische Kraft geht, geht nichts über Inzest.«

Levy hörte nicht zu. Alles veränderte sich schnell. Früher hätte er aufgeregt zu stottern begonnen, um dieses Mädchen zu begrüßen, jetzt zwang er sich nicht einmal zu einem Nicken. Früher hätte er die Tatsache ausgekostet, daß Biesenthal ihn seiner Familie gegenüber erwähnt hatte. Jetzt griff er nur nach seinem Kaffee und nippte daran, aber die dampfende Flüssigkeit griff die Löcher in seinen Zähnen an, traf auf die Nerven, und er schrie auf; es gelang ihm, die Tasse aufs Tablett zurückzustellen, ohne zuviel zu verschütten. Er schob die Zunge auf seine Wunden, um die Schmerzen zu lindern. »Entschuldigung«, murmelte er schließlich.

»Und du willst immer noch nicht, daß ich dir helfe, du willst mir deine Probleme nicht verraten?«

»Ich habe nie gesagt, daß es Probleme gäbe, ich habe nie erzählt, daß ich Probleme hätte.«

Biesenthal stellte seine Tasse ab und fing an, in dem großen Zimmer herumzustelzen. »Jetzt ist es aber genug, Sir, wir sind doch beide keine Dummköpfe, deshalb sollte ich meinen, daß du es mir wenigstens zutrauen müßtest, Elend zu erkennen, wenn es mich vor fünf Uhr morgens streift. Überleg doch mal – ich werde von meiner Frau geweckt, die vom Portier geweckt wurde, der, nehme ich an, von deinem Klopfen gegen die versperrte Haustür geweckt wurde. Ein junger Mann, nur mit einem Schlafanzug bekleidet, kann sein Taxi nicht bezahlen, ob ich das erledigen könnte? Ich erkundige mich nach dem Namen des Verrückten im Pyjama und erfahre, daß er ein Student von mir ist und auch der Sohn eines guten alten Freundes; was zählen da ein paar Stunden Schlaf oder ein paar Dollar? Ich gehe hinunter, bezahle den Fahrer, wir kommen herauf, ich erkundige mich: ›Was soll das alles, was ist los?‹ und du sagst: ›Nichts, nichts, darf ich bitte Ihr Telefon benutzen?‹ Beachte, Levy, daß mir gute Manieren nicht entgehen: Du hast ›bitte‹ gesagt.«

»Es tut mir leid, und ich bin nicht ohne Grund hier, aber nicht, um Ihnen meine Situation zu erklären. Auch nicht des Geldes wegen, aber ich mußte irgendwohin, wo der Mann sein Geld bekommen würde, er fuhr halb im Schlaf die Twelfth Avenue bei den Docks entlang, und ich rannte direkt vor sein Auto, sonst wäre er niemals stehengeblieben – ich glaube nicht, daß er das Wort Erscheinung kannte, aber er hielt mich bestimmt für ein Gespenst, und darum sagte er immer nur ›Ja, Sir, ja, Sir‹, als ich ihm Ihre Adresse gab. Er raste in Rekordzeit. Ich kam her, weil ich mir keinen anderen wußte, Sie waren großartig, wie Sie mich ertragen haben, und ich danke Ihnen sehr.«

»Und ich kann nichts tun?«

»Ich hätte gern etwas Geld – zehn Dollar für Taxis und so, vielleicht zwanzig, wenn es geht.«

»Meine Brieftasche steckt noch im Hausmantel.« Er nahm sie heraus und reichte ihm zwanzig. Levy nickte ein Dankeschön. »Ist das alles?«

»Nein, ich hätte gern noch einen alten Regenmantel oder so etwas. Professor Biesenthal, ich komme mir wie ein entsprungener Irrer vor, wenn ich diesem Schlafanzug durch die Stadt laufe.«

»Draußen im Flurschrank hängt ein Regenmantel, er gehört dir, wenn du ihn willst. Ist das alles?«

»Ja, Sir.«

»Also gut; warum bist du wirklich hergekommen?«

»Warum bin ich hergekommen?« sagte Levy leise; dann schüttelte er den Kopf und verstummte.

»Rede dir ein, es wäre eine mündliche Prüfung«, sagte Biesenthal nach einer Weile, »rede dir ein, du müßtest irgendeine Antwort geben.«

»Ja, Sir«, sagte Levy und stand auf, ging zum Fenster und schaute über den Riverside Park hinweg. »Sie müssen eine großartige Aussicht haben«, sagte er.

»Besonders bei Sonnenaufgang«, erwiderte Biesenthal.

Levy drehte sich abrupt zu ihm um: »Ich bin wirklich beschlagen, Professor Biesenthal; vielleicht werden Sie nie die Chance haben, herauszufinden, ob das stimmt, und ich weiß, daß ich mich wie ein Idiot anhöre, aber ich verspreche Ihnen, Sie hatten keinen besseren Studenten als mich, was das Studium betrifft, und was ich Ihnen jetzt sagen werde, ergibt keinen Sinn, und wenn man wirklich so ein kluger Kopf ist, wie ich es sein soll, dann nervt es einen, wenn man bestimmte Dinge nicht durchschauen kann. Bevor mein Vater starb, war ich der Dummkopf der Familie – ich war erst zehn, aber jeder meiner Lehrer – ich konnte spüren, daß sie mich längst nicht wie Doc . . .«

»Doc?«

»Henry David – mein Bruder – die ersten drei Jahre in Yale war er Klassenbester, seit einer Dekade hatte keiner so gute Noten wie Doc, so klug war er, und er wurde noch besser, er würde ein genialer Rechtsanwalt werden, Verteidiger der Unterdrückten, Vernichter aller Tyrannen, die es wagten, ihm die Stirn zu bieten, und er war zwanzig, als Vater starb; sein letztes Jahr, und es ging bergab mit ihm, es ist beschissen, wenn sich der eigene Vager das Leben nimmt; und irgendwie, ohne es zu wollen, wurde ich der Verteidiger des Glaubens und er der Geldgierige – ich glaube, nein, verdammt, ich weiß, wir haben beide auf dasselbe Ereignis reagiert, auf den Selbstmord, und dieser Kerl, der Doc kannte, sagte heute abend zu mir: ›Dein Vater war schuldig, nicht wahr?‹ Und ich hab' ihn fertiggemacht, sage ich Ihnen, aber jetzt weiß ich, daß er es von Doc gehört haben muß; Doc muß dasselbe geglaubt haben; er ging seinen Weg, weil er das geglaubt haben muß, und ich ging meinen Weg, und ich muß etwas wissen, was Sie mir sagen können – war er unschuldig, mein alter Herr?«

Biesenthal schloß die Augen. »Die Schuld lebt fort nach all den Jahren.« Er schüttelte den Kopf. »Du weißt, daß uns die Ökologen warnen, daß Kunststoffe Hunderte von Jahren brauchen, bis sie verschwinden, sich zersetzen. Ich glaube, das ist nichts im Vergleich mit der Schuld. Wie ein unbekanntes Gen kommt sie auf die Generationen nieder.« Er öffnete die Augen und sah Babe an. »Aber das ist noch keine Antwort auf deine Frage, nicht wahr? Du möchtest wissen, ob dein Vater, der berühmte H. V. Levy, ein kommunistisch-roter, radikaler, lausiger, bolschewistischer Bombenwerfer war.« Biesenthal lächelte fast, aber traurig. »Er war das perfekte Opfer, das ist alles, was er jemals war: intelligenter, als man sein durfte, und er wirkte arrogant, und er war ungeduldig, er lernte nie, Narren zu ertragen, und er neigte dazu, gönnerhaft zu wirken, wenn man nicht erkannte, daß er damit nur seine Unsicherheit verdecken wollte; und er war Leiter des Historischen Instituts an der Ivy League University, und die Oppositionspartei hatte ihn nach Washington eingeladen, und er hatte einen seltsamen Namen, und er war ein Jude. Mein Gott, ein halbes Dutzend solcher H. V. Levys, und Joe McCarthy wäre vielleicht Präsident geworden.« Die hellen Augen schlossen sich wieder. »Wie drückte sich Keats in seinem Gedicht über Chapman's ›Homer‹ aus? Keats stellte sich Cortez vor, Cortez, der zum erstenmal den Pazifik sieht. Dein Vater war im Sinne der Anklage so wenig schuldig wie Cortez an der Existenz des Pazifiks.« Die Augen öffneten sich, beobachteten. »Genügt das?«

Babe nickte und ging hinaus in den Flur, um den Regenmantel zu holen. Er war zu klein, aber man konnte sich damit auf die Straße trauen.

Biesenthal folge ihm. »Bitte, laß mich helfen.«

»Das haben Sie bereits, glauben Sie mir.«

»Dann ruf wenigstens die Polizei an, oder laß mich anrufen, wenn du nicht möchtest.«

»Polizei?« Babe blinzelte. »Polizei? Warum sollte ich sie anrufen, was hätte ich davon?« Er knöpfte den Regenmantel zu. »Ich will keine Gerechtigkeit, soll das ein Scherz sein? Scheißgerechtigkeit, das war einmal, jetzt fließt Blut . . .«

Er nahm ein Taxi vor Biesenthals Haus, fuhr bis zur 96. Straße, Ecke Amsterdam Avenue, stieg aus, bezahlte und hastete in den tiefsten Schatten zur 95. Straße hinunter. Die ganze 95. war dunkel von der Amsterdam bis zur Columbus Avenue; bei den Kriminellen, die in diesem Block wohnten, hatte eine Glühbirne keine Chance. Dennoch blieb er dicht an den Hausmauern, als er auf einen Backsteinbau zuging. Immer wieder, wenn er vergaß, die Zähne bedeckt zu halten, traf die Nachtluft auf seine Nerven, und er hätte am liebsten aufgeschrien, aber er beherrschte sich und glitt mit der Zunge über die Zähne oder bedeckte den ganzen Mund mit der Hand, während er still weiterschlich. Er mußte noch einmal in seine Wohnung, wenn auch nur für eine Minute; er mußte, höchstwahrscheinlich hing davon alles ab, auch wenn es die dümmste Sache der Welt war, denn New York war groß, bot viele Verstecke, und der einzige Ort, den Janeway kannte, war diese Wohnung; wenn Janeway ihn also schnappen wollte, dann würde er dort sein, in seiner Wohnung, für den Fall, daß er wirklich so dumm war, dorthin zurückzukommen, aber es gab Risiken, die man eingehen mußte, dumm oder nicht, und verdammt noch mal . . .

. . . ein Auto parkte ein paar Häuser weiter in zweiter Reihe. Es stand noch zu weit entfernt, um zu erkennen, ob es verlassen war oder nicht; und vielleicht war es auch nur irgendein betrunkener Spanier, der keinen Hydranten gefunden hatte, vor dem er seinen Rausch ausschlafen konnte, also war er einfach eingenickt, als er nicht mehr weiterkonnte.

Bitte, sei ein betrunkener Spanier, dachte Babe, während er noch ein paar geräuschlose Schritte machte. Er hatte nie gewußt, daß er so leise sein konnte; und er wollte sich gerade an diesem angstverzehrenden Stolz laben, von dem er jetzt ein paar Kilo brauchte, als er erkannte, daß es ziemlich schwierig war, mit nackten Füßen laut zu sein; denn das war er immer noch, ein schuhloser Verrückter, der nachts die 95. Straße entlangschlich, um . . .

. . . um wohin zu gehen? Babe blieb bei einem Gebäude stehen und versuchte, genau zu erkunden, was mit dem parkenden Auto los war. Es war immer noch zu weit weg, und es war immer noch zu dunkel, um Genaues zu erkennen, aber eins war sicher: Es saß ein Mann im Auto. Und er schlief nicht, er saß aufrecht. Ein großer Mann. Vielleicht so groß wie Karl.

Und wenn es Karl war, würde er nicht allein sein; Janeway hätte bei einem so wichtigen Job nicht zugelassen, daß Karl ihn allein übernahm, also mußte Erhard auch da sein. Irgendwo. In Gedanken hörte er, während er sich an seine Schmerzen erinnerte, wie Szell die drei anschrie: »Macht doch einmal etwas ohne mich richtig!« – also mußte auch Janeway in der Nähe sein, alle drei in verschiedenen Schatten, wartend.

Babe kroch weiter. Ein bißchen. Noch ein bißchen.

Er blieb stehen, als er so nahe heran war, wie er sich traute, dann wartete er, bis sich seine Augen an die Umgebung gewöhnt hatten. Es gab Millionen großer Kerle in New York, Monster wie Karl, die herumlungerten, einander Hallo zugrunzten, während sie sich jeden Morgen an gewöhnlichen Leuten in der U-Bahn vorbeischulterten.

Also war das nicht Karl. Es wäre ein zu großer Zufall gewesen.

Babe starrte. Er verharrte unbeweglich und konzentrierte sich mit aller Aufmerksamkeit auf das Auto.

Es war doch Karl.

Er wartete.

Ohne zu zögern, bewegte sich Babe auf das nächste Backsteingebäude zu, schlüpfte leise die Treppe hinauf und in den Flur und drückte auf den Melendez-Knopf. Zuerst geschah nichts, keine Antwort, also drückte und drückte er mit dem Daumen; ließ den Knopf los, drückte, ließ ihn los, drückte . . .

. . . plötzlich schrie die spanische Frau ihn über die Sprechanlage an.

»Hören Sie . . .« flüsterte Babe, ». . . ich kann nicht lauter sprechen, aber wenn Sie Mrs. Melendez sind, es tut mir wirklich leid, daß ich störe, aber . . .«

Ihr Schreien wurde noch beharrlicher.

». . . ich brauche Ihren Jungen, Ihren Sohn . . .« Seine Spanischkenntnisse waren gleich Null; wenn es über »Sangria« hinausging, hatte er Mühe, aber bis heute hatte er seine Unkenntnis noch niemals bereut. ». . . Kind«, sagte Babe, »der junge Mann, der . . . der . . .« Was, zum Teufel, sollte er noch versuchen? Knabe? Sprößling? Bengel?

Es war egal. Mit einer letzten Schimpfkanonade hängte sie auf.

Babe drückte wieder. Er hielt den Daumen auf den Melendez-Knopf.

Als sie diesmal zur Sprechanlage kam, hatte sie volle Lautstärke drauf, und sein »Bitte, Sie müssen verstehen«, und »Es tut mir schrecklich leid, aber es ist wichtig«, drangen nicht zu ihr durch, deshalb drückte er wieder den Knopf, bevor sie auflegen konnte, bis plötzlich eine andere spanische Stimme die der Mutter übertönte; und dann sagte der Schnösel über die Sprechanlage: »Wenn du den Finger abgehackt haben willst, dann drück weiter.«

»Ich bin es«, flüsterte Babe und nahm rasch den Finger weg. »Ich, du weißt schon . . .«

». . . einmal noch, und der Finger ist weg . . .«

»Melendez«, sagte Babe lauter, als er wollte, »du kennst mich doch, hör zu, verdammt, ich bin's. Ich.« Und voll Haß gegen sich selbst sagte er: »Der Schleicher.«

Es entstand eine Pause. Dann: »Schleicher? Du bist es?«

»Sicher.«

»Was willst du?«

»Reden.«

»Okay.«

»Unter uns«, sagte Babe; und als Melendez oben auf den Knopf drückte, öffnete sich die Hausflurtür. Einen Augenblick später trafen sie sich auf dem ersten Treppenabsatz von Melendez' Wohnung.

»Was ist?« fragte Melendez.

Babe atmete tief ein. »Ich will, daß du meine Wohnung ausraubst«, sagte er.

Melendez sah ihn zweifelnd an.

»Sofort. Wenn du es nicht sofort machst, kommen wir nicht ins Geschäft. Du kannst es nicht allein machen, du brauchst so viele deiner Kumpel, wie du nur auftreiben kannst, und wer eine Waffe hat, soll sie lieber mitbringen.«

»Spinnst du? Wer läuft denn noch ohne Waffe rum?« Dann: »Warum?«

»Es ist ein bißchen schwer, das alles zu erklären, ohne in Einzelheiten zu gehen, aber es gibt da ein paar Leute, die hinter mir her sind, und wenn ich selbst ginge, schnappen sie mich, und das will ich nicht, aber ich glaube nicht, daß sie mit euch irgendwas anstellen.«

Melendez mußte lächeln. »Da hast du einen duften Regenmantel, Schleicher, aber ist er dir nicht etwas zu groß?« Dann: »He, ist das dein Pyjama?« Er lachte.

»Sag ja oder nein, ich brauche deine Klugscheißerei nicht«, sagte Babe.

Das hielt das Lachen für eine Weile auf. »Was kriege ich dafür?«

»Ich habe ein Radio und einen Schwarzweiß-Fernseher, der so schlecht nicht ist, und eine Ladung Bücher, du du gern verkaufen kannst, wahrscheinlich am besten in den Läden rund um die Columbia, die machen gute Geschäfte mit gebrauchten Büchern, und natürlich kannst du all meine Kleider haben, und, ach, zum Teufel, nimm, was du tragen kannst, und wenn du erwischt wirst, sag ich den Bullen, daß alles dir gehört, das ist also kein Problem.«

»Ich bin beruhigt«, sagte Melendez. »Ich bin wirklich beruhigt, daß sich die Bullen nicht einmischen.« Dann: »Und was willst du?«

»Ich will meine Adidas-Schuhe, sie stehen wahrscheinlich irgendwo mitten im Zimmer . . .«

Melendez fing wieder zu lachen an.

Babe sagte ihm, was er noch wollte.

Melendez hörte auf zu lachen.

»Die Tür ist wahrscheinlich abgeschlossen«, sagte Babe, »ich wollte den Hausmeister . . .«

»Türen sind kein Problem«, sagte Melendez. Dann: »Wo liegt der Haken?«

»Der Haken ist, daß es gefährlich ist.«

»Das ist kein Haken«, sagte Melendez. »Das ist doch der halbe Spaß.« Lächeln.

Karl lächelte selten. Oft dachten die Leute, das läge daran, daß er keinen Humor habe, aber er wußte, daß das nicht stimmte; in Wahrheit kamen ihm nur wenige Dinge komisch vor. Meist fühlte er nur eine innere Unruhe in sich. Er wirkte schwerfällig mit seinen muskelbepackten Armen, und was er brauchte, um bei Laune zu bleiben, war Aktivität. Er liebte kleine Aufträge, konnte nicht genug davon bekommen. Das war für ihn ein Vergnügen.

Sitzen war kein Vergnügen.

Karl saß im Auto, seine Hände am Lenkrad, der Kopf unbewegt, seine Augen blickten von der Frontscheibe zum Rückspiegel. Das waren die Instruktionen, die ihm Janeway gegeben hatte, und er würde sie genauestens einhalten, denn Janeway machte Ärger. Wenn Karl noch einen Fehler machte, würde Janeway es melden. Es war lächerlich – die Straße war so dunkel, daß es ganz egal war, in welche Richtung er blickte, es war nichts zu sehen, kein Jude; und so überzeugt war er von der Unmöglichkeit, etwas zu entdecken, daß, als das halbe Dutzend Nigger plötzlich auftauchte, von hinten auf ihn zukam, Karl so verblüfft war wie nie.

Nein, keine Nigger, sondern Spanier sah er. Vielleicht ein halbes Dutzend oder mehr, vielleicht sogar sieben; seltsam gekleidet, kaum bekleidet, keiner von ihnen trug Socken; und alle gingen in einer Gruppe hinter einem Anführer her.

Hoffentlich haben sie's auf mich abgesehen, dachte Karl. Hoffentlich sehen sie einen Mann allein in einem Auto und versuchen, es zu stehlen. Rasch blickte er auf die Türen und vergewisserte sich, daß sie unverschlossen waren. Er hatte nur ein Messer bei sich, aber er glaubte nicht, daß er es für Spanier brauchen würde. Pack den ersten beim Arm, schleuderte ihn gegen die anderen, und zwar so lange, bis das Geräusch des brechenden Armes sie alle in die Flucht treibt.

Die Gruppe blieb vor dem Haus des Juden stehen. Einen Augenblick lang überlegte er, auszusteigen und sie davonzujagen. Treibe ihnen einen ordentlichen Schrecken ein; bei seiner Körpergröße und der Dunkelheit würden sie flüchten.

Aber das wäre natürlich nicht nach Janeways Regeln gewesen. Janeway hatte gesagt, warte auf Levy, und wenn er kommt schnappst du ihn. Wenn er kommt, dann hol' ich ihn mir, beschloß Karl. In der Zwischenzeit soll sich Erhard um die Spanier kümmern . . .

Von seinem Platz im hinteren Teil des Erdgeschosses sah Erhard, wie die Bande vor dem Haus stehenblieb, und sofort geriet er in Panik. Wäre er in der Gewaltanwendung besser gewesen, hätte es ihm mehr Spaß gemacht. Aber bei seiner schiefen Haltung und seinem unsicheren Stand mußte er in jeden Kampf mit einem zu großen Nachteil gehen. Wenn er vielleicht als Kind seine Benachteiligung kompensiert und seinen verwachsenen Körper gequält hätte, immer mehr zu leisten, wenn er seine Nächte mit Hanteln verbracht hätte, ja, dann wäre er vielleicht zu einem Schrecken geworden.

Aber er war zu intelligent gewesen. Das war sein Makel. Er war zu klug, um Kraft anzusammeln, und nicht klug genug, die Unannehmlichkeiten seiner Erscheinung zu überwinden. Wenn jemand ihn sah, hielt man ihn für einen Lastenaufzugführer oder für einen Mann, der nach Sonnenaufgang herauskam, seine Arbeit verrichtete, seinen Lohn kassierte und wieder verschwand, bevor das Sonnenlicht zu hell wurde.

Die Bande drang in den Hausflur ein.

Erhard wich, so weit er sich traute, in den dunklen Gang zurück. Wahrscheinlich sollte er irgendwie Janeway verständigen, oder vielleicht sollte er zu ihm gehen und Bescheid sagen, aber sie hatten für eine solche Situation kein Signal ausgemacht – wer würde schon an Signale für so etwas denken? –, und noch gab es nichts, was er Janeway erzählen konnte. Nur eine Gruppe spanischer Teenager im Hausflur; vielleicht wohnten sie hier; die Puertoricaner hatten genug Kinder, vielleicht waren sie alle von einer Gebärmaschine von Mutter, dunkel und dick und . . .

Einer aus der Gruppe machte sich an der Flurtür zu schaffen.

Ich sollte es Janeway sagen, dachte Erhard. Aber wie? Um zu Janeway zu gelangen, mußte er zur Treppe gehen, und die Treppe war bei der Flurtür, und was wäre, wenn er gerade dann bei der Tür ankam, wenn es ihnen gelang, die Tür zu öffnen? Dann stand er da, allein, diesen hitzigen Spaniern ausgeliefert.

»Das ist nicht mein Auftrag«, flüsterte Erhard halblaut. Sein

Job war es, ruhig zu bleiben und die Feuerleiter auf der Rückseite zu beobachten, und wenn Levy versuchen sollte, über die Feuerleiter in seine Wohnung zu gelangen, sollte er handeln; ihn aufhalten, wenn nötig, ihn sogar umlegen. Erhard hatte eine Pistole bei sich. Er war kein besonders guter Schütze; die Waffe war ihm zu laut, und er haßte Lärm, aber wenn er nahe genug wäre, könnte er Levy damit niederschlagen; wenn es sein mußte, konnte er einen Juden umbringen, besonders wenn er Szell damit eine Freude bereiten könnte. Szell belohnte großzügig, wenn er zufrieden war. Wenn er nicht zufrieden war, dann konnte er einen kreuzigen, aber das war sein Recht, er war Christian Szell, der in den Siebzigern immer noch lebte und atmete – ein wahres Wunder; für ihn galten andere Gesetze als für Krüppel.

Die Flurtür ging auf.

»Mein Gott, was ist, wenn sie es auf mich abgesehen haben?« dachte Erhard. Er konnte sie erschießen. Einige von ihnen konnte er erschießen, aber nicht alle. Und was würden die anderen dann mit ihm machen? Er hatte Angst vor Spaniern, wenn er allein in der U-Bahn fuhr; die Vorstellung, daß vier oder fünf von ihnen ihre toten Brüder rächen würden, seinen verkrüppelten Körper in Stücke traten, war für Erhard zuviel. Janeway. Seine Gedanken füllten sich mit diesem Namen. Das war Janeways Unternehmen. Janeway wüßte, was zu tun wäre.

Die Bande ging leise die Treppe hinauf.

Erhard wischte sich den plötzlich ausgebrochenen Schweiß von der Stirn und lauschte den Schritten. Gott sei Dank, eine entscheidende Handlung war nicht länger ihm überlassen. Jetzt war es Janeways Problem . . .

Janeway, im Dunkel am Ende des Korridors von Levys Wohnung, dachte, als er die Schritte hörte, es sei die Polizei; und das beunruhigte ihn überhaupt nicht. Vielleicht brachte Levy die Polizisten mit; selbst das störte ihn nicht sehr. Erstens konnte er leicht nachweisen, daß er für die Division arbeitete.

Zweitens war heute abend genau hier ein Mann der Division vorzeitig in Pension geschickt worden, also warum sollte er nicht hier sein und warten oder lauern; er konnte doch wohl verdammt noch mal alles tun, um einen Kameraden zu rächen; die Polizei war bekannt dafür, es genauso zu handhaben. Und wenn Levy ein paar melodramatische Anschuldigungen hatte, nun, warum sollte er nicht, der Junge hatte die Hölle erlebt – sein Bruder war in seinen Armen gestorben; konnte einer von uns wirklich wissen, wie wir nach einer solchen Nacht reagierten?

Die Schritte kamen näher.

Sechs, dachte Janeway, lauschend. Dann hörte er ein leicht verändertes Geräuschmuster, und die Erfahrung sagte ihm, daß es sieben sein mußten. Und eindeutig keine Polizei. Sieben Polizisten konnten sich nicht so leise bewegen, und wenn ihre Schmiergelder davon abhingen.

Es gefiel ihm nicht. Janeway hatte einen schnellen Verstand, in kritischen Situationen konnte er schneller schalten als die meisten; niemand bei der Division konnte auf unerwartete Veränderungen schneller reagieren als Janeway.

Sieben was?

Sie waren ein Stockwerk unter ihm.

Und kamen höher.

Er war verdammt irritierend, das war es wirklich, dachte Janeway, bewußt, daß der Zorn mehr von seiner eigenen Frustration kam, mehr als von einer Gefahr in seiner momentanen Lage. Schließlich war seine momentane Lage nicht etwas, worüber er das ganze Jahr nachdenken konnte. Es war logisch, daß Levy nach Hause kommen würde, sich das holen, was er brauchte. Es mochte kein kluges Verhalten sein, aber es war nicht unlogisch, und er befand sich in einer schlechten Verfassung, geschlagen und geschunden, niemand erwartete in diesem Zustand klares Denken.

Sieben was, verdammt?

Janeway riß den Mund auf, als sie sein Stockwerk erreichten.

Sieben Kinder?

Er sah wieder hin. Nein, keine Kinder, ganz sicher nicht, sie waren nur klein, wahrscheinlich zwischen vierzehn und achtzehn. PRs, eine Gang Puertoricaner. Was, zum Teufel, suchten die denn hier?

Der Anführer fing an – wie als Antwort – an Levys Tür zu rütteln.

Janeway schaute einen Augenblick zu; er erkannte sofort, daß er diesen Zwischenfall nicht einmal spekulieren konnte. Selbst einem Computer mußte man die richtigen Daten eingeben, und da war einfach viel zuviel, was er nicht wußte. Er ging einen Schritt näher, leise, denn er wollte, daß der Überraschungseffekt half, ihre zahlenmäßige Überlegenheit zu kompensieren. Er wollte nichts anderes, als sie in die Flucht schlagen.

»Okay«, sagte er und nahm demonstrativ die Pistole heraus, zeigte sie ihnen genau, »das reicht, verschwindet.«

Die Gruppe wirbelte zu ihm herum, alle, bis auf den Anführer. Er war es, den Janeway beobachtete, denn auf ihn allein kam es in einem Kampf an: Mach den Boß nervös, und die Drohnen rennen weg.

Der Anführer drehte sich langsam von seiner Arbeit am Türschloß weg zu Janeway. Er sah Janeway an, dann die Pistole, dann wieder direkt in Janeways Augen.

»Steck sie dir an den Arsch, du Loch«, sagte der Anführer.

Janeway mußte gestehen, daß das nicht gerade die Antwort war, auf die man ihn in der Schule für Führungskräfte vorbereitet hatte. Er sah zu, wie der Anführer sich wieder seiner Arbeit am Türschloß widmete. Es war ein fast verächtliches Ignorieren. Er wandte sich nach der Unterbrechung, die er als völlig unbedeutend einstufte, wieder seiner eigentlichen Arbeit zu.

Und plötzlich hatten zwei der anderen Kanonen in den Händen. Keine richtigen Puster, nichts, das seiner Pistole gleichkam, eher ein paar Kirmespistolen, aber es schien sinnlos, in diesem Moment etwas beweisen zu wollen. Er war allein, sie waren zu siebt, und sie hatten keine Angst vor ihm, nicht im geringsten. Dann drückte der Anführer die Tür ein, und alle schlüpften in Levys Wohnung.

Janeway spurtete an der Tür vorbei und die Treppe hinunter. Es war eindeutig Zeitverschwendung, länger zu bleiben. Sie würden Levy am See fertigmachen müssen. Keine idealen Bedingungen, denn bis dahin würde es hell sein, und den Tod begleitete am besten die Dunkelheit. Nun, da war nichts zu machen. Er hatte alles versucht. Es mußte also am See geschehen. Jetzt lag es an Elsa, Levy dorthin zu lotsen.

26

Babe zögerte, bevor er Kaufman's betrat. Es mußte jetzt kurz vor sechs sein; es fing gerade an, ein bißchen hell zu werden; alles wurde wahrnehmbarer, besonders er. Er warf einen raschen Blick die 49. Straße hinunter, dann in die Lexington Avenue, um sicher zu sein, daß er ins Geschäft gehen konnte.

Verfolgungswahn!

So benahm er sich, als er im Morgengrauen in einem zu kleinen Regenmantel und in Turnschuhen durch die Stadt schlich. Himmel, niemand würde dich bei Kaufman's überfallen, es war ein berühmter Ort, bei Kaufman's wurde man nicht jeden Tag entführt. Babe atmete tief ein und versuchte, einen klaren Kopf zu bekommen, aber die Luft schmerzte an seinem Zahn wie verrückt. Eigentlich war er nicht so sehr paranoid wie kaputt. Er hatte nicht mehr geschlafen, seit Doc aufgetaucht war, und wann war das gewesen – war es . . .

Mein Gott, konnte es wirklich erst vierundzwanzig Stunden her sein, seit sein Bruder aus dem Dunkel aufgetaucht war und zu ihm gesagt hatte »Bring mich nicht um, Babe«; war es möglich, daß es erst sechs Stunden her war, seit er gestorben war?

Da war eine Uhr in Kaufman's Schaufenster; sie zeigte fünf

Uhr einundfünfzig; Zeit genug, um hineinzugehen und das Nelkenöl zu kaufen, zu bezahlen und draußen auf Elsa zu warten. Babe ging in die Apotheke und war schon auf halbem Wege zu den Arzneimitteln, als er wie angewurzelt stehenblieb.

Was, wenn er ein Rezept brauchte?

Babe blieb bei den Nahrungsmitteln stehen, die an einer Wandseite des Ladens ausgestellt waren. Benahm er sich schon wie paranoid? Nein. Nein, denn was auch immer in diesem Nelkenöl enthalten war, es betäubte, und was immer einen betäubte, war eine Droge, und Drogen waren »verboten«, wenn man kein Rezept hatte – jedenfalls die starken. Und Nelkenöl war stark, es hatte seinen Schmerz fast eingedämmt, also wußte man, daß man es nicht mit Aspirin zu tun hatte.

Ich überlege mir besser eine gute Geschichte für den Apotheker, dachte Babe, etwas Solides; zum Beispiel: Ich habe ein Rezept, aber ich Dummkopf habe es in der Brieftasche gelassen, und die Brieftasche ist zu Hause.

Nicht gut. »Holen Sie's«, würde der Apotheker sagen.

Also gut. Ich wurde überfallen. Na bitte. Großartig. Ich hatte das Rezept, aber ein paar Süchtige überfielen mich unterwegs und raubten es, zusammen mit meiner Schreibmaschine und meinem Farbfernseher.

Also, das war gut. Aber übertreib nicht gleich. Vergiß den Fernseher und die Schreibmaschine. Du bist überfallen worden, fertig. Teufel, ich würde so eine Geschichte glauben, und dabei habe ich sie gerade erfunden.

Selbstsicher schritt Babe zur Arzneiabteilung, und er war schon fast dort, als er erkannte, daß es egal war, welche Geschichte er erzählte, der Apotheker würde wissen, daß sie gelogen war; denn als er sich näherte, konnte Babe den Mann sehen, der mit einem Lächeln auf ihn wartete, ein Lächeln, das man nur seltsam nennen konnte, und dann setzte sich der Mann in Bewegung, und Babe sah viel zu spät das Hinken.

Erhard wartete auf ihn.

Babe wirbelte herum und wollte mit einem einzigen Satz auf

die Straße, aber Karl kam hinter den Taschenbuchregalen hervor und blockierte ihm den Weg.

Es war vorbei. Es war vorbei. Babe sackte gegen die Ladentheke.

». . . haben Sie irgendwelche Schwierigkeiten?« fragte Erhard.

Babe blickte auf, als der Sprecher um die Theke herum auf ihn zukam. Es war nicht Erhards Stimme, was einen Sinn ergab, denn es war nicht Erhard, lediglich ein weiteres Mitglied der Krüppellegion, ein armer, kleiner Nachtdienstler, der wie Erhard hinkte und wie W. C. Fields sprach. Babe drehte sich zum Buchregal um, wo Karl ihm den Weg blockiert hatte. Ein dicker alter Mann suchte sich ein Buch aus. Er war groß, ja, aber er sah Karl so ähnlich, wie Pink Panther Bugs Bunny ähnelte. Ich leide wirklich unter Verfolgungswahn, dachte Babe.

Er atmete tief ein und ließ die Kälte auf seine Vorderzähne wirken, und der plötzliche Schmerz brachte ihn rasch zur Besinnung. Der Schmerz blieb. Er versuchte, ihn wegzuzwinkern.

»Ich möchte etwas Nelkenöl, bitte.«

»Nelkenöl, Nelkenöl«, sagte W.-C.-Fields-Mann, »wozu wollen Sie denn dieses Mittelchen?«

»Zahn«, sagte Babe.

»Ich glaube nicht, daß Sie Ihr Bidet damit streichen wollen, mein Junge; ich wollte nur sagen, daß es Besseres auf dem Mark gibt.«

»Nur das Nelkenöl, bitte«, sagte Babe. Es war jetzt fünf Uhr sechsundfünfzig. Der Apotheker hinkte hinter seine Theke zurück. »Also, hier vor Ihre Augen stelle ich Ihnen unsere Rot-Kreuz-Zahntropfen hin«, und er stellte eine Flasche auf die Theke. »Ein weit besseres Mittel, wenn Sie meine Wenigkeit fragen.«

»Nur das Nelkenöl, bitte«, sagte Babe.

»Aber sehen Sie, dieses Mittel enthält Nelkenöl und andere magische Ingredienzen, plus – Sie werden staunen – Zahnstocher und Wattebausche; also, Sie haben nichts weiter zu tun, als die Watte auf den Zahnstocher zu stecken, in das Elixier zu tauchen und den feuchten Bausch in Ihre Kaverne zu stecken, und voilà, der Schmerz ist weg wie durch einen Zaubertrick.«

»Nur das Nelkenöl, bitte«, sagte Levy und fragte sich, ob es sein Schicksal wäre, zu einem kleinen, hinkenden Mann, der sein Leben erträglich zu gestalten versuchte, indem er wie W. C. Fields redete, ständig »Nur das Nelkenöl, bitte!« sagen zu müssen.

»Haben Sie sich auf Nelkenöl festgelegt?« fragte der Apotheker. »Manche Menschen scheinen es zu mögen. Treue Kundschaft.« Er stellte ein kleines Fläschchen auf die Theke.

Babe nahm es, zahlte, ging zur Tür und blickte hinaus.

Elsa parkte mit laufendem Motor bei der Bushaltestelle auf der anderen Straßenseite. Sie trug denselben glänzenden Regenmantel wie damals, als sie sich das erste Mal gesehen hatten.

Babe öffnete das Nelkenöl, tauchte seinen Zeigefinger ein und rieb wieder, und dann, als das Betäubungsgefühl einsetzte, schloß er die Flasche, steckte sie in die Tasche und lief aus dem Geschäft hinaus.

Sie sah ihn kommen und streckte ihm ihre Arme durch die Fensteröffnung an der Fahrerseite entgegen, und im nächsten Augenblick kuschelte er sie noch auf der Straße. Dann ließ er sie los, rannte um den Wagen herum, stieg ein, und diesmal umarmten sie sich, bis hinter ihnen ein Bus hupte. Elsa gab ihn nur zögernd frei, legte die Hände auf das Lenkrad und fuhr los.

»Komm näher«, sagte sie leise. »Ruh dich aus.«

Er rückte zu ihr und legte den Kopf an die Schulter des schwarzen Regenmantels. »Ich bin müde«, sagte Babe.

»Bald wird das alles vergessen sein, denn ich weiß, daß wir glücklich werden.«

»Davon könnte ich jetzt schon eine Dosis vertragen.«

»Gefällt dir das Auto? Ich mußte es fast mit meinem Körper bezahlen, ich hoffe, es gefällt dir.«

»Es ist sehr gut«, sagte Babe, die Augen halb geschlossen.

»Im Haus wohnt über mir ein Mann, der mich sehr attraktiv findet – jedenfalls bisher, ich weiß nicht, wie er jetzt über mich denkt, denn nach deinem Anruf fiel mir nichts anderes ein, als ihn zu wecken und ihm zu sagen, daß ich sein Auto brauche, und ob er mir diesen Gefallen erwiesen könnte.«

»Was für einen Gefallen wollte er dafür?«

»Den üblichen. Glaube ich, aber ich bin nicht ganz sicher, denn wir waren beide sehr taktvoll und noch nicht sehr wach. Weißt du, daß mir nur einfiel, diesen Mann zu belästigen, hängt damit zusammen, daß du am Telefon sagtest, du wolltest einen ruhigen Ort, einen Ort, wo du nachdenken kannst, und der Mann, dem dieser Wagen gehört, besitzt so ein Haus, und ich dachte, wir könnten dorthin fahren, es liegt an einem See.«

»An einem See?«

»Ja, er hat ein kleines Haus draußen, eine Stunde entfernt. Es gibt noch ein paar Häuser und Docks dort, und es ist sehr schön. Er hat mich mal an einem Wochenende eingeladen, da war es überfüllt wie in einem U-Bahn-Waggon, so viele Motorboote und Wasserskiläufer waren auf dem See, aber das war im Sommer. Ab September sind fast über Nacht alle weg. An den Wochenenden kommen immer noch ein paar Leute, aber so wie jetzt mitten in der Woche ist kein Mensch dort. Sollen wir?«

»Meinetwegen«, murmelte Babe. Seine Lider flatterten.

»Ruh dich aus«, flüsterte Elsa.

Sein Kopf lag an ihrer Schulter; müde schloß Babe die Augen. Und einen kurzen Augenblick dachte er wirklich, daß er ihrem leisen, sanften Befehl: »Ruh dich aus«, gehorchen könnte, aber dann fingen die Verknotungen in seinem Magen an, Anspannung und Trauer überfielen ihn, und noch bevor er aus ihm hervorbrach, wußte er, daß er zwar einen besseren Augenblick hätte wählen können, einen einsameren Ort, trotzdem, wenn die Zeit zu trauern kam, dann überließ man sich ihr, und plötzlich schüttelte sich sein ganzer Körper unter Krämpfen, und die Tränen schossen ihm buchstäblich aus den müden

Augen hervor; sie besprenkelten seinen Regenmantel und ihren, und für kurze Zeit waren seine Augen blind.

Genauso plötzlich, wie es gekommen war, verschwand es rasch wie ein Atemzug, der beim folgenden nur noch Erinnerung ist. Aber er hatte getrauert. Nicht ausreichend. Elsa beobachtete ihn, fast furchtsam sah sie ihn an, dachte Babe.

»Geht es dir besser?«

Er nickte.

»Ja?«

Er nickte wieder.

»Dir fehlt also nichts?«

»Müde.«

»Ja.«

Sie legte einen Arm um ihn und zog ihn an sich. »Bald sind wir am See. Und dann wird alles herrlich . . .«

Es war wirklich herrlich. Sie kamen kurz nach sieben an; die Sonne stand bereits hoch und beschien das Wasser; und als sie die Straße um den See herumfuhren, konnte Babe sehen, wie ruhig es war; nirgendwo Leben, nur der Staub, den die Räder aufwirbelten. Babe kurbelte sein Fenster hinunter. Die Luft brachte Geräusche der Natur ins Auto; er hatte sie nicht mehr gehört, seit er vor Monaten nach Manhattan gekommen war.

Elsa fuhr in eine holprige Auffahrt und hielt an. »Ich glaube, das ist das Haus«, sagte sie und stieg aus. »Ich weiß, wo er den Schlüssel versteckt.« Sie ging die Treppe zur Veranda hinauf und zu einer Regenrinne, dort bückte sie sich. »Ich glaube, fast alle Leute am See verstecken die Schlüssel in der Regenrinne«, sagte sie lachend, und Babe lächelte sie an. Sie öffnete die Eingangstür ohne Mühe und ging hinein, kam aber schnell wieder heraus. »Muffig«, sagte sie.

Babe stieg aus. »Laß die Tür offen, damit es durchlüften kann«, sagte er. »Gehen wir zum Wasser hinunter.«

Sie nickte, kam die Treppe herunter, streckte ihm die Hand entgegen, und gemeinsam gingen sie zum See. Die Sonne schien nun kräftig. Die Brise hatte sich gelegt, und die Geräusche der Natur waren lauter zu hören. Elsa lächelte und blickte flüchtig zurück. Sie gingen auf den kleinen Steg hinaus. Babe zeigte auf das Haus. »Gehört es Szell?« fragte er.

»Zell?« fragte sie und neigte den Kopf, als ob sie den Namen nicht gehört hatte.

»Ach, hör auf«, sagte Babe. »Du bist eine von ihnen. Ich weiß nicht, was du machst, welche Dienste du leistest, aber du gehörst zu ihnen.«

Elsa schüttelte den Kopf, lächelte wieder.

»Ich weiß eigentlich nicht, ob du dazugehörst, aber ich weiß, daß du dazugehörst, wenn du verstehst, was ich meine – du hast nichts falsch gemacht, keinen Fehler oder so – es ist, wie Janeway einmal sagte: Mit der Zeit entwickelt man ein Gespür dafür, wie der andere tickt, man bekommt ein Gefühl für die Gedanken der anderen.«

Nun sagte sie: »Janeway?« Auch diesen Namen hatte sie noch nie gehört.

»Ich rede«, rief Babe, »von zwei sehr berühmten Leuten, von Georg Szell und Elisabeth Janeway, und keiner, der mein Herz zu gewinnen hofft, darf ungebildet sein, also hör auf, dich so anzustellen.«

»Es tut mir leid«, sagte sie und hielt seine Hand sehr fest und sah ihn verehrend an. »Du bist sehr müde und sehr sonderbar, und ich mag dich.«

»Mein Bruder liebte mich«, sagte Babe.

»Ich weiß. Du hast Schreckliches durchgemacht.«

»Er liebte mich wirklich, genau wie ich ihn, verstehst du? Wir hatten uns verdammt gern, und weißt du, was er sagte, als du von Lutèce weggerannt warst? Er sagte, ich sollte dich vergessen, weil du mich nicht liebtest, weil du mich nur ausnutzt, und ich sagte Quatsch, wie kannst du das wissen, und seine Antwort darauf, seine Antwort – und vergiß nicht, einer wäre für den anderen gestorben – seine Antwort war, daß du großartig seist, also hast du mich ausgenutzt, denn warum sonst sollte mich jemand lieben? Kannst du dir vorstellen, wie weh das tat? Ich meine, ich weiß, daß ich kein Tyrone Power bin, aber kannst du begreifen, wie es ist, wenn jemand, den man liebt, so etwas sagt? Es hat mich erschlagen, bis ich erkannte, daß ich mich irrte; er liebte mich nicht, denn keiner, der einen liebt, würde so etwas Gemeines sagen – und dann, als er starb, als er in meinen Armen verblutete, wußte ich, daß ich vorher recht gehabt hatte, daß er mich gern hatte, und als er sagte, warum sonst sollte mich jemand lieben, wußte er, daß du mich nur ausnutzt, er wußte Bescheid, und er war so brutal, weil er es mir einhämmern wollte, und ich dachte daran, daß du mich angelogen hast wegen deiner deutschen Herkunft, und daß Szell Deutscher war, und an die eigenartige Bewegung im Park, als du kurz vor dem Überfall aufgestanden bist, und wie du zufällig einen Mann mit einem Auto und einen verlassenen Haus in so kurzer Zeit finden konntest; und nichts von alldem braucht irgendeine Bedeutung zu haben; keinem Gericht würde es als Beweis genügen, aber du gehörst dazu, ich weiß es, und Doc wußte es, also frage ich dich noch einmal: Ist das Szells Haus oder nicht?«

»Georg Szell? Ich glaube nicht. Irgend jemand hätte es erwähnt, glaubst du nicht?«

»Was hast du für Szell gemacht?«

Elsa seufzte. »Es ist nicht mehr komisch, Tom; hör auf damit.«

»Wo ist Janeway?«

Sie schüttelte nur den Kopf.

»Ist das Szells Haus?«

»Tom, ich kann dir nicht Dinge erzählen, die ich nicht weiß, glaub mir, bitte.«

»Wann werden sie kommen?«

Elsa schüttelte nur den Kopf.

»Was hast du für Szell gemacht?«

»Nichts.«

»Wann sollen sie hier sein?«

Sie mußte bemerkt haben, daß er nicht aufhören würde, dann sie sagte leise: »Bald.«

»Oh«, sagte Babe. »Gut. In Ordnung.« Und sie standen da, allein, dicht beisammen auf dem winzigen Steg, während es allmählich warm wurde; endlich war die Wahrheit ausgesprochen, zwar nicht die ganze, aber genug; das Entscheidende hatte sie gesagt; und Babe konnte nur an Gatsby denken, Gatsby, der endlich in Daisys Haus ist, kurz bevor sie alle zu ihrem tödlichen Ausflug in die Stadt und hinaus aufbrachen, als sie zu Tom, ihrem Mann, aufblickte und sagte: »Ah, wie gelassen du wirkst, du wirkst immer so gelassen«, und Tom wußte, und sie alle wußten es nun, daß sie ihn liebte; Daisy liebte Gatsby, seine qualvolle Fahrt von Shafter bis zum blauen Rasen war nicht vergebens gewesen.

Langsam gingen sie zum verlassenen Haus mit der offenen Tür hinauf. »Es gehört der Schwester«, sagte Elsa. »Als sie starb, behielt Szells Vater das Haus für sich; er kam an den Wochenenden her. Aus irgendwelchen Gründen erinnerte es ihn an zu Hause, der See.« Wieder blickte sie flüchtig in die Ferne.

»Warum brauchen sie so lange, was meinst du?«

Elsa hob die Schultern. »Sie wollen nur sichergehen, daß dir keine Polizei gefolgt ist.«

Babe mußte lächeln. Niemand begriff, daß er nur eines wünschte: das letzte Klassentreffen. Er wollte es ganz allein versuchen, und danach, ob Erfolg oder nicht, würde es enden, wie es enden mußte. »Keine Polizei«, sagte er ihr. Sie gingen weiter, näherten sich dem Haus. »Was hast du für ihn gemacht?«

»Meistens Kurierarbeit. Die Diamanten wurden von der Bank in die Hauptstadt und dann nach Schottland gebracht, und ein fetter Antiquitätenhändler tauschte um. Ich nahm das Geld mit nach Paraquay, tauschte es in die verschiedenen Währungen, gab Christian das Geld.«

»Eine Art Traumjob. Klingt nach wenigen Arbeitsstunden, vielen Reisen.«

»Einer mußte es machen.«

»Hat Szell meinen Bruder ermordet?«

Sie hob die Schultern.

»Du meinst ja.«

Sie sagte nichts.

Sie betraten das Haus, gingen ins Wohnzimmer, blickten hinaus. In weiter Ferne ein Auto. »Sind sie das?« fragte Babe.

»Das sollten sie sein.«

Babe nickte.

Das Auto kam stetig näher.

Babes Zähne schmerzten jetzt. Ein plötzlicher, heftiger Schmerz. Er langte mit den Händen in die Tasche seines Regenmantels, um sich zu vergewissern. In der linken die Schachtel mit den Patronen, in der rechten die Pistole seines Vaters, geladen und schußbereit, und er war ein guter Schütze – nein, er war ein großartiger Schütze, er war verdammt noch mal ein Daniel Boone mit der Pistole seines Vaters, und das mußte er auch sein, bei all den Stunden, die er verdammt noch mal geübt hatte, seit er alt genug war; und nur aus irgendeiner neurotischen Hoffnung auf Vergeltung heraus.

Und nun kam die Vergeltung stetig näher, die Straße herunter, alle seine Wünsche würden sich erfüllen; Christian Szell kam die Straße herunter, auf ihn zu, und in einer kleinen Weile würde Christian Szell sterben, wenn Babe nur den Mut hatte, es zu verwirklichen. Es war ihm gleichgültig, ob er selbst lebend herauskam, er dachte nicht einmal dran, ob er überleben könnte, wenn nur Szell nicht überlebte; quitt waren sie auch dann noch nicht, denn Szell hatte sie beide getötet, H. V. und Doc, egal, was die anderen sagten; er hatte H. V. umgebracht, und wenn sie Kontinente und ein Vierteljahrhundert auseinander waren, ein Nazi war ein Nazi, man konnte keine bessere Wahl treffen, wenn man einen schlechten Kerl suchte, und er mußte Doc ermordet haben, Babe wünschte es sich so sehr, daß es einfach wahr sein mußte, es konnte keines dieser Arschlöcher wie Erhard oder Karl gewesen sein, Doc würde sie im Vorübergehen weggefegt haben. Babe blieb ganz still stehen und beobachtete, wie das Auto näher kam; und ihm wurde bewußt, daß endlich alle seine Wünsche in Erfüllung gehen konnten, und an diesem perfekten Tag spürte er, wie er zu schwanken begann.

Er konnte sich nicht helfen, er zerbröckelte.

Babe konnte sein ungestümes Herz hören, denn was half es, daß er ein todsicherer Schütze war und bei jedem Ziel, das man ihm vorgab, ins Schwarze traf, er hatte niemals in seinem Leben auf Fleisch geschossen, und plötzlich wußte er, daß, wenn sie alle um ihn herumstanden, Szell, Janeway, Erhard, Karl und Elsa, er nichts anderes tun würde wie immer, wenn er unter Druck stand – er würde sich lächerlich machen. Feigling, der er war; wenn er kein Feigling gewesen wäre und mit der verdammten Arbeit über die Wolle zu H. V. gegangen wäre, dann würde er noch atmen und . . .

. . . bitte, lieber Gott, bitte, laß mich dieses eine Mal nicht zuviel denken; ich gehe auf Jagd, laß mich ein Tier sein, ich habe dich noch nie darum gebeten, und ich werde auch keinen Grund haben, dich ein zweites Mal zu bitten, also dieses eine Mal, bitte . . .

Der Zahnschmerz war nun unerträglich, und er griff in die Tasche und holte das Nelkenöl heraus und schleuderte es mit seiner ganzen Kraft gegen die Wand.

Elsa zuckte zusammen; von dem Geräusch erschreckt, vom Anblick des zerbrochenen Glases und der sich ausbreitenden Flüssigkeit verwirrt.

Schmerz-Killer, wollte ihr Babe erklären, und dann dachte er: Spar dir den Atem, soll sie doch glauben, daß du verrückt bist, und dann dachte er: Vergiß sie, inhaliere, und er atmete tief ein und ließ die Luft auf die offenen Nerven einwirken. Babe atmete weiter, und Himmel, tat das weh, es war entsetzlich, aber es war notwendig. Wenn er jemals tun sollte, was er tun mußte, dann brauchte er alle Schmerzen, die er bekommen konnte.

27

Das Auto hatte es nicht eilig. Es bewegte sich im Sonntagsfahrertempo die Straße entlang. Elsa beobachte Babe, sagte aber nichts, sie starrte nur in sein angstverzerrtes Gesicht.

Dann blieb der Wagen stehen; er parkte hinter Elsas Wagen. Einen Augenblick lang rührte sich nichts im Wageninneren. Keine Bewegung. Dann gingen die Türen auf. Und Karl stieg aus, und Erhard stieg aus und Janeway, und Babe wirbelte blitzschnell zu Elsa, packte sie hart und fragte: »Wo ist Szell? – Es sind nur diese drei da, wo ist er?«

Elsa hob die Schultern.

Babe starrte auf das Auto und wartete; er betete, daß Szell heraus an die Sonne kam, aber der Wagen war jetzt leer, und alles würde vergebens sein, weil Szell nicht gekommen war; aber wo konnte er sein, er konnte die Diamanten noch nicht holen; weil noch keine Bank geöffnet hatte und überhaupt, er würde die verfluchten Diamanten nicht bekommen, denn bei einem Todesfall wurden die Banksafes versiegelt, bis das Gericht alles das freigegeben hatte; das hatten sie hinter sich, als H. V. starb und sie nicht an sein Banksafe kamen; lange Zeit durfte niemand an irgendwas heran, nicht, daß da etwas von Wert gewesen wäre.

»Wartet Szell auf der Bank? Auf welcher Bank?«

»Ich weiß nichts«, wollte sie gerade sagen, aber Babe nahm in diesem Augenblick seine Pistole heraus, und da verstummte sie. »Ich habe keine Angst«, sagte sie dann.

»Das kommt noch«, sagte Babe zu ihr und bedeutete ihr, auf die Veranda zuzugehen. Sie bewegte sich schnell, und er folgte ihr; die Pistolenhand schon feucht.

»Guten Morgen«, rief Janeway. Er stand zwischen Erhard und Karl, und sein Lächeln war nie strahlender gewesen.

Babe sah sie stumm an.

»Vielleicht könnten wir raufkommen und ein wenig plaudern«, sagte Janeway, und Babe konnte wieder nur an Gatsby denken, und daß das alles eine Party war; ausgelassene Heiterkeit, und später würden Sandwiches gereicht.

»Er ist bewaffnet«, sagte Elsa. »Er hat eine Pistole.«

»Man kann heutzutage nicht vorsichtig genug sein«, sagte Janeway, das Lächeln war noch da.

»Sagen Sie doch ›Old Sports‹ zu mir«, sagte Babe.

Janeway ging auf die Veranda zu. Langsam, aber die Richtung war deutlich auszumachen. »Mein Lieblingsroman, deiner auch?« fragte er. Karl und Erhard folgten.

Babe ließ sie kommen. Als sie nahe genug waren, sagte er: »Stop.«

Janeway gehorchte augenblicklich, die anderen auch.

Babe zögerte.

»Wir warten auf weitere Instruktionen«, sagte Janeway. »Wieviel Schritte darf ich tun?« Er setzte sein Lächeln wieder auf.

Babe wußte nicht, was er tun sollte; das war nicht sein Gebiet; er kannte die Grenzen nicht. Er konnte zuerst feuern, vielleicht auch einen treffen, aber dann blieben zwei übrig, und er saß in der Falle in dieser unbekannten Gegend; aber vielleicht machte man es so, einfach wie ein Verrückter feuern, aber er war nicht sicher. Er hatte eine Geisel, und das war wohl gut, aber gut für was? Sollte er das versuchen, das Mädchen benutzen? War er dazu imstande? Würden sie es ihm abkaufen, wenn er es versuchte?

»Es gibt bestimmt sinnvollere Arten, sich die Zeit zu vertreiben«, sagte Janeway schließlich.

»Mir macht Warten nichts aus«, sagte Babe; was eine Lüge war – gewöhnlich haßte er Warten –, aber irgend etwas bekümmerte Janeway, das Herumstehen ging ihm auf die Nerven; und das konnte nicht besser sein, fand Babe.

Karl murmelte etwas; Janeway winkte ab.

»Sag Karl, er soll sich nicht aufregen«, sagte Babe. »Sie werden innerhalb von fünf Minuten hier sein.« Und bevor sie noch fragen konnten, wer »sie« wären, lieferte er schon die Antwort: »Die Bullen.« Darauf war Babe wirklich stolz. Sie vermuteten, daß die Polizei kommen würde; warum sollte er sie nicht in diesem Verdacht bestärken? Jeder Druck, den man seinem Feind zusätzlich aufbürden konnte, war ein Segen – es mußte was daran sein, er war nicht umsonst der Bruder seines Bruders.

»Er sagte, es würde keine Polizei kommen«, sagte Elsa.

»Und da habe ich auch die Wahrheit gesagt«, meinte Babe. »Wahrscheinlich.«

Erhard fing an, von einem Bein aufs andere zu treten. Er sah die Straße hoch. Wieder murmelte Karl irgend etwas und ging auf Janeway zu, aber Janeway schüttelte ihn ab.

»Ich habe keine Uhr, kann mir jemand die genaue Zeit sagen?« fragte Babe.

»Ich glaube nicht, daß die Polizei kommt«, sagte Janeway.

Babe nickte. »Da stimmen wir wenigstens in einem Punkt überein. Ich glaube es auch nicht.« Er zeigte Janeway ein Lächeln, von dem er hoffte, daß es strahlend war.

Dann kam die entscheidende Pause. Denn nachdem sie vorüber war, sagte Janeway: »Okay, wieviel? Und können wir die Bedingungen bitte drinnen besprechen?« Er bewegte die Hände vom Körper weg; falls er bewaffnet war, würde er im Nachteil sein, weil er einen längeren Weg zur Waffe hatte. Die anderen zwei folgten dieser Geste.

»Soll das Vertrauen schaffen?« fragte Babe.

»So ungefähr.«

Babe winkte mit der Pistole und ging rückwärts ins Zimmer zurück, begleitet von Elsa. Er ging weiter bis in die Ecke des Zimmers. Kein Fenster in der Nähe. Janeway kam als erster herein; die Arme immer noch weg vom Körper. Karl folgte, Erhard schloß die Tür.

»Du verstehst natürlich«, setzte Janeway an, »daß ich nur befugt bin, bis zu einer bestimmten Grenze zu gehen, selbst wenn ich höher gehen möchte, entzieht es sich meinen Einfluß, nur Szell kann . . .«

»Vergiß es«, sagte Babe, »es gibt keine Bedingungen. Du

wolltest nur ins Haus herein, damit ihr mich leichter fertigmachen könnt.«

»Warum hast du uns dann hereingelassen?« fragte Janeway.

»Weil ihr nun alle in meiner Schußweite seid«, sagte Babe und stieß Elsa von sich, seines Vaters Pistole schußbereit.

Janeway beobachte ihn eine Weile. »Es tut mir leid«, sagte er schließlich, »aber du bist für diese Rolle eine schlechte Besetzung.«

»Ich bin ein guter Schütze«, sagte Babe, aber er wußte, daß sie ihm das nicht abnahmen; seine Pistolenhand schwitzte nun richtig; sein Herz pochte wild, er konnte beinahe spüren, wie er bleich wurde, Schwindelgefühl überkam ihn. »Wirklich!« sagte er, aber er sagte es zu laut, viel zu laut, um glaubwürdig zu klingen, und er wußte es, aber er konnte die Worte nicht zurücknehmen.

»Es kommt keine Polizei«, sagte Janeway. »Wenn sie käme, würde er nicht so in Panik geraten.«

»Sie wird kommen«, sagte Babe, »und du wirst ein verdutzter Bastard sein, wenn sie dich festnehmen, und dann kommt Szell dran, ihr seid alle dran.« Er keuchte von seiner Rede.

Janeway ging einen kleinen Schritt zurück. »Wir warten einfach alle hier«, sagte er sanft, »und keiner von uns wird irgend etwas tun, nicht wahr, Erhard, weil wir das gar nicht müssen, habe ich nicht recht, Karl, wir werden nur beobachten, und Elsa, geh einen Schritt zurück, bitte, ich glaube, der Junge braucht mehr Platz zum Atmen.«

Groß und hager lehnte Babe in der Ecke. Es war entsetzlich, aber alles entglitt ihm, er hatte die Pistole, er hatte die Waffe, aber alles driftete von ihm weg. Er wußte es, sie wußten es. Es gab keine Geheimnisse im Zimmer. »Ich werde euch meine Bedingungen sagen«, sagte er, die Stimme laut, aber nicht zu laut, er wollte nicht noch einmal diesen Fehler begehen.

»Ja, gern«, sagte Janeway. Seine blauen Augen trafen Babes.

Er wußte es, dachte Babe. Er kennt den Unterschied, auf Zielscheiben oder auf Knochen zu schießen; er weiß, wie es ist, wenn Gewebe zerrissen und Fleisch zerfetzt wird. Er weiß alles über das Schreien und Sterben, und er weiß, daß ich es nicht weiß. »Meine Bedingung ist Szell, ich will nur ihn; sagt mir, wann und wo er sich die Diamanten holt, und gebt mir eine Stunde Vorsprung.«

»Wir akzeptieren«, sagte Janeway sofort. »Das sind gewiß annehmbare Bedingungen, aber ich bin mir nicht im klaren, wie wir deinen Vorsprung sichern können – wie soll das gehen? Wie wär's, wenn du einen Wagen nimmst und die Luft aus den Reifen des anderen läßt? Das sollte reichen; wir brauchen mindestens eine Stunde, um dir zu folgen, und jeder hat das, was er will – was hältst du davon?«

»Ich meine . . .« begann Babe, aber dann rief Janeway »Nein!« weil Karl seine Zeit für gekommen hielt, er wollte zuschlagen, das war seine Sache, seine ganz allein, nicht Janeway mit seinem Reden oder Erhard mit seinem Jammern. Er stürmte auf die dürre Figur zu, die versuchte, sich noch weiter in die Ecke zu drücken. Karl streckte seine riesigen Hände nach Babes Kehle aus; die Finger gespreizt und griffbereit, und er war weniger als einen Schritt von seinem Triumph entfernt, als Babe ihm ein Auge ausschoß; und Karl schrie, prallte gegen die Wand und rutschte zu Boden, und gleichzeitig mußte Babe eine Rolle machen, denn Janeway griff jetzt nach seiner Waffe, und als sich Babes ehemals ungelenker Körper bewegte, wurde ihm plötzlich etwas Neues bewußt, und das war Geschicklichkeit, er spürte es, er kam sich nicht mehr linkisch vor, eher wie ein ungehemmter Draufgänger, von Feinden umgeben, in seinen Händen den Tod.

Erhard wollte zur Tür rennen, Babe drückte ab, und Erhard schrie, wie vorher Karl geschrien hatte, und fiel, und jetzt war nur noch Janeway da, und das war hart, denn Janeway war auch in Bewegung, die Pistole in der Hand war fast schußbereit, nur noch nicht auf ein Ziel gerichtet, und zielte man auf das Herz oder das Handgelenk, sollte man die Waffe treffen, wie der Lone Ranger es tat, oder das Gehirn wegpusten? In dieser Entschlossenheit feuerte Babe und traf, aber nur den Magen, ein Schuß, der nicht genug war, um Janeway aufzuhalten, seine Waffe glitt über den Boden, aber Janeway war noch nicht erledigt, und Babe überlegte, was er tun mußte, um ihn aufzuhalten, und er feuerte wieder, als er bemerkte, daß Erhard sich bewegte, da feuerte er wieder in diese Richtung und hoffte, daß er traf, denn Elsa bückte sich nach Janeways Pistole, er mußte ihr zuvorkommen, denn er würde neu laden müssen, aber er hatte keine Zeit; und sie hatte einen Vorsprung, aber sie war ein Mädchen, und er war ein Marathon-Mann, und seine Beine brachten ihn hin, und mit dem Fuß stieß er die Waffe aus ihrer Reichweite, dann holte er sich die Waffe, packte sie und zielte auf Elsas Gesicht, und er krümmte den Zeigefinger, als sie aufschrie: »Nein nein – Himmel«, und Babe sagte: »Die Bank – Szells Bank!«

»Ich weiß es nicht.«

Erhard stöhnte und stöhnte; sein verkrüppeltes Bein zuckte unkontrolliert, und Janeway lag da und verblutete, und Babe sagte: »Du verlogene Hure, du weißt es genau; du weißt es, und du wirst es mir sagen, du wirst es mir sagen, oder ich bringe dich um!« Und sie schrie: »Du wirst mich auch so umbringen!« Und er schrie zurück: »Da hast du verdammt recht. Ich werde dich umbringen, aber du wirst es mir trotzdem sagen«, und ihr Gesicht war plötzlich nicht mehr so hübsch, denn sie hatte panische Angst, und sie preßte heraus: »Madison – Madison und 91. Straße«, und das hätte eine wunderbare Nachricht für Babe sein sollen; unter normalen Umständen wäre es eine triumphale Information gewesen, aber jetzt nicht mehr, denn Janeway lebte, und Janeways Hände umfaßten seine Knöchel, und Babe spürte, wie er das Gleichgewicht verlor, und als er in Janeways Körper feuerte, sah er, daß der verkrüppelte Erhard auch auf ihn zukroch, und er schoß immer wieder, aber es gab keine weiteren Wunden, das war das Ende, alle seine Toten kamen auf ihn zu, und er fragte sich, wo die anderen waren, Doc und der alte H. V. – der eine mit der blutigen Schläfe und der andere mit dem aufgeschlitzten Bauch. Warum kamen sie nicht auch auf ihn zu, alle anderen taten es, das Universum blutete, das Universum blutete und griff nach ihm, zog ihn hinunter.

28

Fasziniert und fröhlich spazierte Szell zwischen den Juden.

Er hatte nie geahnt, daß so etwas wie der Diamantenmarkt wirklich existierte, aber da war er in seiner ganzen völkischen Schönheit; er erstreckte sich von der Fifth Avenue bis zur Sixth entlang der 47. Straße. Szell hielt seinen Koffer in der Hand, während er auf dem Gehsteig stand und sich nach allen Seiten umsah.

Sogar die Bank an der Ecke 47. Straße und Fifth Avenue war die Bank von Israel. Völlig logisch, dachte Szell; zweifellos war sie dort, damit das Auserwählte Volk nicht weit gehen mußte, wenn es seine Tage mit erschöpfenden Feilschen verbracht hatte.

Die Namen, mein Gott, diese Namen: Da gab es die Diamantenbörse und die Juwelenbörse und die Börse der Juweliere und das Diamantenzentrum und das Juwelenzentrum und den Diamantenturm und die Diamantengalerie und das Diamantenglück – und alle nicht mehr als riesige Scheunen mit kleinen Ställen, und in jedem Stall wimmelte es von Juden, die eilfertig anpriesen und feilschten und um Kundschaft buhlten. Und zwischen den größeren Juwelieren gab es kleinere Juweliere – kleinere, aber bessere, private Geschäfte. Szell sah sich nach einigen kleineren um, mit denen er später verhandeln könnte; er mußte noch lernen, und als er bei den privaten Geschäften vorbeiging, sah er, daß sie alle verschlossen waren; man mußte klingeln, um eintreten zu können, und das ständige Summ-Summ-Summ gehörte zum Geräuschpegel der 47. Straße, war ein Teil von ihr wie die Delikatessenläden mit ihren Salamis und den jungen Männern mit ihren runden Käppchen und den alten Männern mit ihren Bärten.

Szell wußte, er würde bald zurückkommen, als er zur Sixth Avenue schlenderte und ein Taxi hinauf in die Stadt nahm, das ihn zur Bank fahren sollte. Er wuße, daß sie schon geöffnet war, aber er hatte nicht die Absicht, jetzt schon hineinzugehen. Hauptsächlich aus zwei Gründen. Erstens ging sein Flugzeug zurück nach Südamerika nicht vor sieben Uhr abends, und je länger er mit den Diamanten auf der Straße war, um so größer das Risiko.

Wegen Scylla.

Das war der zweite Grund. Hatte Scylla geplant, ihn zu berauben, und bestand der Plan noch? Wenn die Situation umgekehrt gewesen wäre, hätte er bestimmt Scylla beraubt – wer würde nicht versuchen, eines der größten illegalen Vermögen der Welt in seinen Besitz zu bringen, besonders da das Opfer nicht gut zur Polizei gehen konnte?

War es sicher?

Das Taxi fuhr ihn durch den Central Park und auf der 90. Straße wieder hinaus, vorbei am Reservoir, und Szell bat den Fahrer, die Madison Avenue hinaufzufahren. Dort war die Bank; an der Ecke zur 91. Straße, ein rotes, wunderschönes Ziegelsteinhaus.

Szell begann sich zu konzentrieren.

Er hatte ein phänomenales Gedächtnis – für Schachspiele, die Stellung der Schneidezähne, Nasen, Hände, Farben –, und er befahl dem Fahrer, weiter die Umgebung der Bank abzufahren, und er merkte sich alle Einzelheiten des Straßenlebens der oberen East Side. Kurz nach acht hatte er eine ähnliche Fahrt gemacht; vor kaum mehr als zwei Stunden, und jetzt ging er alles noch einmal in Gedanken durch. War das dieselbe alte Frau mit derselben Krankenschwester, die bei dem Haus mit dem Vordach in der Sonne saß? War die Arbeitskleidung der Männer, die die 92. Straße aufrissen, alt genug, um echt zu sein? War irgendwer von den Leuten, die auf der Straße herumschlenderten, schon vor zwei Stunden dagewesen, und gab es Portiers, die angespannt wirkten, Briefträger, die nervös schienen? Szell entging nichts, nie, warum heute?

Szell beendete seine Tour durch die Gegend rund um die Bank so zufrieden wie möglich, wenn man bedachte, was auf dem Spiel stand. Alles schien völlig normal, obwohl er dem Anschein nie traute. An der Ecke 93. Straße und Lexington Avenue stieg er aus dem Taxi. Er wartete, bis es aus seinem Blickfeld verschwunden war, dann winkte er ein anderes herbei und fuhr zum Diamantenzentrum zurück.

Denn wenn er an den Inhalt seines Banksafes als eines der größten illegalen Vermögen der Welt dachte, konnte er recht haben; es konnte aber auch bloßes Wunschdenken sein; er wußte es einfach nicht.

Er hatte nicht die geringste Ahnung, was ein Diamant wert war.

Oh, früher einmal hatte er es gewußt. Genau sogar, aber das war ein anderes Leben in einem anderen Land gewesen. Es war wichtig, wenigstens annähernd den Wert zu erkennen, wenn er endlich sein Vermögen sah. Der Rest seines Lebens und wie angenehm er ihn verbringen konnte, hing von diesem Wissen ab. Deshalb fuhr er zur 47. Straße zurück. Er hatte Fragen, auf die er Antworten brauchte, und deshalb war er auch um einiges aufgeregter, als er diesmal den Fahrer bezahlte, wieder im Diamantenviertel.

Er entfernte sich mit seinem leichten Gepäck von der Fifth Avenue, kam zum ersten der zwei Läden, die er ausgesucht hatte – Katz. Er beschloß, klein anzufangen, zuerst wollte er den Wert eines einkarätigen Steines erfragen, denn wenn er gleich nach den dicken Klunkern fragte, konnte es sein, daß man ihn genauer betrachtete, als ihm lieb war. Er wollte die Tür zu Katz aufmachen, sie war abgeschlossen. Über einer Klingel stand »Drücken«. Szell drückte.

Es summte, die Tür ging auf.

Und diese Leute hielten Deutschland für ein schreckliches Land.

»Ich würde gern einen einkarätigen Diamanten sehen, bitte«,

sagte Szell zu dem winzigen Mann, der lebhaft hinter der Theke hervorkam.

Der Mann überraschte ihn mit »Warum?«

»Weil . . .«, fing Szell an, aber es kam auf deutsch heraus, und das war in dieser Straße ein Fehler, und er fragte sich, ob der kleine Mann den Fehler bemerkt hatte.

»Wenn Sie nur ein Gucker sind, sehen Sie sich die Schaufenster an, wenn Sie aber wirklich interessiert sind, wenn Sie die beste Qualität im ganzen Viertel wollen, bin ich Ihr Mann.«

»Wieviel würde er kosten?« fragte Szell und nickte, denn alle seine Steine waren von bester Qualität.

»Bevor ich Ihnen das sage, müssen wir zu diesem unabhängigen Schätzer gehen, und wenn der Ihnen nicht sagt, daß ich den Stein praktisch umsonst weggebe, bekomme ich einen neuen Schwager.« Er lachte.

»Bitte«, sagte Szell, »können Sie mir nicht den Wert eines einkarätigen Steines sagen?«

»Warten Sie, warten Sie! Zuerst kommen Sie hereingetrapst und wollen sehen, und jetzt wollen Sie wissen, wieviel. Geld ist Müll, ich verkaufe Werte, und wenn wir den Schätzer gefragt haben – er ist nur eine Treppe hoch – dann wissen Sie, daß ich Ihr Mann bin und kein Hochpreis-Artist. Also?«

Szell arbeitete an seiner Beherrschung; seit dreißig Jahren war er es gewohnt, daß man seinen Befehlen folgte, und die Unverschämtheit dieses Juden war einfach nicht zu tolerieren. Man stellte ihm eine Frage, er gab einfach keine Antwort.

Er machte auf dem Absatz kehrt, marschierte hinaus und ging auf die Sixth Avenue zu.

Drücken.

Summen.

Öffnen.

Der Laden war fast nur in Blau gestrichen. Zwei Männer waren da, einer mit dem Rücken zu Szell; ein schwitzender Dicker, aber der andere, der zu ihm kam, war eindeutig ein

Gentleman, er trug einen bleistiftdünnen Schnauzer; seine Kleidung war auf die Farbe der Wände abgestimmt.

»Ja, Sir?«

Szell sprach britisch. »Ich interessiere mich für den Wert eines einkarätigen Diamanten.«

Der Bleistift-Schnurrbart lächelte. »Das ist so, als fragten Sie mich, was ein Gemälde kostet. Das kommt ganz darauf an.«

»Meine Frau und ich sind fünfundzwanzig Jahre verheiratet – ich weiß, daß ist die Silberne, aber sie liebt Diamanten, und ich muß ihr einen kaufen. Ich würde ja bis zur Diamantenen warten, aber das wäre erst zum sechzigsten, und ich glaube nicht, daß die Chancen, daß wir dann noch da sind, gut stehen. Also dachte ich, ich sollte sie überraschen, wenn Sie verstehen.«

»Ich werde Ihnen die Bandbbreite nennen, Sir. Sie können in dieser Straße einen einkarätigen Stein schon für dreihundertfünfzig bekommen. Ich habe einen, der für viertausend weggeht. Nun, wo sehen Sie sich dazwischen?«

»Viertausend«, antwortete Szell voller Zuversicht, denn er hatte sich nie mit so kleinen Sachen abgegeben.

Der Verkäufer lehnte sich über die Ladentheke. »Sie machen es richtig, Sir – immer das Beste kaufen. Es ist die beste Investition, die Sie machen können – Diamanten steigen ständig, jedenfalls die Spitzenqualitäten. Es gibt nie genug davon, und die Nachfrage hört nicht auf zu steigen. Ein Dreikaräter würde heute leicht achtzehntausend bringen, und nächstes Jahr wird er an die fünfundzwanzigtausend kosten.«

Szell nickte, er tat sein Bestes, die Zahlen aufzunehmen, aber es war nicht leicht, denn der dicke Mann am Telefon wurde immer lauter. »Ich verstehe, Arnie«, sagte der Dicke. »Arnie, mein Gott wir kennen uns seit zwanzig Jahren, Arnie, Himmel, ich weiß, daß sie Jüdin ist, natürlich will sie einen großen Stein, aber gib mir eine Vorstellung, wieviel willst du springen lassen? Zwölf? Gehst du bis zwölf? Denn ich habe was, was sie ganz heiß macht, wenn du zwölf sagst. Sag mir heute noch Bescheid, Arnie«, und als der dicke Mann auflegte und sich umdrehte, dachte Szell: *Mein Gott, mein Gott, ich kenne diesen Juden, ich habe ihn bearbeitet!*

Der dicke Mann stand da, streckte sich und warf Szell einen Blick zu.

Damals war er nicht so dick gewesen; und er muß stark gewesen sein, sonst hätte er nicht überlebt; er muß bei Krupp oder I. G. Farben gearbeitet haben, weil er so stark war – Christus, wie viele gibt es in dieser Straße, die ich bearbeitet habe?

Der dicke Mann starrte Szell an.

Szell wußte, daß er flüchten sollte, aber er konnte nicht, er konnte einfach nicht. Diesen Moment hatte er mehr als alles gefürchtet – eines Tages bei Tageslicht ein Opfer zu treffen.

»Ich glaube, ich kenne Sie«, sagte der dicke Mann. »Sie kommen mir bekannt vor.«

»Das freut mich, ich liebe Überraschungen«, sagte Szell, so britisch wie möglich. Er streckte seine rechte Hand aus. »Hesse. Wie geht es Ihnen?« Er und der dicke Mann gaben sich die Hand. Er hielt dem Bleistift-Schnurrbart die Hand hin. »Hesse. Wie geht es Ihnen? Christopher Hesse. Vielleicht sind Sie mal in unserem Geschäft in London gewesen, im Geschäft meiner Frau und mir.«

»Es war nicht in London«, sagte der Dicke.

»Nun, wir leben seit Mitte der dreißiger dort, Hitler, Sie verstehen, wir sind Juden, verstehen Sie, und wir sind weg, sobald wir konnten, unsere Freunde hielten uns für hysterisch, aber wir gingen trotzdem; unser Laden ist in der Nähe von Islington, ziemlich teure Gegend, aber nicht, als wir hinkamen; damals war das alles, was wir uns leisten konnten. Ich möchte nicht aufschneiden, aber seither ist es uns gut gegangen. Wirklich.« Szell war direkt stolz auf sich: Der dicke Man war gewonnen, er zeigte nicht mehr diesen seltsamen Blick des Erinnerns.

»Ich wollte immer schon London besuchen«, sagte der Bleistift-Schnurrbart.

»Tun Sie's«, sagte Szell. »Und bitte, kommen Sie vorbei.

›Hesse von Islington.‹ Denken Sie daran, versprechen Sie es mir?«

»Ja, gern«, sagte der Bleistift-Schnurrbart. »Möchten Sie nun irgend etwas sehen?«

»Kann sein. Ich möchte nur zuerst mit meiner Frau reden und unauffällig ihre Meinung erkunden. Viertausend ist ein guter Preis.«

»Soll ich ihn für Sie reservieren?«

»Ja, warum nicht«, sagte Szell, und er lächelte, hob seine Sachen auf und verließ das Geschäft. Er ging an Männern mit schwarzen Hüten vorbei, an alten Gelehrten, an Feilschern; die Straße war verstopft. Und es wurde jetzt heiß. Szell sah auf die Uhr; es war schon nach elf. Da er so spät wie möglich zur Bank zurückkehren wollte, hatte er noch ein paar Stunden zum Spazierengehen, er wollte sich die Bilder einprägen von Manhattan, denn man mußte den Amerikanern lassen, es war ein außergewöhnlicher Ort, diese Höhe überall, die kleinen, engen Straßen, die spitz zulaufenden Gebäude.

Zuerst war er nicht ganz sicher, von wo das Wort »Engel« kam, als er sich der Sixth Avenue näherte, er wußte nicht, ob aus seinen Gedanken oder aus einem Plattengeschäft, aber als es sich wiederholte, erkannte er, daß es nicht nur »Engel«, war, es war »der Engel«, und Szell spürte einen leicht erhöhten Pulsschlag, was ihm nicht behagte, denn jetzt schrie die Stimme – sie war weiblich und wurde schrill: »Der weiße Engel, der weiße Engel!«

Seit seiner Zeit in Auschwitz hatte Szell sich nicht mehr so angesprochen gehört, und dann sah er sie direkt gegenüber auf der anderen Straßenseite der 47. Straße, eine uralte, gebückte Hexe; und sie zeigte mit einer Hand auf ihn, während sie die andere gegen ihr Herz drückte, und schrie: »DER WEISSE ENGEL – SZELL – SZELL«, und sie konnte ihre Hexenfinger nicht ruhig halten, aber sie zeigten auf sein Herz; und Szell stand einen Moment wie erstarrt da, denn die Straße fing an zu reagieren, die Spanier gingen ruhig weiter, die Schwarzen auch, denn was kümmerte es sie, daß eine verrückte alte Frau irgend etwas schrie, es hörte sich wie »Sel« an, und die jungen Juden ließen sich auch nicht stören – aber dann drehte sich ein alter Mann mit einem Bart nach ihr um und sagte: »Szell? – Szell ist hier?«

– und ein anderer alter Mann fragte: »Wo ist Szell?« –

– und dann sagte eine Hünin von Frau mit einer ganz tiefen Stimme: »Er ist tot – Szell ist tot – alle sind tot.«

»Nein, nein«, rief die Hexe auf deutsch und mit ausgestrecktem Finger: »DER WEISSE ENGEL IST HIER!«

Und jetzt begann die 47. Straße zu explodieren.

Langsam, so langsam er sich zwingen konnte, ging Szell auf die Sixth Avenue zu. Wenn er lief, war es aus, wenn er lief, würden sie wissen, daß es einen Grund dafür gab, und der Grund konnte nur sein, daß er war, wer er war, der große Christian Szell. Es gab keinen Grund zur Panik, es waren ja nur Juden, die er überlisten mußte, und sie wußten nicht, wie er aussah. Einige von ihnen ja – der dicke Mann im zweiten Laden fiel ihm wieder ein, und eine Hexe auf der anderen Straßenseite, die immer noch rief, sie wußte es auch – aber von den anderen wußten es nicht genug. Den Namen kannten sie natürlich. Ein paar von ihnen kannten vielleicht auch das Gesicht. Aber nur wenige würden ihn trotz seiner Glatze erkennen.

Solange er nicht lief.

Ruhig, ruhig, befahl sich Szell.

Die Sixth Avenue lag vor ihm. Nur noch ein kleines Stück. Aber hinter ihm wurde der Lärm beängstigender, sein Name wurde im ganzen Diamantenzentrum gerufen, alle Juden waran plötzlich kalt vor Angst, aber in der Masse wurde ihnen warm, und alle fragten sich, ob es wahr sein konnte; konnte Szell wirklich am Leben sein, wirklich hier sein, in Amerika, und was, wenn ausgerechnet sie ihn schnappen sollten?

Langsamer, befahl Szell seinem Körper. Du bist Tourist, du bist in Sicherheit, es gibt keinen Grund zur Eile.

»Er entkommt«, kreischte die alte Hexe, »seht ihr, seht ihr?«

Alle Fenster und Türen der Läden standen jetzt offen, er

konnte sie sehen, während er weiterging, und alle fragten sich, was das Geschrei sollte.

Szell lächelte einer breiten Frau in der Tür ihres Juwelierladens freundlich zu. »Der Tag ist très belle, finden Sie nicht auch?« sagte Szell und bemühte sich um einen französischen Akzent. Er zwang sich zu einem Verhalten, als ob hinter ihm absolut nichts los wäre.

»Was soll der ganze Lärm?« fragte die breite Frau.

Szell zuckte sehr französisch mit den Achseln. »Verrückte Leute«, antwortete er.

Sie lächelte ihn an.

Gut, dachte Szell. Solange du nicht in Panik gerätst, kann dir nichts passieren. Ganz langsam, ganz langsam.

»Ich werde ihn aufhalten!« schrie die alte Hexe, und ohne es zu wollen, drehte Szell seinen kahlen Kopf, denn wenn sie ihn jagten, nun, das veränderte die Situation. Und jetzt kam die Hexe über die Straße und brüllte den Verkehr an: »Macht Platz, laßt mich durch«, und sie war langsam und sehr alt, und die Wagen hätten Zeit gehabt, rechtzeitig anzuhalten, und die meisten taten es auch, aber einer nicht, und einer genügte. Er bremste; das Kreischen war fast schmerzhaft; der Wagen fuhr in die alte Frau hinein; einen Augenblick hielt sie sich noch auf den Beinen, dann fiel sie, unverletzt, aber am Boden, ihre Stimme war lauter denn je, als sie kreischte: »Narr – Narr – WER WIRD IHN NUN AUFHALTEN?« Der Fahrer stieg aus, rannte um das Auto herum und wollte der alten Frau auf die Füße helfen, während Szell weiterschlenderte, bis er endlich auf der Sixth Avenue in Sicherheit war. Fröhlich wandte er sich stadtauswärts, die Hysterie und das Geschrei der 47. Straße lagen nun hinter ihm, hoffentlich Vergangenheit, aber vielleicht nicht; vielleicht würde die Polizei kommen; wenn ja, würden sie die Geschichte des alten Weibes hören und ihr vielleicht glauben oder auch nicht, er konnte es nicht beeinflussen.

Ich kann nur eins beeinflussen: mich selbst. Und es gibt nur eins zu tun: das Unerwartete.

Sie würden eine Waffe bei ihm vermuten, aber das war weder jetzt noch jemals der Fall gewesen. Einmal wollte er nie so viel üben, um gut zu werden – er wollte Zahnarzt werden, wozu brauchte er eine Waffe? Als er es dann lernen wollte, stellte sich heraus, daß er ein entsetzlicher Schütze war. Er haßte den Lärm. Die Pistole ruckte immer zurück. Er traf niemals. Daß er keine Pistole besaß, hieß aber nicht, daß er unbewaffnet war.

Schließlich hatte er die Klinge.

Es war in der Tat seine Klinge, zwar hatte er nichts Neues erfunden – wahrscheinlich gab es Messer, seit wir auf zwei Beinen gingen –, nein, sein Beitrag beschränkte sich auf eine Verfeinerung. Sein Messer war immer an den Unterarm geschnallt, durch eine unauffällige Bewegung glitt es in die rechte Hand. Der Griff war stark, die Klinge steckte tief im Hartholzgriff. Die Klinge lief spitz zu, scharf wie eine Injektionsnadel; aber nur eine Schneide war gefährlich, die andere ungewöhnlich dick; so brauchte man nur mit dem Arm auszuholen und zuzuschlagen, oder, wenn man es vorzog, zu schlitzen, und der Bauch des Feindes war breit geöffnet, oder sein Hals; wo immer es am sichersten war, anzugreifen. Er liebte die Geräuschlosigkeit seiner Klinge, wenn er es mit dem schrecklichen Krach von Pistolen verglich.

Sie würden eine Waffe bei ihm vermuten. Und sie würden damit rechnen, daß er flüchten würde.

Eine verblüffende Ruhe legte sich über seinen Körper und Geist, und er beschloß zu bleiben, wo er war, denn sie würden wissen, daß er bei erstbester Gelegenheit die Gegend verlassen und mit Taxi, U-Bahn oder Bus so weit wie nur möglich vom Schauplatz der Handlung verschwinden würde. Die Sixth Avenue war nicht sehr schön, die Gebäude blockierten fast alle die Sonne, deshalb drehte er sich nach kurzer Zeit um und ging in Richtung Fifth Avenue zurück. Auf halbem Weg sah er einen kleinen Platz, in der Sonne gebadet, er ging hin, und offenem Mundes sah er zu, wie da unten die Eisläufer auf dem Eis wirbelten. Szell stellte sich ans Geländer und sah ihnen zu.

Unglaublich.

Das war bis jetzt das Beste von Amerika. Hier, mitten in diesem Dschungel von einer Stadt, mitten an einem unnatürlich heißen Tag konnten die Leute sich wie im Winter verhalten. Kinder lächelten und fielen hin, alte Frauen liefen mit alten Männern, Hand in Hand, und in der Mitte waren die Kunstläufer, vielleicht Professionelle, jedenfalls waren sie sehr gut; sie sprangen hoch und drehten Pirouetten, zum eigenen Vergnügen, oder vielleicht für die Menge, und Szell fiel auf, daß die meisten der wirklich guten Läufer den gleichen Körperbau hatten – stramme Beine, die Beine von Ballettänzern, nur etwas dicker, und dünne Oberkörper, dünn von der Anstrengung, den Körper zum Gehorsam zu zwingen; sie waren alle nicht dick, nicht wie der dicke Mann aus dem zweiten Juwelierladen, der plötzlich die Hände auf Szells Schultern legte, ihn herumriß und keuchte: »Ich wußte, daß Sie kein Engländer sind, mörderischer Hundesohn«, und als Szell spürte, wie sein Körper herumgerissen wurde, ließ er die Klinge nach unten schnappen, und als er dem dicken Mann entgegentrat, bewegte es sich schon, eine schnelle, fast unmerkliche Bewegung mit der rechten Hand, und der Hals des dicken Mannes war plötzlich aufgerissen. Als der dicke Mann langsam nach vorn fiel, als er an seine Kehle griff, fing Szell zu schreien an: »Hier ist jemandem übel geworden, dieser Mann hier braucht Hilfe, einen Arzt, bitte einen Arzt!«

Als der dicke Mann über das Geländer fiel, fast schon tot, sammelte sich eine Menschenmenge an, und als der dicke Mann die Hände nicht länger am Hals halten konnte, spritzte das Blut hervor, da war Szell schon nicht mehr dabei, er hastete auf ein leeres Taxi zu, denn zum Teufel mit dem Unerwarteten, über ihm zogen sich Sturmwolken zusammen, das Unglück kam immer dreifach, es begann mit dem alten Weib, dann der dicke Mann, der ihn geschnappt hatte. Szell hatte nicht die Absicht zu warten, bis ihm die Nummer drei auf die Schulter tippte, jetzt zur Bank, die Bank und die Diamanten, er sagte dem Fahrer, wohin er wollte, und unterwegs öffnete er den

Koffer, und unter dem Schutz des Deckels wischte er mit einem Taschentuch die Klinge ab. Dann befestigte er sie wieder am Unterarm, legte das Taschentuch in den Koffer und schloß ihn ab. Kurz vor halb zwölf näherte er sich der Kreuzung 91. Straße und Madison.

Jetzt.

Die Bank lag an der rechten Ecke stadtauswärts. Nichts schien ungewöhnlich zu sein, aber das bedeutete nichts.

Wenn sie darauf warteten, daß er herauskam, wenn es eine Verschwörung gab, welche Alternativen hatte er? Das Geld könnte hier bleiben, das stimmt, aber dann war er Weihnachten ein verarmter Flüchtling – nicht die beste Situation.

Szell zahlte, stieg aus und betrat die Bank.

Der Schlüssel zu seinem Banksafe war in seiner Jackentasche, und die Nummer trug er in seinem Herzen eingebrannt. Rasch ging er auf das Schild zu, das die Aufschrift »Banksafes« und einen Pfeil trug. Er folgte dem Pfeil, ging einige Stufen hinunter, und da hinten war das große, versperrte Tor. Er konnte den Wachmann drinnen auf und ab paradieren sehen. Szell ging zu der Frau am Schalter vor dem Tor. In mittleren Jahren, dick, aber für eine Schwarze hatte sie ein freundliches Gesicht.

»Mein Banksafe«, sagte Szell und zeigte den Schlüssel.

Sie sah ihn eigenartig an. »Ich dachte, ich kenne sie alle«, sagte sie, »aber es kommen wohl jeden Tag neue dazu. Name, bitte?«

Szell wechselte zum Deutschen – wenn sie erfahren war, mußte sie auch seinen Vater gekannt haben, der kein Ohr für Sprachen besessen hatte; also mußte bis zu seinem Tod sein deutscher Akzent durchgeklungen sein. »Christopher Hesse. Ich bin nur der Stellvertreter. Mein Vater . . .« – »Vater« sprach er betont deutsch aus – »der Safe lautet auf seinen Namen.« Er lächelte das schwarze Gesicht an.

»Der alte Mr. Hesse«, sagte sie. »Sie sind also sein Junge. Ich glaube nicht, daß ich Sie schon mal gesehen habe. Nicht üblich, nach so vielen Jahren einen Stellvertreter zu schicken.« Sie sah ihn immer noch eigenartig an.

Warum schlug sein Herz so? Was konnte sie wissen? »Er ist tot«, erklärte Szell.

»Oh, mein Gott, das tut mir leid zu hören«, sagte sie und lehnte sich zurück.

»Ja, es ist schade.«

»Das habe ich nicht gemeint«, sagte sie. »Natürlich tut es mir auch um ihn leid, aber sehen Sie, wir haben ein Gesetz, und das sagt, daß bei einem Todesfall der Safe versiegelt wird, bis die Juristen mit ihren Untersuchungen fertig sind.«

Szell stand einfach da und blinzelte sie an.

»Ich kann Sie nicht reinlassen, heißt das.«

Das Unglück kam immer dreifach; es stimmte.

»Vielleicht sollten Sie sich besser hinsetzen, Mr. Hesse.«

»Bitte«, brachte Szell hervor, und dann fing er an zu weinen. Die Tränen liefen ihm übers Gesicht.

»Ich kann nichts tun, Mr. Hesse – es ist ein dummes Gesetz, aber es ist nun mal Gesetz, ich muß mich daran halten.«

»Bitte, Sie sprechen zu schnell.« Müde sank Szell auf einen Stuhl und begrub das Gesicht in den Händen. »Nur noch drei Wochen«, fing er an.

»Ich habe Sie nicht recht verstanden, Mr. Hesse.«

Szell sah sie mit seinen feuchten blauen Augen an. »Mein Vater wird in weniger als drei Wochen tot sein. Sagen die Ärzte. Krebs, sagen sie. Ich bitte Sie. Bitte, bitte. Er ist der einzige der Familie, der mir noch geblieben ist. Bitte, helfen Sie, daß er länger lebt, länger als nur noch drei Wochen.« Er schüttelte den Kopf und wandte sich ab.

»Oh, das ist ja etwas ganz anderes«, sagte sie. »Wenn er nur krank ist, dann können Sie natürlich hinein.« Sie erledigten rasch die Zutrittsprozedur. »George«, sagte die Schwarze zum Wachmann. »George, du führst den jungen Mr. Hesse zu seinem Safe, bitte.« Zu Szell sagte sie: »Geben Sie George schon mal Ihren Schlüssel, Mr. Hesse.«

Szell stammelte »Danke schön« und reichte den Schlüssel

durch die Gitterstäbe, wartete, bis das Tor nach einigem Klicken und Drehungen aufschwang, und dann war er im Schließfachraum und ging hinter dem Wachmann her.

»Möchten Sie in einen abgetrennten Raum?« fragte der Wachmann.

»Bitte.«

Der Wachmann nahm den Schlüssel, steckte ihn in ein Schloß, nahm noch einen Schlüssel und steckte ihn in ein zweites Schloß, drehte beide und zog einen großen Kasten hervor. Szell folgte dem Mann in ein Zimmer. Der Wachmann stellte den Kasten hin. Szell dankte. Der Mann nickte und ging.

Wie ein Kind zu Weihnachten schüttelte Szell den Kasten behutsam.

Er war leicht wie eine Feder.

Er warf den Deckel hoch.

Der Kasten war leer bis auf eine Kaffeedose. Eine große Melitta-Kaffeedose, das war alles. Wütend riß Szell den Deckel von dem verdammten Ding.

Und die Diamanten purzelten heraus.

Szell dachte, es sei besser, sich hinzusetzen. Die Dose war bis obenhin voll gewesen. Wieviel war das? Er schüttete den Inhalt der Dose in den Kasten.

Das Geräusch war lauter, als er geahnt hatte, deshalb schloß er den Kasten schnell für den Fall, daß der Wachmann gelaufen kam. Als er sich wieder sicher fühlte, öffnete er den Kasten und fing an, die Diamanten zu sortieren. Die kleinsten waren so groß wie die Radiergummis auf Bleistiften, und er hätte gern gewußt, wieviel Karat sie hatten. Drei? Wahrscheinlich mehr als drei. Es gab Dutzende davon, und weitere Dutzende hatten die Größe eines Daumennagels.

Dann gab es noch die großen.

Viele waren größer als Pekannüsse, einige waren so groß wie Walnüsse. Schau dir den an – Szell konnte die Hände nicht von dem Stein lassen –, er war so groß wie die Faust eines Säuglings – und plötzlich sah er ein Gesicht, das lange tot war: eine schöne Frau, zart und jung, und sie sagte, sie sei eine Kusine der Rothschilds, und ob das auch genug sei, es sei alles, was sie hätte, reichte das?

Ja, meine Liebe, natürlich. Mehr als genug.

Szells Herz schlug wieder heftig, denn er erkannte, daß das, worauf er schaute, mehr war, als er sich erträumt hatte. Ich kann Paraquay kaufen, wenn ich will. Ich werde es nicht tun, aber ich könnte es, und – und . . .

Szell fing an, die Steine einzusammeln und verdammte die Gedanken, ganze Staaten zu kaufen. Er war der Besitzer eines der ganz großen Vermögen, aber was nützte das schon, wenn man sich in einem tropischen Sumpf verstecken mußte? Es sollte in der Türkei Ärzte geben, große Chirurgen, die alles Mögliche mit einem anstellen, das Gesicht verändern, oder, wenn man den Schmerz ertrug, einen sogar kleiner machen; und das war's vielleicht – überlaß dich diesen Leuten, laß sie reich werden an dir; wenn sie dir ein neues Äußeres geben, kannst du auf dem Kontinent wieder Champagner schlürfen, bis dich die Gicht im Alter von fünfundsiebzig holt.

Seine Hände zitterten, als er die Diamanten wieder in die Dose legte. Er legte die Dose in seinen Koffer. Dann rief er den Wachmann und ließ den leeren Kasten wieder wegschließen.

Szell wartete, bis die Verschlußprozedur beendet war, dann folgte er dem Wachmann vor das Tor, wo er in Sicherheit war, und die Schwarze sagte: »Grüßen Sie Ihren Vater von mir – sagen Sie Mr. Hesse, daß ihn Miß Barstow grüßen läßt«, und Szell lächelte und nickte und ging die Stufen hinauf, aus dem Gebäude ins Sonnenlicht, wo er erkannte, daß das Unglück sogar vierfach kam, dreifach war nichts; denn auf der anderen Straßenseite sah er einen gewissen Mann, einen Wahnsinnigen in Turnschuhen und Regenmantel.

»Es ist nicht sicher«, sagte Babe.

29

Szell wartete. Keine überhasteten Bewegungen. Denn wenn der da drüben am Leben war, dann hieß es, daß er höchstwahrscheinlich seine Leute verloren hatte; und das hieß, daß der Verrückte bewaffnet war, wahrscheinlich mit einer Pistole. Szell sah die Ausbuchtung in der rechten Tasche des Regenmantels.

Er war natürlich auch bewaffnet. Er hatte seine Klinge, also hatte er nicht die Absicht, sich aufzugeben. Um zu siegen, mußte er nur etwas näher an den Feind herankommen, direkt neben ihm sein. Sobald er direkt neben ihm war, war der Verrückte schachmatt. Szell blickte sich um und suchte nach einer günstigen Stelle, um näher heranzukommen.

»Und was passiert jetzt?« fragte Szell.

»Sagen Sie mir nur, wo Sie sterben wollen«, sagte Babe.

»Hören Sie«, fing Szell an, aber dann sah er den Pistolenknauf aus der Regenmanteltasche hervorkommen, und ihm wurde bewußt, daß er diese magere Kreatur, die vor ein paar Stunden noch weinend in seinem Stuhl gesessen hatte, ernst nehmen mußte. Alle Verrückten mußte man ernst nehmen. »Stecken Sie sie wieder ein – ich wollte mich nicht über Sie lustig machen, aber es gibt Dinge, die Sie nicht wissen; ich habe Gegenstände in meinem Besitz, wir können verhandeln.«

»Wo wollen Sie sterben?« wiederholte Babe. Sehr leise. Seine Stimme kam aus einer anderen Welt, nicht mehr menschlich.

Szell konnte es nicht glauben. Er will mich umbringen! Ich trage den Reichtum der beiden Indien in meinen Koffer, und plötzlich bin ich mit einem idiotischen Kind konfrontiert, das sich mit meinem Tod rühmen will.

»Im Park«, stieß Szell hervor und zeigte auf den Eingang einen Block weiter. »Der Park ist ruhig, wir können miteinander reden«, einander näherkommen, fügte er nicht hinzu; ganz nahe zusammenkommen.

Babe nickte.

»Sie müssen mich anhören, Sie müssen mich sprechen lassen«, sagte Szell und ging voraus. »Sie sind sehr jung, aber lassen Sie mich Ihnen eines versichern: Das Leben kann sehr lange dauern, und es ist besser, es mit Komfort zu leben als ohne.«

Babe sagte nichts.

»Sie sind sehr jung«, sagte Szell wieder. In seiner Stimme lag jetzt ein flehentlicher Ton. »Sie sind sehr intelligent, aber noch nicht weise.«

»Sie haben meinen Bruder getötet«, sagte Babe.

»Nein, das ist eine Lüge, ich war nicht dabei, ich schwöre es.«

»Janeway sagte es mir, Elsa auch.«

»Es mußte geschehen«, sagte Szell. »Ich wollte es nicht – ich schwöre es.«

»Janeway hat mir nichts gesagt«, sagte Babe. »Elsa auch nicht. Also machen sie sich um mich keine Sorgen. Ich bin verdammt weise.«

Sie kamen dem Park immer näher.

»Mich zu töten, bewirkt nichts«, sagte Szell.

»Nichts für Sie.«

»Auch für Sie nichts.«

Babe ging hinter ihm. »Schneller«, sagte er.

Sie überquerten die Fifth Avenue, betraten den Park.

»Richtung Reservoir«, sagte Babe, und dann gingen sie die Stufen hinauf und um das Reservoir herum. Es war ruhig, für Jogger zu heiß. Die ganze rechte Seite des Pfades war von dichten Büschen und Sträuchern gesäumt.

»Hier«, sagte Babe.

»Ich muß Ihnen etwas zeigen! Sie müssen sie sehen!«

»Gehen Sie ins Gebüsch!« sagte Babe.

Szell duckte sich ins Unterholz. »Die Kaffeedose, sehen Sie doch, bitte, schauen Sie sie nur einmal an.«

Babe nahm H. V.s Pistole heraus.

»Himmel«, rief Szell, »eine Bitte, die wird jedem gewährt!«

»Haben Sie sie auch gewährt?«

»Auschwitz war ein Vernichtungslager, kein Konzentrationslager, sie sollten sich nicht wieder erholen.«

Babe spannte den Hahn.

Szell fiel auf die Knie, riß den Kofferdeckel auf, griff hastig nach der Kaffeedose, und die ganze Zeit über flehte er: »Schauen Sie – Sie müssen schauen – ich will nur – bitte . . .«

»Ich will Ihre Diamanten nicht«, sagte Babe leise. »Ich will Sie auch nicht kriechen sehen, ich will nur, daß Sie sterben«, und dann sagte er: »Jesus«, denn jetzt hatte Szell die Kaffeedose geöffnet.

»Sehen Sie? Millionen – so viele Millionen für uns beide – wir können uns einigen . . .«

Babe zögerte, schüttelte den Kopf.

»Schauen Sie doch wenigstens, was ich Ihnen anbiete! Kommen Sie und schauen Sie, überlegen Sie es sich, ich bitte Sie, kommen Sie zu mir, kommen Sie ganz nahe zu mir her und entscheiden Sie sich, das ist mein letzter Wunsch, den Sie mir erfüllen müssen!«

Babe zögerte noch einen Augenblick, dann folgte er Szell in die dunklen Büsche, beugte sich zu ihm. Szell wartete, und als Babe neben ihm war, setzte Szell die Klinge in Bewegung.

Szell war kein Problem.

Babe drückte ab, und die Kugel explodierte aus nächster Nähe in Szells Brustkasten. Szell wurde nach hinten gerissen, als ob eine Faust ihn gepackt hätte, dann lag er mit dem Gesicht im Dreck und versuchte, seine ganze Kraft zusammenzunehmen und sich zu bewegen.

Babe saß bequem auf der Erde, hielt die Waffe und redete ganz ruhig. »Ich weiß nicht, ob Sie das alles verstehen werden, aber vor langer Zeit war ich einmal Student und ein Marathon-Mann, aber diesen Mann gibt es nicht mehr, wahrscheinlich ist er tot, aber ich erinnere mich daran, was er einmal gedacht hat: Wenn du die Fehler der Vergangenheit nicht kennst, bist du dazu verurteilt, sie zu wiederholen. Ja, wir haben bei Leuten wie Ihnen einen Fehler gemacht, denn öffentliche Prozesse sind Scheiße, und Exekutionen sind Spiele für die Sieger – wir hätten die ganze Zeit die Schmerzen zurückzahlen sollen. Das ist die richtige Lektion. Das gebührt dem Verlierer – Schmerz, pur, und einfach, Schmerz und Qual, keine trickreichen Anwälte, die herumlaufen und sich um Gerechtigkeit bemühen. Ich glaube, wir hätten es sehr friedlich, wenn ihr Kriegsbesessenen wüßtet, daß ihr besser nichts anfangt, denn wenn ihr verliert, lauern die Qualen hinter der nächsten Ecke. Das ist es, was ich Ihnen zufügen möchte. Agonie. Nicht das, was Sie jetzt erleiden, nein. Ich meine ein ganzes langes Leben, voller Schmerzen, denn das ist das einzige Maß an Gerechtigkeit, zu dem wir hier unten bereit sind, und ich weiß, daß jeder Humanist mir widersprechen würde, aber ich glaube, Sie nicht, denn Sie hatten viel mit meiner Erziehung zu tun, ich bin jetzt so wie Sie, nur daß ich besser bin als Sie, denn Sie werden jetzt sterben, ich aber habe noch einen langen Weg vor mir.«

Szell attackierte. Er schnellte nach vorn wie ein Pfeil auf Babe zu, aber der rührte sich nicht, er feuerte nur noch einmal, und Szells Bauch platzte auf, und er flog wieder nach hinten.

»Wissen Sie, daß es leichter wird? Sie sind der fünfte, den ich heute umbringe, zuerst Karl – peng durchs Auge –, und wenn ich Zeit zum Nachdenken gehabt hätte, hätte ich über das, was ich getan habe, den Verstand verloren, aber mit jedem Toten wird es einfacher. Es macht mir beinahe Spaß. Wird es noch besser? Sagen Sie es mir, ich würde es wirklich gern wissen.«

Szell war ein Bulle von einem Mann, und wie ein Bulle ging er in den letzten Angriff.

Babe wartete, bis er ganz nahe war, dann feuerte er drei- oder viermal.

Szell schrie und brach zusammen, und dann kam von überall Blut.

»›Groin‹ ist ein komisches Wort«, sagte Babe ruhig. »Ich weiß nicht, wie es auf deutsch heißt, aber ich bin sicher, Sie wissen es.« Er fing an, schneller zu reden, denn er sah, daß Szell im Sterben lag. »Oh, vielleicht haben Sie es nicht in der Zeitung gelesen, aber da gibt es diese fabelhafte theologische Entdekkung. Wissen Sie, was sie herausgefunden haben? Die

Menschen kommen nicht in den Himmel oder in die Hölle, sie kommen alle zuerst an einen Ort, eine Art Zwischenstation, und dort spielt sich alles ab, denn, wahrscheinlich werden Sie das nicht glauben, aber von einigen Leuten auf der Welt weiß man, daß sie anderen Menschen böse Dinge angetan haben, unschuldigen Menschen, und wenn dann ihre Peiniger kommen, dürfen sie ein bißchen Rache nehmen. Gott sagt, Vergeltung ist gut für die Seele. Wissen Sie, wer auf Sie wartet, Mr. Szell? Alle Juden. Sie sind alle dort, und wissen Sie, was noch? Sie haben alle Bohrer, so wie der, den Sie für mich verwendeten – erinnern Sie sich, wie Sie zu mir sagten, daß es wunderbar wäre, jeder könnte lernen, damit umzugehen? Nun, sie haben es gelernt, und sie warten nun auf Sie, und ich weiß nicht, was Sie davon halten, aber ich finde, es wird großartig.«

Szell war nun beinahe tot, aber Babe hatte gerade noch Zeit, ihm etwas mit auf den Weg zu geben.

»Angenehme Ewigkeit«, sagte Babe . . .

Nach dem Ende

30

Der Polizist stürzte zum Reservoir. Er war groß, und er hatte eine Waffe in der Hand, und er sah verdammt tüchtig aus.

In seinem Inneren tobte eine Panik.

Er war noch nicht vierundzwanzig, und war erst knapp ein Jahr bei der Polizei, und er hatte an nichts Böses gedacht, als er an der Ecke 90. Straße und Fifth Avenue stand und die Fehlzündungen hörte – zumindest hatte er gehofft, daß die Explosionen nichts anderes waren. Fehlzündungen. Nichts zum Aufregen bei dieser Hitze und in dieser entsetzlich warmen Uniform. Die zweite Explosion überzeugte ihn mehr oder weniger, daß sein Wunsch nicht erfüllt würde; und als der dritte Schuß fiel, wußte er, was er hörte: Pistolenschüsse.

Also rannte er in den Park, und es hörte sich nach einer Auseinandersetzung am Reservoir an. Also rannte er dorthin. »He«, fragte er einen Jungen, »hast du die Schießerei gehört?«

Der Junge nickte und zeigte auf einige Büsche. »Von dort.«

Der junge Polizist schaute flüchtig hin. »He«, sagte er dem Jungen. »Dort liegt ja ein Kerl in den Büschen. Er sieht nicht so gefährlich aus.«

»Weil er tot ist, glaube ich.«

»Oh, du hast recht«, sagte der junge Polizist, und plötzlich bemerkte er ein paar Dinge: a) der Junge war eigentlich kein Junge mehr, er war älter, vielleicht in den Zwanzigern, und er trug Turnschuhe und einen Regenmantel; b) auf dem Boden neben ihm lag eine Pistole; c) er stand auf der anderen Seite des Zaunes, auf der Innenseite, also mußte er drübergeklettert sein, und das war verboten, überall standen Verbotsschilder. »He, Sie sollten nicht da drinnen sein.«

»Ich bleib' nicht mehr lange.«

Der junge Polizist näherte sich mißtrauisch dem Zaun. »Eine

hübsche Waffe«, sagte er und bemühte sich, daß seine Stimme so lässig wie möglich klang. »Gehört sie Ihnen?«

»Sie gehörte meinem Vater«, sagte Babe.

Jetzt wurde der junge Polizist aufgeregt – er hatte noch nie mit einem Mord zu tun gehabt; Prostituierte und Süchtige ja, aber ein Kapitalverbrechen hatte er noch nie knacken können. »Sie haben sie nicht zufällig benutzt?«

»Sie meinen, ob ich ihn umgebracht habe?«

»Ja, so ungefähr.«

Babe nickte.

Der Polizist zog schnell seine Pistole. »Keine verdächtige Bewegung«, sagte er.

»Kann ich nicht beenden, was ich angefangen habe?«

»Was haben Sie denn angefangen?« Er stand einfach da und hielt etwas in der Hand, das wie eine Kaffeedose aussah, und warf Murmeln oder Kieselsteinchen flach über das Wasser.

»Ich habe nur noch ein paar«, sagte Babe. »Einmal ist einer viermal aufgesprungen.« Er warf wieder ein paar aufs Wasser hinaus und fragte sich, ob der Polizist ihm erlaubte, um das Reservoir zu sprinten, nur noch einmal, bevor sie gingen, das konnte genau richtig sein, um einen klaren Kopf zu bekommen. Babe musterte den Polizisten. Wahrscheinlich würde er nein sagen, und überhaupt, auch danach würde er nicht klar denken können. Du bist müde, dir kann jetzt nur Schlaf helfen, aber man wird dich einige Zeit nicht schlafen lassen, nicht, wenn alles herauskommt. Gott allein wußte, wohin ihn die Druckwelle schleudern würde, denn es würde eine ungeheure Explosion geben, soviel war sicher; entweder würde er fünfhundert Jahre Gefängnis bekommen, oder er würde die größte Sache seit Sonny Tufts sein. Babe warf noch ein paar Steine und sah zu, wie die Kreise immer weiter wurden.

»He, es ist heiß, gehen wir«, sagte der Polizist.

Babe nickte, warf die leere Dose weg und eine letzte Handvoll ins Wasser.

ENDE